二〇二一—二〇三五年國家古籍工作規劃重點出版項目

國家古籍整理出版專項經費資助項目

教育部全國高等院校古籍整理研究工作委員會直接資助重大項目

中華經解叢書

清經解 詩經編

整理本

董恩林 主編

鳳凰出版社

毛鄭詩考正 杲溪詩經補注

三家詩異文疏證

（清）戴震 著 劉真倫 岳珍 點校

（清）戴震 著 劉真倫 岳珍 點校

（清）馮登府 著 劉真倫 岳珍 點校

圖書在版編目（CIP）數據

毛鄭詩考正 / （清）戴震著 ; 劉真倫，岳珍點校. 杲溪詩經補注 / （清）戴震著 ; 劉真倫，岳珍點校. 三家詩異文疏證 / （清）馮登府著 ; 劉真倫，岳珍點校. 南京 : 鳳凰出版社，2024. 8. --（中華經解叢書 : 清經解 : 整理本 / 董恩林主編）. -- ISBN 978-7-5506-4111-2

Ⅰ. I207.222

中國國家版本館CIP數據核字第2024YK7841號

書　　名	毛鄭詩考正　杲溪詩經補注　三家詩異文疏證
著　　者	(清)戴　震 著　劉真倫 岳　珍 點校 (清)戴　震 著　劉真倫 岳　珍 點校 (清)馮登府 著　劉真倫 岳　珍 點校
責任編輯	汪允普
裝幀設計	姜　嵩
責任監製	程明嬌
出版發行	鳳凰出版社(原江蘇古籍出版社) 發行部電話025-83223462
出版社地址	江蘇省南京市中央路165號,郵編:210009
照　　排	南京展望文化發展有限公司
印　　刷	蘇州市越洋印刷有限公司 江蘇省蘇州市吴中區南官渡路20號,郵編:215104
開　　本	890毫米×1240毫米　1/32
印　　張	10.375
字　　數	199千字
版　　次	2024年8月第1版
印　　次	2024年8月第1次印刷
標準書號	ISBN 978-7-5506-4111-2
定　　價	98.00圓

(本書凡印裝錯誤可向承印廠調换,電話:0512-68180638)

《清經解》點校整理工作編委會

主任 董恩林

編委（以姓氏筆畫爲序）

王玉德 吴柱 周國林 陳冬冬

張固也 董恩林 趙慶偉 劉真倫

劉韶軍 譚漢生

清經解（整理本）前言

《清經解》點校整理本，經過本所研究團隊十多年的努力，終於將要與讀者見面了。按照慣例，我作爲項目主編，有責任把相關整理情況寫出來，弁於卷首，以便讀者在閱讀和使用這個整理本時，對其「身世」有所瞭解與把握。

一

經學是中華優秀傳統文化的核心與主體部分，歷來處於古典學術與文獻分類之首。而清人集歷代經學大成，涌現出諸如顧炎武、毛奇齡、胡渭、萬斯大、閻若璩、江永、惠棟、秦蕙田、江聲、王鳴盛、戴震、錢大昕、段玉裁、邵晉涵、汪中、王念孫、孔廣森、孫星衍、凌廷堪、焦循、張惠言、阮元、胡承珙、陳立、王引之、胡培翬、郝懿行、劉文淇、劉寶楠、孫詒讓，等等，一大批著名經學家。他們秉持實事求是、無徵不信的理念，皓首窮經，前赴後繼，對十三經（《周易》《尚書》《詩經》《周禮》《儀禮》《禮記》《春秋左傳》《春秋公羊傳》《春秋穀梁傳》《論語》《孝經》《爾雅》《孟子》）進行了全方位的研究與整理，撰著了系統的新注新疏，〔一〕同時對《國語》《大戴禮記》等與十三經密切相關的先秦其他典籍也作了深入探討，取得了不朽的學術成就。據不完全統計，有清一代經學著作達五千多種，可謂經師輩出，碩果累累。

正因爲如此，晚清以來，便不斷有人對清代經學成就與經學家加以總結與表彰。其著於文者，從朱彝尊《經義考》、江藩《國朝漢學師承記》、桂文燦《經學博采録》、章太炎《訄書・清儒》、劉師培《清儒得失論》等，到梁啓超與錢穆的同名《中國近三百年學術史》、支偉成《清代樸學大師列傳》等，不一而足，均着眼於人物與學派的成就總結。另一方面，徐乾學、阮元、王先謙等清

〔一〕中華書局於一九八二年開始陸續出版《十三經清人注疏》點校本，包括李道平《周易集解纂疏》、孫星衍《尚書今古文注疏》、皮錫瑞《今文尚書考證》、王先謙《尚書孔傳參正》、馬瑞辰《毛詩傳箋通釋》、王先謙《詩三家義集疏》、孫詒讓《周禮正義》、朱彬《禮記訓纂》、孫希旦《禮記集解》、黄以周《禮書通故》、孔廣森《大戴禮記補注》、王聘珍《大戴禮記解詁》、洪亮吉《春秋左傳詁》、陳立《公羊義疏》、廖平《穀梁古義疏》、鍾文烝《春秋穀梁經傳補注》、劉寶楠《論語正義》、焦循《孟子正義》、皮錫瑞《孝經鄭注疏》、郝懿行《爾雅義疏》、邵晉涵《爾雅正義》。一九九八年又出版了《清人注疏十三經》影印本，包括惠棟《周易述》（附江藩、李林松《周易述補》）、孫星衍《尚書今古文注疏》、馬瑞辰《毛詩傳箋通釋》、孫詒讓《周禮正義》、胡培翬《儀禮正義》、朱彬《禮記訓纂》、洪亮吉《春秋左傳詁》、陳立《公羊義疏》、鍾文烝《春秋穀梁經傳補注》、劉寶楠《論語正義》、焦循《孟子正義》、皮錫瑞《孝經鄭注疏》、郝懿行《爾雅義疏》、王引之《經義述聞》等。

代學者，則專注於經解文獻即學者們對「十三經」的訓解成果的集成與彙纂。徐乾學編成《通志堂經解》，收唐宋元明經解著述一百四十餘種，將清以前的經解文獻精萃彙於一編。阮元編成《皇清經解》一千四百卷，收經解一百八十三種；王先謙編成《皇清經解續編》一千四百三十卷，收經解二百零九種，清中前期主要經解成果亦搜羅殆盡。其他中小型經解叢書，諸如陸奎勳輯《陸堂經學叢書》、吴志忠輯《璜川吴氏經學叢書》、鍾謙鈞輯《古經解彙函》、錢儀吉輯《經苑》、袁鈞輯《鄭氏佚書》、朱記榮輯《孫谿朱氏經學叢書》、孫堂輯《漢魏二十一家易注》、李輔耀輯《讀禮叢鈔》、上海珍藝書局輯《四書古注群義彙解》、王德瑛輯《今古文孝經彙刻》，等等，在在皆是，不勝枚舉。

二

《皇清經解》爲阮元主持編纂，其刊刻背景不可不知。阮元（一七六四—一八四九），字伯元，號芸臺，雷塘庵主、揅經老人、怡性老人，江蘇儀徵人。乾隆五十四年（一七八九）進士，歷官户、禮、兵、工等部侍郎，浙江、河南、江西、廣東巡撫，兩湖、兩廣、雲貴總督，太子少保、體仁閣大學士，卒謚文達，是清代既貴且壽，身兼封疆大吏、學問大家的傳奇人物。而他的學問之路，也極具個性：一是生平獎掖篤學之士不遺餘力，培育學子日日在心，每到一地主政，即建書院、立學舍，聘飽學之士教莘莘學子，如在杭州建詁經精舍、設寧海安瀾書院，在廣州建學海堂書院等，誠爲教育大家；二是始終孜孜於經學研究與經學成果的融會綜貫，先後編纂《經籍籑詁》一百零六卷、《十三經注疏校勘記》二百四十八卷、《十三經經郛》百餘卷、《皇清經解》一千四百卷等，這些都是大型類書、叢書，編纂曠日持久，耗費巨大，而嘉惠學林則如陽光雨露，滋潤萬物，不可言表。

具體到阮元編纂《皇清經解》的動機與前後經過等，學者多有揭櫫，尤以虞萬里先生《正續清經解編纂考》爲詳盡。[一] 嘉慶三年（一七九八），阮元責成臧在東等，鈔撮唐以前群經訓詁，按韻彙纂，成《經籍籑詁》一書，爲經學研讀者提供了一部非常實用的訓詁資料工具書。八年，阮元開始命門人陳壽祺等，利用修《經籍籑詁》的資料，於九經傳注之外，廣搜古說，輯《十三經經郛》。「經郛」之名，取意於揚雄《法言・問神》「天地之爲萬物郭，五經之爲衆説郛」，其宗旨在「薈萃經説，本末兼賅，源流具備，闡許、鄭之閎眇，補孔、賈之闕遺」，而搜輯範圍則「上自周秦，下訖隋唐，網羅衆家，理大物博，漢魏以前之籍，搜采尤勤，凡涉經義，不遺一字」。陳氏秉承師意，爲定《經郛條例》，其大端有十：一曰探原本，二曰鈎微言，三曰綜大義，四曰存古禮，五曰

[一] 虞著載其《榆枋齋學術論集》，江蘇古籍出版社，二〇〇一年。另可參閱陳東輝《〈皇清經解〉輯刻始末暨得失評騭》（《古籍整理研究學刊》一九九七年第五期）等。

存漢學，六曰證傳注，七曰通互詮，八曰辨剿説，九曰正謬解，十曰廣異文。〔一〕經陳壽祺、凌曙等人搜輯，至十六年大致編成，百餘卷。但阮元感覺采擇未周，是以未刻，輯稿後來逐漸散失。《通志堂經解》彙編清以前歷代經解著作，《經籍纂詁》與《經郛》則將清以前經師微言、古學異文、字詞訓詁等資料萃而存之，由是阮元生出廣搜本朝經學著作，纂輯《清經解》的念頭，其序江藩《漢學師承記》云：「元又嘗思國朝諸儒説經之書甚多，以及文集説部，皆有可采，竊欲析縷分條，加以翦截，引繫於群經各章句之下。譬如休寧戴氏解《尚書》『光被四表』爲『横被』，則繫之《堯典》；寶應劉氏解《論語》『哀而不傷』即《詩》『惟以不永傷』之『傷』，則繫之《論語·八佾篇》而互見《周南》。如此勒成一書，名曰《大清經解》。徒以學力日荒，政事無暇，而能總此事，審是非，定去取者，海内學友惟江君與顧君千里二三人。他年各家所著之書，或不盡傳，奥義單辭，淪替可惜，若之何哉！」〔二〕可見阮氏意想中的《清經解》原本是想將經學專著、文集與筆記等所有文獻中的經解文字分繫於群經章句之下。道光五年（一八二五），阮元命其門生嚴杰在學海堂開始輯刻《皇清經解》，至九年九月全書輯刻完畢，凡一千四百卷，分裝三十函，是爲學海堂本。

〔一〕陳壽祺《經郛條例》，《左海文集》卷一，《皇清經解》卷一千二百五十三。

〔二〕江藩《國朝漢學師承記》卷首，中華書局，一九八三年，第一—二頁。

《皇清經解》的實際主持纂修者嚴杰(一七六四—一八四三),字厚民,號鷗盟,浙江餘杭人,因寄居錢塘,又稱錢塘人。嚴杰初爲諸生,阮元督學浙江,聘其助修《經籍籑詁》。阮氏升浙江巡撫,於杭州創辦詁經精舍,嚴杰入舍就讀,遂與阮元爲師生之誼。阮元輯《十三經注疏校勘記》時,嚴氏分任《左傳》《孝經》注疏校勘。嘉慶十五年(一八一〇),阮元離浙還朝,嚴杰於次年受聘赴京,課督阮元女阮安一年餘。後阮氏與江都張氏聯姻,嚴杰又成爲阮安未婚夫張熙之師。阮元《題嚴厚民杰書福樓圖》詩云:「嚴子精校讎,館我日最長。校經校《文選》,十目始一行。」首有小序「厚民湛深經籍,校勘精詳」云云。〔一〕嘉慶二十五年(一八二〇)春,學海堂初開,嚴杰也於此時陪伴張熙來粵完婚,遂留於粵中阮元督署。道光四年(一八二四)冬,學海堂新舍建成。翌年八月,嚴杰即受阮元之命,集阮氏藏書於堂中,别擇比勘,輯刻《皇清經解》。可見嚴杰既以校勘精審爲阮氏所器重,且兼有學生、門客之誼,故阮元委以重任。

作爲經學叢書,《皇清經解》的纂修體例既不同於《通志堂經解》,又有别於《四庫全書》,而是以作者爲綱,按年輩先後,依人著録,或選其專著,或輯其文集、筆記,上起清初,下訖阮元所處時代,依次彙集了顧炎武、閻若璩、胡渭、萬斯大、陳啓源、毛奇齡、惠周惕、姜宸英、臧琳、馮

〔一〕詳見《揅經室續集》卷六,《國學基本叢書》本。

景、蔣廷錫、惠士奇、王懋竑、江永、吴廷華、秦蕙田、全祖望、杭世駿、齊召南、沈彤、惠棟、莊存與、盧文弨、江聲、王鳴盛、錢大昕、翟灝、盛百二、孫志祖、任大椿、邵晉涵、程瑶田、金榜、戴震、段玉裁、王念孫、孔廣森、錢塘、李惇、武億、孫星衍、胡匡衷、凌廷堪、劉台拱、汪中、阮元、張敦仁、焦循、江藩、臧庸、梁玉繩、王引之、張惠言、陳壽祺、許宗彦、郝懿行、馬宗璉、劉逢禄、胡培翬、趙坦、洪震煊、劉履恂、崔應榴、方觀旭、陳懋齡、宋翔鳳、李黼平、凌曙、阮福、朱彬、劉玉麐、王崧、嚴杰等七十三位學者的一百八十三種著作。其中，閻若璩《四書釋地》一卷、《四書釋地續》一卷、《四書釋地又續》一卷、《四書釋地三續》一卷算四種書，阮元《十三經注疏校勘記》算十三種書，錢大昕《十駕齋養新録》三卷、《十駕齋養新餘録》一卷算兩種書，孫志祖《讀書脞録》二卷、《讀書脞録續編》二卷算兩種書，嚴杰《經義叢鈔》三十卷算一人一書。這套叢書彙集了阮元所處時代之前清人主要經解著作，是對乾嘉經學的一次全面總結。

關於《皇清經解》作者、卷數、種數等統計歷來語焉不詳，説法不一。原因之一，《皇清經解》編者對作者著作的種數計算没有嚴格標準，如齊召南《尚書注疏考證》《禮記注疏考證》《春秋左傳注疏考證》《春秋公羊傳注疏考證》《春秋穀梁傳注疏考證》五種只算作《注疏考證》一種，而閻若璩、錢大昕、孫志祖等人的經著及續編則各算一書。原因之二，《經義叢鈔》三十卷，是嚴杰鈔輯多人多種著作組成的，過去統計《皇清經解》的子目和作者總數時，往往當作嚴杰一人作品對待，這實際上是很不嚴謹、很不準確的。《經義叢鈔》所收著作可分三種情况：一是個人專著，如顧棟高《春秋大事表》十卷，洪頤煊《禮經宫室答問》二卷、《孔子三朝記》二卷、《讀書叢録》三卷，共四種；二是單篇經義散論，共收入王昶等十三人的文章三十九篇，另有佚名經論《圜丘解》《禘祫考》《明堂解》三篇，共四十二篇；三是兩種論文集，《詁經精舍文集》六卷，收入汪家禧等四十五人的單篇論文一百四十八篇，《學海堂文集》三卷，收入張杓等十人的單篇論文十四篇。

三

《皇清經解》成書後，書版庋藏於學海堂側邊的文瀾閣，阮元制訂了「藏版章程」九條，對書版的存放、印刷及保養修補等作了嚴格規定。逮至咸豐七年（一八五七）九月，英軍攻粤，文瀾閣遭炮擊，原存書版毁失過半。咸豐十年（一八六〇），兩廣總督勞崇光等人捐資，聘請鄭獻甫、譚瑩、陳澧、孔廣鏞四人爲總校，補刻數百卷，並增刻了馮登府著作七種八卷，即《國朝石經考異》《漢石經考異》《魏石經考異》《唐石經考異》《蜀石經考異》《北宋石經考異》各一卷，《三家詩異文疏證》二卷。總計收書一百九十種、一千四百零八卷，此即「咸豐庚申補刊本」，書口皆有

「庚申補刊」四字。同治九年（一八七〇），廣東巡撫李福泰刊其同里山東濟寧許鴻磐《尚書劄記》四卷，附諸《皇清經解》之後，爲卷千四百零九至千四百十二，卷千四百十二後有「粵東省城龍藏街萃文堂刊」刊記，書口有「庚午續刊」四字，但書前目録未補入許書，是爲「庚午續刊本」。

是後上海點石齋、上海書局於清光緒十一年（一八八五）、十三年（一八八七）、十七年（一八九一），先後出版庚申補刊《皇清經解》的石印本。〔二〕但其目録，按書編號，包括馮登府《石經考異》《三家詩異文疏》二種在內，列書一百八十種，反比學海堂本《皇清經解》收書一百八十三種之數爲少，致後人枉生疑異。這是由於石印本將閻若璩《四書釋地》《續》《又續》《三續》、錢大昕《十駕齋養新録》《餘録》、孫志祖《讀書脞録》《續編》各只算作一書所致。此後，續有船山書局本《皇清經解依經分訂》、袖海山房本《皇清經解分經彙纂》、鴻寶齋本《皇清經解分經彙編》、古香閣本《皇清經解》等翻刻、分類改編之作，足見《皇清經解》編成後的社會影響巨大。

一九八八年，上海書店據庚申補刊本影印出版，分七册，並補許鴻磐《尚書劄記》四卷。二〇〇五年鳳凰出版社又據上海書局光緒十三年《皇清經解》石印本，與蜚英館本《皇清經解續編》一起放大影印出版，名《清經解 清經解續編》。新世紀以來，山東大學劉曉東、杜澤遜二位

〔二〕關於《皇清經解》版本情况，虞萬里《正續清經解編纂考》述之甚詳，讀者可參考。

學者又先後編纂了《清經解三編》《清經解四編》,分別收經解六十五、五十種,齊魯書社遂於二〇一六年將之與《皇清經解》《皇清經解續編》合爲《清經解全編》,共收清人經解著作五百餘種,是爲目前最全的清代經解叢書。

基於《皇清經解》刊刻流傳的上述情況,本次整理采用咸豐十年「庚申補刊」本爲工作底本,各經解分別根據實際情況采用其最早或最善版本爲校本,作一次性校勘。曾有專家建議收入「庚午續刊」的許鴻磐《尚書劄記》四卷,但我們考慮到底本的一致性問題,最終没有收入該書。

四

關於《皇清經解》的價值,前賢時彦多有論述,特别是虞萬里先生從經義、語言學、名物考釋、天文地理、文集筆記等幾個方面,對《皇清經解》所收經解著作的價值作了深入細緻的分析。〔一〕陳祖武先生也宏觀地指出了《皇清經解》的三大意義: 首先,《皇清經解》彙聚清代前期的主要經學成就,從古籍整理的角度,做了一次成功的總結; 其次,《皇清經解》的纂修,爲一

〔一〕虞萬里《正續清經解編纂考》。

種實事求是的良好學風作了示範，對於一時知識界，潛移默化，影響深遠；最後，《皇清經解》集清儒經學精萃於一書，對於優秀學術文化成果的保存和傳播，用力勤而功勞巨。〔二〕

兹據整理過程所得認識與體會，對《皇清經解》的價值，謹補數語如下。第一，通過編纂《皇清經解》，首次對阮元之前的清代經解著作進行了全面清理，摸清了家底，爲以後的經學研究指明了方嚮。如桂文燦的《經學博采録》、王先謙的《續經解》正是受到阮元的啓發而作；又清代經學家相互間由於不通信息而重複研究者不少，如柳興恩曾著《穀梁春秋大義述》三十卷，陳澧也曾撰作《穀梁箋》及條例，久而未竟，見柳氏書，遂放棄所作；又如劉寶楠、梅植之、劉文淇、柳興恩、陳立等人相約「各治一經」分撰新疏的佳話，正是通過阮元組編《皇清經解》才發現《春秋》三傳與《論語》等經尚無新疏。第二，《皇清經解》所收清人經解著作有少數已成絶版，殊爲珍貴。如凌曙《禮説》、趙坦《春秋異文箋》《寶甓齋劄記》《寶甓齋文集》、劉玉麐《甓齋遺稿》、崔應榴《吾亦廬稿》、劉逢禄《發墨守評》《箴膏肓評》《穀梁廢疾申何》等，如今只有經解本傳世；另如李惇《群經識小》、方觀旭《論語偶記》、段玉裁《儀禮漢讀考》、汪中《經義知新記》、張敦仁《撫本禮記鄭注考異》、王崧《説緯》等經著藉助《皇清經解》彙編才得以首次版刻；再如嚴杰

〔二〕陳祖武《〈皇清經解〉與古籍整理》，載《傳統文化與現代化》一九九三年第六期。

《經義叢鈔》中相當一部分文章如今也別無他本可尋。第三，經過校勘，我們發現《皇清經解》的校勘精細，質量可靠，總體上比校本爲佳，本次整理校記不多，原因之一即由於此，如程瑶田《通藝録》被收入《皇清經解》的多種經解著作、盧文弨《鍾山劄記》《龍城劄記》等，底本與校本幾無差異，可見經解本校勘之精；又如汪中《經義知新記》，經解本經過王念孫校勘，可以説是目前最佳版本。第四，阮元編纂《皇清經解》收入了部分筆記和文集中的經解文獻，初步揭示了經義筆記與文集在經學研究中的重要意義，爲後人揭示了重要的資料門徑。如本人目前作爲首席專家主持的國家社科基金重大招標項目「清人文集『經義』整理與研究」，正是從《皇清經解》和先師張舜徽《清人文集别録》《清人筆記條辨》中得到啓發而設計的。

對於《皇清經解》的不足，前賢也早有總結。如清末徐時棟曾指出《皇清經解》有十二個方面的缺陷，認爲其中最大的欠缺在於次序未當，因而建議重組，將各文分别繫於《易》、《書》、《詩》、《周禮》、《儀禮》、《禮記》、《大戴禮記》、三《禮》、《春秋》、《孝經》、《論語》、《孟子》、四書、《爾雅》、群經、筆記、文集、小學訓詁、小學字書、小學韻書、天文算法等二十一類之下。〔一〕先師張舜

〔一〕見徐氏《烟嶼樓文集》卷三十六《分類重編學海堂經解贊》二十一首并序。《清代詩文集彙編》，上海古籍出版社，二〇一〇年，第六五五六册，第四五四頁。

徽稱徐氏此論得其癥結，實爲後來依經分訂者開示新徑，擁彗先驅。[一] 勞崇光補刊時亦有微詞。[二] 從後人角度審視前賢著述，肯定會產生這樣那樣的不滿意之處，這是自然規律。我們認爲，對於《皇清經解》，更重要的是，人們在研讀與利用這套叢書時應該注意一些什麽問題。我們應該知道，《皇清經解》的最大特點在於它不是一套嚴格意義上的叢書，而是兼有類書的一些成分，這是由阮元原本是想編纂一套《大清經解》類書的動機而在當時條件下又不可能實現的背景決定的。從阮元到嚴杰，大概當時所有參與者都清楚不可能按照阮元的初衷來編纂這部大書，但又必須體現阮元彙纂清人經義成果的設想。於是，一方面以彙編清代中前期經解專著爲主而成叢書形式，卻儘量删削其中大量無關直接解經的序跋與附録，儘量摒棄一切無關直接解經釋義的部分，涉卷則删卷，涉篇則删篇，涉條則删條，涉段落文字則删段落文字。如徐時棟所指責不收閻若璩《尚書古文疏證》、姜炳璋《讀左補義》、余蕭客《古經解鈎沈》、江永《古韻標準》等精博之書，可以説均不符阮元「經解」之義。閻氏之書乃考證《古文尚書》之僞；姜氏之書，《四庫全書總目》斥爲「殊非注經之體」；余氏之書輯古經解而非清人經解；江氏之書泛

[一] 見張舜徽《清人文集别録》卷十八，華中師範大學出版社，二〇〇四年，第四五七頁。
[二] 勞崇光《皇清經解補刻後序》，《皇清經解》庚申補刊本卷首。

論古韻而非如顧炎武《易音》《詩本音》專解《周易》《詩經》之音。另一方面又兼收清人文集與筆記中的重要經義文章，但文集與筆記中的經義文章，或一篇或數條，零金碎玉，顯然不能像最初所設想的那樣「引繫於群經各章句之下」，必須保留原文集與筆記書名以引繫其文章，這也是叢書體例所要求的。從而形成了書名仍舊而卷數與内容大爲縮水的問題。這種情況的文集與筆記有：顧炎武《日知録》原書三十二卷，經解本節爲二卷；閻若璩《潛邱劄記》原書六卷，經解本節爲二卷；毛奇齡《經問》十八卷《補》三卷，經解本《經問》節爲十四卷、《補》節爲一卷；姜宸英《湛園劄記》原書四卷，經解本節爲二卷；臧琳《經義雜記》原書三十卷，經解本節爲十卷；馮景《解舂集》原書十六卷，經解本節爲二卷；王懋竑《白田草堂存稿》原書八卷，經解本節爲一卷；全祖望《經史問答》原書十卷，經解本節其《經問》爲七卷；杭世駿《質疑》原書二卷，經解本節爲一卷；沈彤《果堂集》原書十二卷，經解本節爲一卷；盧文弨《鍾山劄記》原書四卷、《龍城劄記》原書三卷，經解本分别節爲一卷；錢大昕《十駕齋養新録》原書二十卷、《餘録》三卷，經解本分别節爲三卷、一卷；錢氏《潛研堂文集》原書五十卷，經解本節爲六卷；孫志祖《讀書脞録》原書七卷、《續編》四卷，經解本分别節爲二卷；戴震《東原集》原書十三卷，經解本節爲二卷；段玉裁《經韻樓集》原書十二卷，經解本節爲六卷；王念孫《讀書雜誌》原書八十卷、《餘編》二卷，經解本節爲二卷；孫星衍《問字堂集》原書六卷，經解本節爲一卷；劉台拱《劉氏遺書》原收書九種十卷，經解本收其《論語駢枝》一書一卷而名不變； 凌廷堪《校禮堂文集》原書三十六卷，經解本節爲二卷； 汪中《述學》原書六卷，經解本節爲二卷； 阮元《疇人傳》原書四十六卷，經解本節爲九卷； 阮元《揅經室集》原有六十四卷以上，經解本節爲七卷； 臧庸《拜經日記》《拜經文集》原書分别有十二卷、五卷，經解本分别節爲八卷、一卷； 梁玉繩《瞥記》原書七卷，經解本節爲一卷； 王引之《經義述聞》原書三十二卷，經解本節爲二十八卷； 陳壽祺《左海文集》原書十卷，經解本節爲二卷； 許宗彦《鑑止水齋集》原書二十卷，經解本節爲二卷； 胡培翬《研六室雜著》一卷乃摘自其《研六室文鈔》（十卷）中的經學部分，由經解本編纂者另起書名； 趙坦《保甓齋文録》六卷，經解本易名爲《寶甓齋文集》一卷； 阮元《詁經精舍文集》原有七集，經解本取其第一集十四卷中的六卷； 洪頤煊《讀書叢録》原書二十四卷，經解本節爲三卷； 阮元《學海堂文集》原有四集，經解本取其初集十六卷中的三卷； 王崧《説緯》原書六卷，經解本節爲一卷； 馮登府《三家詩異文疏證》原書六卷、《補遺》三卷，經解本僅録二卷。

不僅文集、筆記是這樣，經解專著中也偶有這種情況，如顧炎武《音論》原書三卷十五篇，經解本節爲一卷九篇； 任大椿《弁服釋例》原書九卷，經解本删其《表》一卷； 段玉裁《詩經小學》原書三十卷，經解本取臧庸删節本《詩經小學録》四卷； 翟灝《四書考異》原書七十二卷，經解本删其《總考》

三十六卷；顧棟高《春秋大事表》原書五十卷，經解本删其表，僅録其叙及卷末考證議論散篇，節爲十卷；秦蕙田《觀象授時》原書二十卷，經解本節爲十四卷；惠棟《周易述》原書二十三卷，經解本删其末資料性質的兩卷而爲二十一卷；阮元《積古齋鐘鼎彝器款識》原書十卷，經解本節選二卷；等等，這裏不能盡舉。當然，大部分經解專著都保留了原貌，像上述删節情況只是少數。

還有一類經解，表面看經解本與原書卷數一致，但經解本内容有删節，或删條，或删篇，或删文字，如李惇《群經識小》、錢塘《溉亭述古録》、陳壽祺《左海經辨》、劉履恂《秋槎雜記》、萬斯大《學禮質疑》及程瑶田十幾種考證《小記》等等，上述抽取原書部分篇卷的經解專著、文集與筆記中，也有很多篇章條目被再加删除的情況。當然，也偶有經解本比原書卷數增多的，如惠周惕《詩説》原本三卷，經解本增入其《答薛孝穆書》一篇、《答吴超志書》兩篇文章，爲《詩説附録》一卷；沈彤《周官禄田考》卷二之末所附徐大椿序爲原本所無，書末所附沈彤《後記》三篇，而原本僅有其一。還有表面看經解本與原書卷數不一，實則是因爲經解本作了合併或分析，如程瑶田《考工創物小記》原書八卷，經解本將其每兩卷併一卷，合爲四卷，僅抽删了兩篇無關經義的「記」體文字；陳懋齡《經書算學天文考》原書二卷，經解本合爲一卷；孫星衍《尚書今古文注疏》原書三十卷，其中《堯典》《洪範》《顧命》《吕刑》《書序》各分卷上下、《臯陶謨》《禹貢》各分卷上中下，經解本則將各篇卷上中下各析爲一卷，便多出了九卷；沈彤《儀禮小疏》原書七卷，經解本析其附録《左右異尚考》另爲一卷； 洪頤煊《孔子三朝記》原書七卷，嚴杰《經義叢鈔》將之合爲二卷，内容並未減少； 洪震煊《夏小正疏義》原書六卷，包括正文四卷、《釋音》一卷、《異字記》一卷，經解本則將《釋音》《異字記》統附於正文四卷之末。 此外，《皇清經解》所收經解，删除了大多數序跋、識語、附録之類。 其删除之徹底，可舉一例以證： 程瑶田《儀禮喪服文足徵記》保留了阮元之叙，卻删除了卷前程氏所云「吾於《喪服》末章『長殤、中殤降一等』四句，知其確是經文，而鄭君誤以爲傳，故觸處難通，不得不改經文以從其説。 今余拈出，則文從字順，全篇一貫」等百餘字提綱挈領的識語，這也是很可惜的。

在上述删減情況中，有兩類頗爲極端，值得注意。 一是删減如同改編，與原書相差甚遠。 如經解本中阮福的《孝經義疏》實際是阮福《孝經義疏補》十卷的節選本，僅一卷，不僅篇幅比原書大爲縮水，書名被改，且經解選輯者只是將《孝經義疏補》「補」的部分中有關解釋《孝經》各章經文大義的内容擇要摘出，組合成書，而删除了大多數訓釋字詞名物與校勘異同的文字，至於其所釋之「經」「注」「疏」原文及序文，也一字不留，致使疏義文字無所依附，上下文順序淆亂，讀之不知所指，如墜霧中，故經解本所謂阮福《孝經義疏》實無可用之處，宜以《孝經義疏補》原書爲準。 二是經解本編輯者在删減中擅自改動原作者的考證與觀點，如李惇《群經識小》，經解本不僅删掉了道光六年本中王念孫《序》及阮元《孝臣李先生傳》、李培紫道光五年《群經識小凡例》等，内容較原刻本也有不少改動，如「澤中有火」條，道光六年本後半段作： 「或謂日出海中,乃其象。案:海在地中,日行黄道,相距遼遠,其説不可據。」經解本改作:「陳沛舟曰『日出海中』,較諸説尤爲可據,自昏而明,亦與革義相近。」改動前後,看法明顯不同。當然,這兩類極端情況只是少數,瑕不掩瑜。

總之,《皇清經解》所收各書,一半以上經過了删除卷、篇、條、段落、序跋、附録與文字的加工,既未收全阮元之前清人所有經解專著或個人全部經解著作,所收經解多半也非原書原貌。雖然爲叢書之型,實則具類書之實,我們應該緊扣阮元彙輯「經解」「經義」的初衷來理解,切不可以純粹叢書規則論之,也不必求全責備。

五

二〇〇九年,承蒙教育部全國高等院校古籍整理研究工作委員會領導與專家評審組的信任,筆者領銜申報的「《皇清經解》點校整理」被立爲「重大項目」給予資助,到現在已過去了十四年。十四年來,我們華中師範大學歷史文獻學研究所全體研究人員,包括一部分碩博士研究生,參與了這個項目,同時還組織了華中科技大學文學院、湖北大學歷史系與古籍所及幾所省外高校老師協助整理。首先,爲發揮整理研究人員的專業所長和專班負責作用,也爲了便於讀者分類研讀，我們從一開始就確立了分類整理、分編出版的原則，將《皇清經解》按照原目編號，然後按照《周易》、《尚書》、《詩經》、三《禮》、《春秋》三傳、《四書》《孝經》、小學、群經總義分爲八大類，每類設專人負責。下一步是製定《點校條例》，包括「基本原則」「標點細則」「校勘細則」三個部分，達四十三條之多，並組織撰寫了「標點樣稿」「校勘樣稿」「點校説明樣稿」，製定了詳細的工作方案。做完這些步驟之後，再全面鋪開八大類的點校整理工作。設想不可謂不周全，規則不可謂不完整，組織不可謂不嚴密。但所有參與者，專業教師必須在完成教學、指導碩博士研究生、撰寫學術論文等各種繁瑣日常工作之後，碩博士生則要在完成各種課程及名目繁多的組織活動和諸多論文寫作之後，纔能在「業餘」時間來展開這項點校工作，「挑燈夜戰」，即使所内專職研究人員也没有任何教學任務與科研論文數的減免，這不能不給點校質量摻進水分，留下「傷疤」，大概這也是目前部分已出版的古籍整理點校成果不盡如人意的癥結所在。其次，《皇清經解》算上雙行小注，總字數在二千萬以上，標點一遍，校勘一遍，校對清樣一遍，等於至少有六千萬字的工作量，如此大型的古籍整理點校，所遇到的各種標點疑難、校勘困惑、做事敷衍、經費拮据等等，一言難盡。所以，作爲主編，我既無法苛求參與者盡心盡意，保證其點校稿完美無誤，也没有時間與精力對所有點校稿逐字審閲（只做到了每種抽審、部分詳審），更没有經費聘請項目外的專家審稿，質量把關全壓在各點校者肩上。故對於整理本在所難免的訛誤與缺憾，只能在此祈求讀者海涵、專家指正，以待日後修訂。

本項目啓動前後，得到了全國高等院校古籍整理研究工作委員會及其秘書處安平秋主任、楊忠秘書長、曹亦冰副秘書長、盧偉主任等領導的悉心指導與關懷，得到了本校社科處與歷史文化學院的大力支持；也曾諮詢《皇清經解》研究專家虞萬里先生，得到他的指點；鳳凰出版社原社長兼總編輯姜小青先生、鳳凰出版社原編輯室主任王華寶先生均給予了本項目諸多幫助；以汪允普先生爲首的責任編校人員，不辭勞苦，認真編輯，極大地保證了書稿質量；在此一并致以衷心感謝！另外，本項目在點校過程中，參考了部分已出版的經解標點本，也要在此向所有標點整理者致以誠摯的謝意！

華中師範大學　董恩林

二〇二三年十月五稿

清經解（整理本）凡例

一、本次整理，以《皇清經解》咸豐十年（庚申）補刊本爲工作底本。

二、本次整理，將原《皇清經解》庚申補刊本所收一百八十種書分周易、尚書、詩經、三禮、春秋三傳、四書孝經、小學、群經總義八大類，分類點校。但書種的分别與庚申補刊本稍有不同，即將齊召南原算作一書的《尚書注疏考證》《禮記注疏考證》《春秋左傳注疏考證》《春秋公羊傳注疏考證》《春秋穀梁傳注疏考證》拆開，分作五種，各歸入相關五經，而將閻若璩《四書釋地》《續》《又續》《三續》、錢大昕《十駕齋養新録》《餘録》、孫志祖《讀書脞録》《續編》原分别作爲四種書、二種書的，各回歸爲一種書。又將嚴杰《經義叢鈔》三十卷中能够獨立成書的顧棟高《春秋大事表》十卷、洪頤煊《禮經宫室答問》二卷、《孔子三朝記》二卷、《讀書叢録》三卷、阮元《詁經精舍文集》六卷、《學海堂文集》三卷各自析出，歸入八大類相關部分，而將其四卷經論雜文，作爲一書，名之曰《經義散論》，歸入「群經總義」類。這樣合併拆分後恰好仍然是一百九十種書。

三、原《皇清經解》本多無目録，本次整理，爲方便讀者檢尋，除極少數無法編目外，儘量爲之編製目録。

四、清人經解著述，多不分段。本次整理，爲便於讀者理解，對長篇經解文字，儘量根據文意，適當分段。

五、本次整理，對底本古今字、異體字、通假字等，一般不作改動；如要改動，則要求一書前後統一。

六、本次整理，對常見避諱字，如「元」（玄）之類改字避諱、「𠀉」（丘）之類缺筆避諱，及清代新產生的避諱字，如「貞觀」寫成「正觀」、「弘治」寫成「宏治」等，均徑改不出校；稀見避諱字，則出校説明。

七、本次整理，對「己」「已」「巳」、「祇」「祗」、「戍」「戌」之類易混字，又如「劉知幾」寫成「劉知己」、「百衲」寫成「百納」等偶誤之類，均據上下文意，徑改不出校。

八、古人引文較爲隨意，掐頭去尾、斷章取義等情況不少，故本次整理，對引號使用僅作三點原則規定：一是總體上要求核對引文，謹慎施加引號；二是凡一段引文前後無他人語者不加引號；三是儘量避免使用三重引號。對引號具體用法不作硬性規定，一書前後統一即可。

九、清人常對估計讀者難以辨識的特殊句子，自加一小「句」字表示此處應當斷句爲讀。

本次整理對此類情況施加標點後，即將「句」字删去，亦不出校。

十、本次標點整理，遵循國家規定的標點符號用法及古籍整理標點通例，但不使用破折號、省略號、着重號、專名號、間隔號等。對特殊書名號作如下處理：（一）一書多篇名相連者，連用書名號，中間不用頓號斷開。如「禮記王制月令曾子問」，標點爲「《禮記·王制》《月令》《曾子問》」。（二）《春秋》及其三傳某公某年的標點，一律作「《春秋》某公某年」、「《左傳》某公某年」，餘類推；另如「左氏某公某年傳」，則標爲「《左氏》某公某年傳」，餘類推。（三）凡書籍簡稱加書名號，如《毛詩》《論》《孟》《説文》等；凡書名與作者相連者，如「班書」（指班固《漢書》）、「謝沈書」（指謝沈《後漢書》），則標「班《書》」「謝沈《書》」；凡書名與篇名相連者，如「漢表」（指《漢書》諸表）、「隋志」（指《隋書·經籍志》），則標爲《漢表》《隋志》。（四）凡泛稱的「經」「注」「疏」「傳」「箋」等，以及特指的「毛傳」「鄭注」「鄭箋」「孔疏」「釋文」「正義」「音義」等常見注疏名稱，一般不加書名號；但「釋文」「正義」「音義」單獨使用時原則上需加書名號，以免與同義語詞互生歧異。

十一、本次整理，以《皇清經解》所收各書之原書較早或較好的一種版本作爲校本，與底本進行版本對校，主要校勘文字詳略、異同兩方面，不作多版本參校與考辨。校勘遵循目前通行原則，即底本誤而校本不誤者，酌情改正或不改，均出校説明；底本不誤而校本誤者則不論。

十二、本次整理，對於《皇清經解》編者所刪文字，尊重原意，一律不補，亦不出校説明，只在《點校説明》中略作交代。

十三、本次整理，每種經解撰寫一篇簡明扼要的《點校説明》，内容有三：一是作者簡介，二是該書主要内容及經解本對原書的删減情況，三是該書版本及校本源流情況。

十四、《皇清經解》所收各書，目前已有少量出版了標點本，本次整理擇要吸收了這些整理成果，也改正了其中一些錯誤，並在《點校説明》中作出交代。在此，向所有點校整理成果的作者敬致謝忱。

華中師範大學歷史文獻學研究所《清經解》點校整理編委會

二〇二一年二月在原《清經解點校條例》基礎上删訂而成

毛鄭詩考正

（清）戴震　著
劉真倫　岳珍　點校

目　録

點校説明

《毛鄭詩考正》四卷，戴震著。

戴震（一七二四—一七七七），字慎修，一字東原，安徽休寧人。早年從江永問學，乾隆十六年（一七五一）補休寧縣學生。乾隆十九年赴京，與紀昀、錢大昕、王鳴盛、王昶、朱筠等交遊。二十一年，館於高郵王安國第，安國子念孫從學。二十二年，於揚州結識惠棟。二十八年，入都會試不第，居新安會館，段玉裁等從問學。三十七年，主講浙江金華書院。三十八年，充《四庫全書》纂修官。四十年，會試不第，賜同進士出身，授翰林院庶吉士。是書外，另有《尚書義考》《毛詩補傳》《中庸補注》《方言疏證》《聲類表》《聲韻考》《算學初稿四種》《東原文集》《孟子字義疏證》等著述傳世。《清史稿·儒林二》有傳。

是書以考察毛傳、鄭箋爲主，前人評價「是書於毛傳、鄭箋無所專主，多自以己意考證。或兼摘傳、箋考正之，或專摘一家考正之，或止摘經文考正之。大都俱本古訓古義，推求其是，而仍以輔翼傳、箋爲主，非若宋人説《詩》諸書，專以駁斥毛、鄭而别名一家也。」（周中孚《鄭堂讀書記》卷八）其解説詩意，一以事理爲歸。

是書始刻於乾隆四十二年丁酉八月，孔繼涵編入《戴氏遺書》中，世稱微波榭本。其後《藝海珠塵》本、《皇清經解》本、《安徽叢書》本均據微波榭本全文收録。本次整理以微波榭本對校，少量戴氏引書確實有誤且直接影響文義者，酌情取原書訂正。

劉真倫

毛鄭詩考正　卷一

休寧戴吉士震著

毛詩故訓傳鄭氏箋

周南・關雎

首章。

傳：雎鳩，王雎也。鳥摯而有別。

箋云：摯之言至也。謂王雎之鳥，雌雄情意至然而有別。

震按：古字「鷙」通用「摯」。《夏小正》「鷹始摯」、《曲禮》「前有摯獸」，是其證。《春秋傳》：郯子言少皞以鳥名官，雎鳩氏，司馬也。說曰：「鷙而有別，故爲司馬，主法制。」義本《毛詩》，不得如箋所云明矣。後儒亦多有疑猛鷙之物不可以興淑女者。考《詩》中比興，如「螽斯」但取於衆多，「雎鳩」取於和鳴及有別，皆不必泥其物類也。

傳：窈窕，幽閒也。

震按：窈窕，謂容也，其容幽閒窈窕然。《禮》四教：婦德、婦言、婦容、婦功。容者，德之表。

二章。

傳：流，求也。

震按：義本《爾雅》。考詩意，謂荇菜生流水之次，有潔濯之美，可以當求取耳。

箋云：左右，助也。

震按：左右，謂身所瞻顧之左右也。

五章。

傳：芼，擇也。

震按：《爾雅》：「芼，搴也。」郭注云：「謂拔取菜。」呂伯恭《讀詩記》引董氏云：「芼，熟薦之也。」說各不同，皆緣辭生訓耳。芼，從草、毛聲，菜之亨於肉湆者也。考之《禮》，羹、芼、菹、醢凡四物。肉謂之羹，菜謂之芼；肉謂之醢，菜謂之菹。菹、醢生爲之，是爲豆實。芼則湆烹之，《禮注》：湆，肉汁也。芼之言用爲鉶芼。孔冲遠《義疏》以《周官·醢人》陳四豆之實，無荇菜，而謂《詩》咏時事用殷禮。由「芼」字失其義，故不知詩中已明言爲「芼」，非爲「菹」也。菹與醢相從實諸豆，《周禮》七菹：韭菹、菁菹、茆菹、葵菹、芹菹、菭菹、筍菹是也。芼與羹相從實諸鉶，《儀禮》「鉶芼：牛藿、羊苦、豕薇」，《昏義》「牲用魚，芼之以蘋藻」，《內則》「雉兔皆有芼」是也。

葛覃

三章。

傳：言，我也。

震按：義本《爾雅》。《詩》中「言」與「云」互用，皆辭助。

卷耳

二章。

傳：崔嵬，土山之戴石者。

震按：此及下傳疑轉寫互訛。崔嵬，高貌也。凡高山，其下多石爲之基，故《爾雅》「石戴土謂之崔嵬」。

四章。

傳：石山戴土曰砠。

震按：「砠」字从石，以石上見也。故《爾雅》「土戴石爲砠」。

漢廣

首章：南有喬木，不可休思。

傳：思，辭也。

震按：經文「思」或作「息」者，轉寫之訛。《爾雅》：「休，蔭也。」郭本作「庥，蔭也」，字通用。「休」「求」「泳」「方」各爲韻，「思」皆句末辭助。《韓詩外傳》引此作「不可休思」。凡《詩》中用韻之句，韻下有一字或二字爲辭助者，必連用之。數句並同，不得有異。惟「不可休思」「思」訛作「息」，及「歌以誶止」，「止」訛作「之」，遂亂其例。

召南・鵲巢

二章：維鳩方之。

傳：方，有也。

震按：《詩》中「方」「房」通用。《小雅》「既方既皂」、《大雅》「實方實苞」，箋云：「方，房也。謂孚甲始生而未合時也。」是「方」有「房」義。《漢書・地理志》山陽郡方與，晉灼云：「音房豫。」是「方」有「房」音。方之，猶居之也。

羔羊

首章。

傳：大夫羔裘以居。

震按：羔裘，諸侯視朝之服。傳因「退食自公」爲退朝而燕居，故云「羔裘以居」。考之詩辭，蓋在朝方退，自公門出，見者賦以美之也。

騶虞

首章。

傳：騶虞，義獸也，白虎黑文。

震按：騶虞之爲獸名，既不見於《爾雅》，説者或以爲囿名，或以爲馬名，皆不足據證。漢許叔重《五經異義》載韓、魯説云：騶虞，天子掌鳥獸官。於《射義》所謂「樂官備」也。義似明切。蓋騶，趣馬也；虞，虞人也。《月令》：「天子乃教於田獵，以習五戎，班馬政，命僕及七騶咸駕。」皇甫侃云：「天子馬六種，種别有騶。又有總主之人，故爲七騶。」《春秋傳》：「程鄭爲乘馬御，六騶屬焉，使訓群騶知禮。」杜注云：「六騶，六閑之騶。」又豐點爲孟氏之御騶，孔沖遠云：「掌馬之官，兼掌御事。」《周官》山虞、澤虞：「大田獵，則萊山田、澤野。」據是言之，騶與虞，田獵必共有事，詩因而兼言兩官耳。舉騶虞，則騶之知禮，虞之供職可知。而騶虞已上之官大遠乎騶虞之微者尤可知。歎美騶虞，意不在騶虞也，所以美君也。壹發者，君也。

邶·緑衣

三章：女所治兮。

震按：陸德明《釋文》：「女，崔云：毛如字，鄭音汝。」今考如字是也。上以緑喻妾，以緑之爲衣，喻妾上僭。此更言絲者，方其爲絲，未爲衣也，由女工治之以爲衣則衣矣，其故在所治也。喻妾上僭，君子嬖之則然耳，於妾何責。觀異日州吁之事，則前兩章憂不徒在己之失位，此又能不責衆妾而思古人善處之道，反己使無過焉，所以爲賢。

日月

首章：逝不古處。

震按：古處，謂凡相處之以禮，稽於古而不可易者是也。

箋云：寧，猶曾也。

震按：寧，猶豈也。篇内四言「胡能有定」，皆反覆期望之辭。苟能有定，則寧終不我念、不我答乎？「俾也可忘」，言已往之德音無良者，使可忘也。「報我不述」，言以恩意酬答，不復循其已往之行也。前二章以日月之照臨覆冒，喻君子之當我顧、我報。後二章以日月之出有常所，喻君子之當有常禮待己。舊説辭意過於怨，與《緑衣》之言異矣。

雄雉

四章：百爾君子，不知德行。

震按：上言「展矣君子」既婦人謂夫之稱，此「君子」不當如箋説爲衆君子。蓋「百爾君子」謂凡所爲之在君子者也。道遠不來，今既不知君子之德行矣，然念其平日之不忮不求，有素履可信者如是，則亦焉往不善乎？又美之而以自慰也。

匏有苦葉

首章。

傳：以衣涉水爲厲，謂由帶已上也。

震按：義本《爾雅》。然以是説詩，既以衣涉水矣，則何不可涉乎？似與詩人托言「不度淺深，將至於溺不可救」之意未協。許叔重《説文解字》：「砅，履石渡水也。」引《詩》「深則砅」，字又作「濿」，省用「厲」。酈道元《水經注・河水》篇云：「段國《沙州記》：吐谷渾於河上作橋，謂之河厲。」此可證橋有「厲」之名。詩之意以淺水可褰衣而過，若水深則必依橋梁乃可過，喻禮義之大防不可犯。《衛詩》「淇梁」「淇厲」並稱，「厲」固「梁」之屬也，足以證《説文》之有師承。

二章。

傳：由輈已上爲軓。

震按：詩以「軓」與「牡」韻，當爲車轍之「軌」，古音讀如九。《毛詩》蓋訛作「軓」，遂以車軾前之軓解之。軓，讀如范，不與「牡」協。《釋文》又有「車轊頭」之説。轂末名軒，軸末名轊。《周禮・大馭》「祭兩軒」，《禮記・少儀》篇作「祭左右軌」。「軌」乃「軒」之訛。杜子春改《大馭》之「軒」爲「軹」，蓋轂末名軒者，漢人通訛作「軹」，遂改「軒」以從之。於是經書、字書不復有「軒」

字，而轂末與軎之植者、衡者並名「軹」矣。一車之中，二名溷淆。轂末、軸末，又溷而同名。「軹」「軌」「軓」三字更轉寫互訛，此《釋文》「車轊頭」之説所由起。⿰車开，从車、开聲，讀如「笄」，轂末也。軹，从車、只聲，軎內之軨也。軌，从車、九聲，車轍也。軓，从車、凡聲，車軾前也。經傳中訛文相承，當各詳審正之。

谷風

五章。

傳：慉，養也。

箋云：慉，驕也。

震按：《説文》「慉，起也」，引此詩。《小雅・蓼莪》篇「拊我畜我」，箋亦訓爲「起」。起，如《晉語》「世相起也」之「起」，韋《注》云：「起，扶持也。」「不我能慉」，蓋承上章「何有何亡，黽勉求之，凡民有喪，匍匐救之」，自言盡心力如此，而其夫乃不以爲能相扶持起家，反讎視之。《蓼莪》篇上言「鞠我」，既爲哺養，下言「育我」，又爲覆育，而「畜我」承「拊我」下。拊，撫摩也。畜，扶持也。「畜」亦當作「慉」，省文假借耳。

傳：阻，難也。

震按：阻，絶隔也，不復念及之謂。「既阻我德，賈用不售」，言既不復念我之善，如賈之不見售。

静女

首章：俟我于城隅。

傳：城隅，以言高而不可逾。

箋云：自防如城隅。

震按：傳、箋皆就城隅取義，非詩意也。城隅之制見《考工記》。許叔重《五經異義》：「古周禮説云：天子城高七雉，隅高九雉；公之城高五雉，隅高七雉；侯伯之城高三雉，隅高五雉。」據《記》考之，公侯伯之城皆當高五雉，城隅與天子宫隅等，門臺謂之宫隅，城臺謂之城隅。天子、諸侯臺門以其四方而高，故有隅之稱。言城隅，以表至城下將入門之所也。「静女其姝，俟我於城隅」，此媵俟迎之禮。諸侯娶一國，二國往媵之，以姪娣從。冕而親迎，惟嫡夫人耳。媵則至乎城下，以俟迎者然後入。「愛而不見」，迎之未至也。「愛而」猶「隱然」。《説文》引此作「僾」，郭注《方言》引此作「薆」。彤管之法，女史書宫中之法度。故《春秋傳》曰：「《静女》之三章，取彤管焉。」「自牧歸荑」，言乎説舍近郊也。《爾雅》：「郊外謂之牧。」「荑」亦以爲潔白之喻。美其管，美其荑，設言以欣慕其人耳。始思見其人，繼思得見其物。始言至城下，終乃言至於郊。非寔有是事可知。《静女》之刺，思賢媵，懷女史之法者也。蓋衛人擬其君之宫中無是女以備嬪媵，及女史之法廢也。學者罕聞城隅，而詩遂失其傳矣。

二章：説懌女美。

震按：「女」當音「汝」，指彤管言，與下章「匪女之爲美」指荑而言同。彤管有煒，美矣，寔因静女所貽而説懌之。以彤管寄意規過，故當悦懌者也。

新臺

首章。

傳：籧篨，不能俯者。

箋云：籧篨口柔，常觀人顔色而爲之辭，故不能俯者也。

震按：《方言》：「簟或謂之籧苗，其麤者謂之籧篨。」〔一〕蓋粗竹席之用以爲困者。《晉語》曰：「籧篨不可使俯。」以其疾似之，故名。《爾雅》：「籧篨，口柔也。」柔者，媚也。以言媚人者常仰觀顔色，病若籧篨之不能俯，故又爲口柔之名。「籧篨不鮮」，言宣公媚於齊女，徒有籧篨之狀，見之不新。「鮮」讀如《史記》「數見不鮮」之「鮮」。下章「不殄」當從箋讀爲「腆」。腆，善也。《儀禮》「腆」字，古文皆作「殄」。

三章。

〔一〕「麤」，原作「麗」，微波榭本同。據《方言》改。

傳：戚施，不能仰者。

箋云：戚施面柔，下人以色，故不能仰也。

震按：傳本《國語》，箋本《爾雅》，然未詳「戚施」所由名。《説文》引《詩》作「得此䵲鼁」。䵲，七宿切。鼁，式支切。又名鼀䵲。鼀，力竹切，《説文》誤併「鼀」與「䵲」爲一字，並讀七宿切。於「鼀」字下云：「圥當作「鼀」。鼀，當作「䵲」。詹諸也。詹諸，即蟾蠩。其鳴詹諸，其皮鼀鼀，當作「䵲䵲」。其行圥圥。當作「鼀鼀」。」於「鼁」字下云：「䵲鼁，詹諸也。言其行鼁鼁。」「鼀䵲」之「鼀」，《説文》但用「圥」，今《爾雅》轉寫訛作「鼀」。《釋魚》篇云：「鼁䵲，詹諸。」陸氏《釋文》：「鼀，起據反。䵲，音秋。」並非也。䵲鼁，古字通用「戚施」。戚，當讀七宿切，以其皮戚戚，其行施施，故名。詹諸爲物狀卑俛，故不可使仰之。疾似之。籧篨、戚施本物名，因以爲疾名，又因疾名而爲口柔、面柔之名。宣公非兼有二疾，狀其媚於齊女之可醜而已。言非燕婉之求，徒彊爲此態也。

鄘・君子偕老

首章。

傳：笄，衡笄也。

震按：「衡」與「笄」二物。鄭康成注《周禮・追師》云：「王后之衡笄，皆以玉爲之。惟祭服有衡，正義引此注，「衡」下加「笄」字，非是。垂於副之兩旁當耳，其下以紞縣瑱。」「笄，卷髮者。」正義去此四字，非是。後儒考之未審，遂以鄭注「衡」之制移之於「笄」矣。

三章：瑳兮瑳兮，其之展也。

傳：禮有展衣者，以丹縠爲衣。

箋云：后妃六服之次，展衣宜白。

震按：鄭説詳《周禮・内司服》注，辭證明審。《説文》「瑳」字注云：「玉色鮮白。」亦與展衣白義合。

定之方中

三章：匪直也人，秉心塞淵，騋牝三千。

震按：舊説失詩之辭意。上言戴星早駕，乃其急農事以蕃育人民，出於秉心之塞淵者也。此章本指美文公盡心於人民，美之不已。而未及馬之衆多，言非特於人其秉心如是也，即所以致國之富者，騋牝已三千矣。

衛・淇奥

首章。

傳：緑，王芻也。竹，扁竹也。

震按：義本《爾雅》。緑，即所謂「終朝采緑」，《禮記・大學》篇引此作「菉」。後言「緑竹如簀」，則二草之藉於地，如蓐簀也。

三章。

傳：重較，卿士之車。

震按：「較」在「輢」上，車之兩旁可凭者。以其間寬廣，言君子之寬仁自得。左右兩較，望之而重，故曰重較。承上「寬兮綽兮」，「重」據左右言明矣。此不獨卿士之車爲然。傳因詩傳合，非禮制也。

氓

五章：靡室勞矣。

震按：言無可舉一事以爲勞，則室家之務，事事勤勞也。

木瓜

首章。

傳：瓊，玉之美者。

震按：「瓊」非玉之名，凡言玉色美曰瓊，言他物之美潔如玉，亦瓊加之。

二章。

傳：瓊瑶，美玉。

震按：「瑶」蓋玉之次，故《禮》玉爵獻卿，瑶爵獻大夫。

王・大車

首章。

傳：菼，騅也，蘆之初生者也。

震按：「蘆」字訛，當作「萑」。孔沖遠不能考正，而溷「蘆」「菼」爲一，非也。《夏小正》「七月秀萑葦」，傳曰：「未秀則不爲萑葦，秀然後爲萑葦，故先言秀。」又曰：「萑未秀爲菼，葦未秀爲蘆。」是「菼」與「蘆」乃萑、葦二物初生之名。凡《詩》中曰蒹葭，曰葭菼，曰萑葦，及今人曰蘆荻，皆並舉二物。蒹、葭、萑、荻一也，葭、蘆、葦一也。許叔重《説文解字》多本《毛詩》，於「菼」字云：「萑之初生。」然則《毛詩》轉寫訛失顯然矣。

鄭・羔裘

首章：舍命不渝。

箋云：舍，猶處也。

震按：古字「舍」「釋」通。《禮記》「舍菜」即「釋菜」是也。又「澤」「釋」亦通。《考工記》：「水有時以凝，有時以澤。」謂凝冰復釋，故李軌音釋是也。《管子》引此詩作「澤命不渝」。「澤」與「舍」義並爲「釋」，言自受命於君，以至復命而後釋，終始如一也。

遵大路

二章。

傳：䰘，棄也。

震按：《説文》引此詩作「㲋」，義與傳同，當讀市由切。

女曰鷄鳴

三章：雜佩以贈之。

震按：以韻讀之，「贈」當作「貽」，蓋字形轉寫之訛。

出其東門

首章：聊樂我員。

震按：員，旋也。言聊樂於與我周旋。下章又言聊可與之歡娱，「娱」對「員」爲義，古字「云」「員」通。《小雅·正月》篇「昏姻孔云」，《釋文》謂本又作「員」。《春秋傳》曰：「其誰云之。」「云」與「員」皆周旋相親之意。

二章。

箋云：匪我思且，猶非我思存也。

震按：《釋文》：「且，音徂。」引《爾雅》云：「存也。」今考《爾雅》，「徂」有兩義：一云

「往也」，一云「存也」。古字省「徂」通用「且」。「思且」對「思存」爲義，「匪我思且」，言非我思之所往也。

齊・載驅

首章。

傳：發夕，自夕發至旦。

震按：「發」又有發卸之義。《方言》云：「發，舍車也。東齊海岱之間謂之發，宋趙陳魏之間謂之税。」然則「發夕」謂夕而卸車與，正合齊人語。又郭璞云：「今通言發寫。」「寫」即「卸」字，古音夕，似略切。「發夕」與「發卸」，語之轉耳，不必作「朝夕」之「夕」解。發夕，謂解息車徒，與「豈弟」「翱翔」「遊敖」尤語意相邇。一章言車徒休解，二章言安行樂易，三章言翱翔以往，四章遊敖自縱，皆在道路指目之。

魏・陟岵

首章。

傳：山無草木曰岵。

震按：此與下傳疑轉寫互訛。《爾雅・釋山》曰：「多草木，岵。」劉熙《釋名》云：「岵，怙也，人所怙取以爲事用也。」

二章。

傳：山有草木曰屺。

震按：屺，亦作「峐」。《爾雅·釋山》曰：「無草木，峐。」劉熙《釋名》云：「屺，圮也，無所出生也。」

伐檀

首章：坎坎伐檀兮，寘之河之干兮。

震按：檀者堅韌之木，其材中車輻。輻，輪轑也。故下云「伐輻」「伐輪」，變文以就韻耳。伐檀乃寘之河干，蓋詩人因所聞所見而言之，以喻急待其用者寘之不用也。因歎河水之清，而譏在位者無功倖禄，居於污濁，盈廩充庖，非由己稼穡田獵而得者也。食民之食，而無功德及於民，是謂素餐也。首二言歎君子之不用，中五言譏小人之倖禄，末二言以爲苟用君子必不如斯。互文以見意。

碩鼠

二章。

傳：直，得其直道。

箋云：直，猶正也。

震按：箋與傳相足，其說是也。《論語》曰：「人之生也直。」「得我直」，謂得遂其性，不違生人之正道。

唐·蟋蟀

首章。

傳：聿，遂。

震按：《文選》注引《韓詩·薛君章句》云：「聿，辭也。」《春秋傳》引《詩》「聿懷多福」，杜注云：「聿，惟也。」皆以爲辭助。《詩》中「聿」「曰」「遹」三字互用。《爾雅》：「遹，自也，述也。」《禮記》引《詩》「聿追來孝」，今《詩》作「遹」。《七月》篇「曰爲改歲」，《釋文》云：「《漢書》作聿。」《角弓》篇「見晛曰消」，《釋文》云：「《韓詩》作『聿』，劉向同。」傳於「歲聿其莫」釋之爲「遂」，於「聿修厥德」釋之爲「述」。箋於「聿來胥宇」釋之爲「自」，於「我征聿至」「聿懷多福」「遹駿有聲」「遹求厥寧」「遹觀厥成」「遹追來孝」，並釋之爲「述」。今考之，皆承明上文之辭耳，非空爲辭助，亦非發語辭。而爲「遂」、爲「述」、爲「自」，緣辭生訓，皆非也。《說文》有「欥」字，注云「詮詞也。从欠从曰，曰亦聲」，引《詩》「欥求厥寧」。然則「欥」蓋本文，省作「曰」；同聲假借，用「聿」與「遹」。詮詞者，承上文所發端，詮而繹之也。

鴇羽

首章。

傳：盬，不攻緻也。

震按：《四牡》傳又云：「盬，不堅固也。」《周禮·典婦功》「辨其苦良」注云：「鄭司農『苦』讀爲『盬』，謂分别其縑帛與布紵之麤細。」《典絲》注云：「受其麤盬之功，以給有司之功用。其良功者，典婦功受之，以共王及后之用。」此可與《毛詩》相發明。盬，即「良盬」之「盬」。「王事靡盬」，言以王事之故，必當無盬，盡力爲之也。

葛生

首章：予美亡此，誰與獨處。

震按：《漢書》云：「不以在亡爲辭。」「亡此」者，今不在此也。既言其夫今不在此，而又曰「誰與」，非義也。「誰與獨處」亦不辭，「與」當音「餘」。「誰與」，自問也。「誰與獨處」與《檀弓》「誰與哭者」語同。其夫從征役不歸，生死未可知，婦嗟無所依托，故以葛蘞之必得所依爲興，而言予所美之人不在此，留誰獨處哉？反顧歎傷之辭，明其爲一婦人隻身無托也。

秦·駟鐵

三章。

箋云：置鸞於鑣，異於乘車也。

震按：田車亦無鸞在鑣之制。蓋「輶車鸞鑣」本非對文，輶車也、鸞也、鑣也，三者皆因所見言之耳。

小戎

首章。

傳：游環，靷環也。

震按：《釋文》作「靳環」，引沈重云：「舊本皆作『靳』。」今考下言「陰靷鋈續」，傳曰：「續，續靷也。」箋曰：「鋈續，白金飾續靷之環。」然則「靳環」與「靷環」乃二物，詩並言之，轉寫訛溷，後人遂莫之辨。《春秋傳》言「如驂之靳」。《説文》：「靳，當膺也。」蓋《詩》謂之「游環」，《春秋傳》謂之「靳」，漢時謂之「當膺」。驂從靳而後於兩服，其首正當兩服之胸，於此有環以貫其外轡。箋曰：「游環在背上無常處，貫驂之外轡，以禁其出。」《釋名》曰：「游環在服馬背上，驂馬之外轡貫之。」可與箋相足。下「陰靷」，傳、箋不詳其所在。孔沖遠云：「以皮爲之，繫於陰板之上。驂馬頸不當衡，别爲二靷以引車。」今考車前揜版，其上不堪任，今時車騑馬之靷繫於軸，古亦宜然。以其自下而出於揜軓之前，故稱陰靷耳。

蒹葭

三章。

傳：采采，猶萋萋也。

震按：此與《曹詩》「采采衣服」皆言其色之光澤。

無衣

二章。

傳：澤，潤澤也。

箋云：澤，褻衣，近污垢。

震按：《釋名》云：「汗衣，《詩》謂之澤，受汗澤也。或曰鄙袒，或曰羞袒。作之用六尺，裁足覆胸背，言羞鄙於袒而衣此耳。」

權輿

首章。

傳：夏，大也。

箋云：屋，具也。

震按：傳、箋皆本《爾雅》。郭本《爾雅》「屋」作「握」，李巡本作「幄」。然經傳中言「夏屋」多矣，皆爲覆笮屋之名。此詩二章，據燕食之際禮意寖薄而言，或俎寔之盛，稱之爲「夏屋渠渠」，猶《魯頌》言「籩豆大房」、《國語》言「王公立飫則有房烝」、《禮記》言「周以房俎」，義蓋近之。

陳·墓門

二章。

傳：鴞，惡聲之鳥也。

震按：此及《魯頌》「翩彼飛鴞」皆讀雩喬切。司馬彪以爲小鳩，是也。似山鵲而小，短尾，多聲。《春秋傳》謂之鶻鳩。鴟鴞之鴞讀吁驕切，即「鴟鵂」語之轉耳。鴟鴞合二字爲名，不可單言鴞，亦不可單言鴟。鴟者，今之鷂也。説者往往溷「鴞」與「鴟鴞」爲一物。此詩以多聲興下歌以告諫，義無取於惡聲。説者則以爲歌彼之惡。《魯頌》稱「懷我好音」，非惡聲之鳥所能。又以爲食桑黮而改其鳴，恐皆未合詩之意。

歌以訊之，訊予不顧。

傳：訊，告也。

震按：「訊」乃「誶」字轉寫之訛。《毛詩》云「告也」，《韓詩》云「諫也」，皆當爲「誶」。誶，音「碎」，故與「萃」韻。訊，音信，問也。於詩義及音韻咸扞格矣。屈原賦《離騷》篇「謇朝誶而夕替」，王逸注引《詩》「誶予不顧」。又《爾雅》：「誶，告也。」《釋文》云：「沈音粹，郭音碎。」則郭本「誶」不作「訊」明矣，今轉寫亦訛。《張衡傳・思玄賦》注引《爾雅》仍作「誶」。《釋文》於此詩云：「本又作『誶』，音信。徐息悴反。」蓋於「誶」「訊」二字未能決定也。

月出

三章：勞心慘兮。

震按：慘，七感切。《方言》云「殺也」，《說文》云「毒也」，音義皆於詩不協。蓋「懆」字轉寫訛爲「慘」耳。懆，千到切，故與「照」「燎」「紹」韻。《說文》：「懆，愁不安也。」引《詩》「念子懆懆」。今《詩》中《正月》篇「憂心慘慘」、《北山》篇「或慘慘劬勞」、《抑》篇「我心慘慘」，皆「懆懆」之訛。《釋文》於《北山》篇云：「字亦作『懆』。」於《白華》篇「念子懆懆」云：「亦作『慘慘』。」蓋未能決定二字音義，亦猶「誶」與「訊」之溷淆矣。

檜・匪風

首章：匪車偈兮。

震按：《漢書・王吉傳》引此作「揭兮」。「揭」者，疾軀揭起也。

曹・蜉蝣

首章：於我歸處。

震按：詩言蜉蝣之有羽，是亦衣裳楚楚也。然其爲時暫矣，過此且於我乎歸處，心憂之而不能已，其辭若有難顯言者。蓋蜉蝣之羽無異人之衣裳楚楚，可言也。人之衣裳楚楚無異蜉蝣之羽，不可言也。憂蜉蝣之於我歸處，以言我之將與蜉蝣同歸也。人皆爲蜉蝣，我豈能獨久乎？共處此國，固共受其敗。子產謂子皮曰：「棟折榱崩，僑將厭焉，敢不盡言。」作是詩者，意若此矣。

三章。

傳：掘閱，容閱也。

箋云：掘閱，掘地解閱，謂其始生時也。以解閱喻君臣朝夕變易衣服也。

震按：掘，《説文》引此作「堀」，云：「突也。」突者，掘起之意，即箋所謂「掘地」也。《荀子》言：「良賈不爲折閱不市。」折，損也。閱，賣也。蓋「閱」與「脱」通，箋所謂「解閱」，正此義。然則「蜉蝣掘閱」，宜從箋説爲始生時堀起解脱。「堀」「掘」通用。閱，讀爲脱。

候人

四章。〔一〕

傳：薈蔚，雲興貌。隮，升雲也。

〔一〕「四」，原作「三」，微波榭本同。據《毛詩》改。

震按：前三章言小人之不克稱其寵遇，〔一〕此章則言君子雖遭退廢，處困窮不失常度。故曰薈蔚然者，南山之朝朝升雲也。婉孌然者，季女之於斯守飢也。蓋美其守而悲之。

豳·七月

首章：七月流火。

震按：《月令》：「季夏之月，日在柳，昏火中。」故孟秋之月火西流，此惟周時則然。《虞夏書·堯典》：「日永星火，以正仲夏。」與《夏小正》所云「五月初昏大火中」者合，蓋六月流火矣。今時寔八月流火，正授衣之時。凡以星紀候，二千一百餘年差一次，於時差一月。所以然者，恒星右旋，二萬五千餘年而一周，其東移甚微。以是爲星直黄道之差數，謂之歲差。日發斂一終而成歲，差數生於恒星，不生於黄道。是故歲功終古不忒，而《夏小正》《月令》之中星，隨時爲書以示民。定十二次之名屬恒星，中氣、節氣屬黄道。恒星歲歲漸移，而日躔黄道無過不及。斯可於古今星象之不同無惑也。

傳：一之日，十之餘也。一之日，周正月也。二之日，殷正月也。三之日，夏正月也。四之日，周四月也。

〔一〕「三」，原作「二」，微波榭本同。據《毛詩》改。

震按：後儒以是詩爲周正所自起，又或於言日言月穿鑿爲之説，皆非也。自大撓作甲子，以十二子正四方：卯爲正東，午爲正南，酉爲正西，子爲正北。丑、寅爲東北之維，辰、巳爲東南之維，未、申爲西南之維，戌、亥爲西北之維。《堯典》又以四方配四時：春東作，夏南訛，秋西成，冬朔易。則十二子之爲十二月建，由來久矣。十二子始正北：子爲一，丑爲二，寅爲三，卯爲四。以之繫日：子月可云一之日，丑月可云二之日，寅月可云三之日，以次而終於十二。若言「十有一月觱發」「十有二月栗烈」，則失詩辭之體，故變文稱「一之日」「二之日」。下「三之日」「四之日」不復稱「正月」「二月」，連文也。「九月」「十月」若言「十有一之日」「十有二之日」，亦失詩辭之體，故卒章因「二之日」連至「四之日」，下變文稱「九月」「十月」。詩中又曰「春日」、曰「蠶月」，紀時之法不泥一定，各隨乎文之自然。而要之止用夏正，非雜舉周正，是以「二之日」而言「卒歲」。凡所以表民事，莫善於夏正也。

二章：殆及公子同歸。

震按：經、傳中男女皆曰子。後「爲公子裘」自豳民之男子言之，謂豳公之子也。此及「爲公子裳」自豳之女子言之，則謂公之女公子也。《春秋傳》有「女公子」之稱。言者異其所指，因之而異自見。公之女公子及民之女子有及時將嫁者，詩托此爲之辭曰「殆及公子同歸」，言將與公之子同時而嫁也。婦人謂嫁曰歸，於言外見上下相知如一家矣。

三章。

箋云：條桑，枝落之，采其葉也。

震按：「條」如「厥木惟條」之「條」。《爾雅・釋木》云「桑柳醜條」，醜，類也。郭注云「阿那垂條」是也。

猗彼女桑。

傳：角而束之曰猗。

震按：「猗」如「有寔其猗」之「猗」，猗然長茂也。

四章：四月秀葽。

箋云：《夏小正》：「四月王萯秀，葽其是乎。」

震按：葽者，幽荞也。《戰國策》云：「幽荞之幼也似禾。」《夏小正》四月「秀幽」。「幽」「葽」，語之轉耳。

十月隕蘀。

傳：蘀，落也。

震按：草木之將落者曰「蘀」。《鄭詩・蘀兮》篇傳：「蘀，槁也。」箋云：「槁，謂木葉也。」

五章：曰爲改歲。

震按：「聿爲改歲」，猶言歲之將改也。既卒歲始改歲，言改歲者，以見三時勤勞，至此冬寒無事，待春乃農事又起，今且入處於室以避寒耳，非謂改歲然後入室也。

東山

首章：烝在桑野。

震按：《爾雅》：「烝，衆也。」

破斧

首章：四國是皇。

震按：詩之辭意，「皇」當爲「皇遽」之「皇」，言以四國之故，皇遽不寧，故下云「哀我人斯」。

二章：又缺我錡。

傳：鑿屬曰錡。

震按：下章傳「木屬曰銶」，而《韓詩》：「錡，木屬。銶，鑿屬。」《說文》無「銶」字。木部「梂」字解云：「一曰鑿首。」陸德明《釋文》「銶」一解云：「今之獨頭斧。」管子書論山鐵：稱一農之事，必有一耜、一銚、一鎌、一耨、一椎、一銍，然後成爲農。一車必有一斤、一鋸、一釭、一鑽、一鑿、一銶、一軻，然後成爲車。一女必有一刀、一錐、一箴、一鉥，然後成爲女。「錡」與

「銶」，今古器物異制殊名，蓋莫可考。《司馬法》曰：「輦：一斧、一斤、一鑿、一梩、一鋤。周輦加二板二築。」詩之所舉，輜輦任器與？

四國是吪。

震按：程子云：「吪，動也。爲是四國之亂振動。」

三章：四國是遒。

震按：《説文》：「遒，迫也。」程子云：「加切於吪。」

皇清經解卷五百五十七終　嘉應生員葉　軬校

毛鄭詩考正　卷二

休寧戴吉士震著

毛詩故訓傳鄭氏箋

小雅・常棣

首章：鄂不韡韡。

箋云：承華者曰鄂。「不」當作「拊」。拊，鄂足也。古聲「不」「拊」同。

震按：「鄂不」，今字爲「萼跗」。《國語》「華不注之山」，韋昭云：「華，齊地。不注，山名。」又「韎韋之跗注」，《雜問志》作「不注」，杜預云：「戎服，若袴而屬於跗，與袴連。」蓋「不注」今字爲「跗屬」也。此「跗」通用「不」之明證。學者不究六書之義，習於所知，駭所不知，於是經益不可治矣。程子云：「常棣華萼相承甚力，故以興兄弟。」

三章：況也永歎。

傳：況，兹。

震按：「茲」今通用「滋」。《説文》「茲」字注云：「艸木多益。」「滋」字注云：「益也。」韋昭注《國語》云：「況，益也。」詩之辭意言不能如兄弟相救，空滋之長歎而已。

四章：每有良朋，烝也無戎。

傳：烝，填。

箋云：古聲「填」「寘」「塵」同。

震按：烝，衆也，語之轉耳。朋友雖衆猶無助，以甚言兄弟之共禦侮也。

伐木

二章：寧適不來，微我弗顧。

震按：此言寧適有不來者乎？喜其畢來之辭也。微，猶非也。如「微我無酒」之「微」。以其畢來，明庶幾非我不顧，非有過愆，惓惓致其親好如是。箋云「寧召之適自不來，無使言我不顧念」，意轉疏矣。

三章：兄弟無遠。

箋云：「兄弟：父之黨、母之黨。」

震按：箋據上章言「諸父」「諸舅」，故以爲「父之黨」「母之黨」。考之經、傳，天子謂同姓諸侯曰伯父、叔父，異姓曰伯舅、叔舅，諸侯謂大夫亦然。稱之父、舅，尊之也，蓋同姓異姓畢舉矣。

舉凡異姓，不專爲母之黨。此章言兄弟，即上所稱「諸父」「諸舅」，亦同姓異姓畢舉之辭。稱之「兄弟」，親之也。「兄弟」與「昆弟」，在《儀禮·喪服》《爾雅·釋親》截然有辨。《喪服記》曰：「兄弟皆在他邦，加一等。不及知父母與兄弟居，加一等。」傳曰：「何如則可謂之兄弟？傳曰：小功已下爲兄弟。」此傳中引傳相證明也。蓋惟小功已下漸即於疏，故加等。若大功已上，則昆弟也，世父母、叔父母也，從父昆弟也，豈可以皆在他邦及少孤相依而加等哉？期與大功之親，分當相恤；其不相恤，是賊其性者也。小功已下而相恤，斯進之也。《記》又曰：「夫之所爲兄弟服，妻降一等。」篇内明言夫之昆弟無服，此兄弟服即所謂小功者兄弟之服是也。謂夫爲之小功者妻降一等，則緦。如從祖祖父母、從祖父母及外祖父母、從母，在《小功》章。夫之諸祖父母，在《緦麻》章。此降一等之謂。《禮記·服問》篇：「公子之妻，爲公子之外兄弟，謂爲夫之外祖父母、從母，緦也。」外親之服，惟外祖父母以尊加，從母以名加，此二者小功，其餘皆緦。夫爲之緦者，妻降一等則無服。禮之稱兄弟通乎尊卑如是。《爾雅·釋親》曰：「父之黨爲宗族，母與妻之黨爲兄弟。」又曰：「婦之黨爲婚兄弟，婿之黨爲姻兄弟。」通其義：凡同姓異姓既漸即於疏者，而與之相親好，皆得稱兄弟。在喪服則小功已下爲兄弟，散文則昆弟亦曰兄弟。以是求之諸經及傳記，其義例異同，可無扞格矣。

無酒酤我。

傳：酟，一宿酒也。

震按：此設言若無酒則我猶卒爲一宿之酒，而不以無爲辭。

天保

五章：群黎百姓。

傳：百姓，百官族姓也。

震按：韋昭注《國語》云：「百姓，百官有世功者。」又云：「百姓，百官也。官有世功，受氏姓也。」凡經、傳言百姓皆此義。惟東晉枚賾奏上之《古文尚書》謂庶民爲百姓，與伏生所傳二十八篇中異指。

遍爲爾德。

震按：百姓之爲德皆法上之德，言其德足法也。

出車

三章：王命南仲。

傳：王，殷王也。南仲，文王之屬。

震按：《毛詩》篇義以《采薇》《出車》《杕杜》三詩繫之文王。時文王猶服事殷，故於詩中曰「天子」、曰「天命」以爲殷王，徒泥正雅作於周初耳。苟其詩得乎義之正而爲治世之正事，何必非正雅乎？成、康已後，昭、穆、共、懿、孝、夷、厲、宣八王。而宣王命吉甫北征，曰「玁狁孔熾」，則前此二百餘年間，固亦有玁狁崛彊之事矣。宣王之臣皇父謂南仲爲太祖，豈必遠求南仲於文王時乎？漢世有謂《采薇》爲懿王時詩者，雖未爲通證，其非文王時則决然可知。文王之臣亦不聞有南仲也。

魚麗

三章。

傳：鰋，鮎也。

震按：《爾雅·釋魚》首列鯉、鱣、鰋、鮎、鱧、鯇六名，當從郭注爲六物。

旨且有。

震按：有，猶備也。義進於多。後三章曰「嘉」曰「旨」，皆美也。曰「偕」曰「有」，皆備也。多貴其美，美貴其備，備貴其時。酒之備謂諸酒，物之備謂水陸之羞。

南有嘉魚

首章：烝然罩罩。

震按：烝然，衆也。罩罩，叠字形容之辭，不當爲捕魚器。《説文》引《詩》「烝然䲒䲒」，蓋與「掉」通。魚摇掉也，故以興燕樂。

二章：烝然汕汕。

震按：《説文》云：「魚游水貌」，引此詩。

蓼蕭

首章：燕笑語兮，是以有譽處兮。

震按：燕，安也，後「孔燕豈弟」同。諸侯來朝無愆，則天子嘉之，而與之燕見笑語。由天子嘉之，則諸侯幸於無過，而處其國得長保康樂也，寓勸戒者深矣。

四章。

傳：在軾曰和，在鑣曰鸞。

震按：《韓詩》云：「鸞在衡，和在軾。」《大戴禮》云：「在衡爲鸞，在軾爲和。馬動而鸞鳴，鸞鳴而和應。」「在鑣」之説誤。

六月

首章：我是用急。

震按：《鹽鐵論》引此作「我是用戒」。戒，猶備也。治軍事爲備，禦曰戒。訛作「急」，義似劣矣。「急」字於韻亦不合。《采薇》篇「翼」「服」「戒」「棘」爲韻，《常武》篇「戒」「國」爲韻。

四章：整居焦穫。

傳：焦穫，周地接于玁狁者。

震按：孔冲遠以郭璞《爾雅注》池陽之瓠中當此詩「焦穫」。池陽，今之西安府三原縣，漢屬左馮翊，是直逼周京矣，非也。既整其衆處于焦穫，乃「侵鎬及方，至于涇陽」，則焦穫在外，鎬、方、涇陽在内。下章言「薄伐玁狁，至于大原」，卒章言「來歸自鎬」，則焦穫、鎬、方在太原、涇陽之間。王師逐之至太原後，仍軍于鎬，平定然後歸也。涇陽，漢安定郡朝那涇陽之地，今平涼府平凉縣。大原即安定郡高平，今平凉府固原州。後儒不審地形，以晉陽之大原、池陽之瓠中牽合誤證。顧炎武云：「《國語》宣王料民于大原，必不料之于晉國。」以《國語》宣王事證此詩，非無關究者矣。

采芑

二章：約軝錯衡。

傳：軝，長轂之軝也，朱而約之。

震按：軝，《說文》亦作「軝」，从革。孔冲遠以軝爲長轂名，非也。「軝」即《考工記》之幬革。「朱而約之」者，朱其革以幬於轂也。惟長轂盡飾，大車短轂則無飾，故曰長轂之軝。

車攻

二章：東有甫草。

傳：甫，大也。

箋云：甫草者，甫田之草也。鄭有圃田。

震按：古字「甫」「圃」通，義皆爲大。《國語》曰：「藪有圃草，囿有林池。」韋注云：「圃，大也。必有茂大之草以財用之也。」詩之「甫草」，即《國語》「圃草」耳，不必如箋説。又李善注《文選》引《韓詩》「東有圃草」，薛君《章句》云：「圃，博也。有博大茂草也。」

吉日

二章：漆沮之從。

震按：此即《禹貢》之「漆沮」，合二字爲水名者，分言之則非也。在涇東渭北。酈道元《水經注》以爲雲陽縣東大黑泉，東南流謂之漆沮水，徑萬年縣故城北爲櫟陽渠，又南屈更名石川水，南入於渭。雲陽，今淳化縣。萬年故城在今臨潼縣東北七十里，並屬西安府。程泰之《雍録》云：「《禹貢》漆沮，惟石川河正當其地。」

無羊

首章：九十其犉。

傳：黄牛黑唇曰犉。

震按：《爾雅》通謂黑唇者爲犉。又云：「牛七尺爲犉。」詩之義，蓋言肥大者之多。

四章：衆維魚矣，旐維旟矣。

震按：二句雖皆以「維」字爲辭助，不拘於對文。《詩》中如此類甚多，蓋言夢而見魚之衆有，又見旐與旟耳。

節

三章：秉國之均。

傳：均，平。

震按：《漢書》引此作「秉國之鈞」。鈞，謂鈞石權衡。

六章：誰秉國成。

傳：成，平也。

震按：古義「成」與「平」互訓。平斷之曰平，定其議曰成。在春秋，兩國相和講，則平解曰平，其結好之議曰成。在獄訟，則平治之曰平，所劾罪寔曰成，往莅之以驗其狀亦曰成。又百官之計要通曰成。《周禮》大宰之職所謂「以官成待萬民之治」，有聽政役、聽師田、聽閭里、聽稱責、聽禄位等。此詩所以致刺於秉國成者不自聽治，而百官族姓終受亂政勞敝也。

正月

四章：民今方殆，視天夢夢。既克有定，靡人不勝。有皇上帝，伊誰云憎。
震按：以正陽之月而繁霜，似天之降災。然治亂在人而已，故言自民今方殆之時，視天意似夢夢然不可知。使人既能有定，則亦無人不勝天者矣。非天寔有憎於人，特人之取憎於天故也。期望以人定勝天之理，不至終危殆不救。有定，謂改其暴虐不常，循於治道。
十三章：蔌蔌方穀。
震按：《釋文》云：「本或作『方有穀』，非也。」考今本並誤增「有」字，當從《釋文》爲正。

十月之交

首章。
傳：之交，日月之交會。
箋云：周之十月，夏之八月也。八月朔日，日月交會而日食。
震按：劉原甫始疑爲夏正十月，非也。梁虞劆、唐傅仁均及一行並推周幽王六年乙丑歲。建酉之月辛卯朔辰時日食。〔一〕近閻百詩《尚書古文疏證》初亦用劉原甫說，謂虞劆諸人傅會。後既通推步，上推之正合，復著論自駁舊時之失。然其言曰「康成考之方作箋」，又曰「經解不可

〔一〕「傅」，原作「傳」，微波榭本同。據《舊唐書·傅仁均傳》改。

盡拘以理者此類是也」，則又不然。《毛詩》篇義云：「刺幽王。」箋乃謂「當爲刺厲王」，豈與所推合乎？康成蓋決以理而已。趙子常云：「《詩》本歌謡，又多民事，故或用夏正，以便文通俗。」子常此論，明《詩》中用夏正者，原無所拘滯。然則《十月之交》篇舉斯時日食以陳諫，泥何例必取夏正而廢周一代正朔之大爲不可用乎？病在析理未精，猥以爲「經解不可盡拘以理」，是開解經者之弊也。《國語》幽王二年西州三川皆震，三川竭，岐山崩。此詩所謂「百川沸騰，山冢崒崩，高岸爲谷，深谷爲陵」，正指其事。詩繫之幽王，《國語》亦其一證。古無推日食法，魏黄初已後始課日食疏密，及張子信而益詳。然唐宋推步家猶未能立法無舛，有當食不食、不當食而食之謬説，載在史志。大致日月交食一事，可以驗推步得失。其有不應，失在立法，不失在天行也。使有變動失行，則必不可以得其準，無從立推之之常法矣。或曰：日食既預推而得，聖人畏天變之意何如？曰：此變其懸象著明之常，不必爲變其行度之常也。豈有天變見於上，而聖人不恐懼脩省者乎？人君日食修德，月食修刑，依乎陰陽立義，無非敬天畏天之誠耳。或曰：詩言「亦孔之醜」，又言「彼月而食，則惟其常，此日而食，于何不臧」，何也？曰：此以王不知事天，而但陳天變以諫戒也。懸象著明莫大乎日月，猶有時蔽虧，人君而可自謂無蔽無足虧君德乎？日，君象。月，臣象。日失其明，俾晝作夜，君德如斯，豈不甚醜？冀王反己自責，知其蔽而醜之，則脩德而復乎常明之體矣。凡日月之行，日躔一度，則月逡十三度有奇。三百六十五日不及四分日之一，日纏黃道一周。月道交於黃道，半在其南，半在其北，最遠相距不滿六度。二十七日過四分日之一，而月逡一周。二十九日過半日，而月與日會。整用之爲大月三十日，小月二十九日。朔策歲氣相校，於是爲小歲十二朔，大歲十三朔，以正四時。大歲者，有閏月之年也。日月雖會，非當其道之交不食，近交乃有食。朔，齊行也。望，遥對也。日蔽於月體，故日食恒在朔。月蔽於地影，故月食恒在望。日高而月卑，其間相去甚遠，又以寔體揜蔽者，易地則殊觀，故日食各地不同。月之食乃適爲虚影所揜蔽，故其食分之淺深，天下皆同。張衡《靈憲》云：「當日之衝光常不合者，蔽於地也。是謂闇虚，月過則食。」「闇虚」云者，闇而異於寔體，即地影之名。

八章：悠悠我里，亦孔之痗。

傳：悠悠，憂也。里，居也。痗，病也。

震按：悠悠，長也。里，如《雲漢》篇「云如何里」之「里」。古字「里」「悝」通，憂也。言憂之長至於甚病。

雨無正

首章：昊天疾威。

震按：孔冲遠云：「上有『昊天』，明此亦『昊天』。定本皆作『昊天』，俗本作『旻天』，誤也。」

陸德明云：「本有作『昊天』者，非也。」今考《巧言》首章三言「昊天」，不變文相避，孔説爲得。

四章：莫肯用訊。

震按：「訊」乃「誶」字轉寫之訛。誶，告。訊，問。聲義不相通借。

小旻

二章：潝潝訿訿。

震按：「訿訿」，劉向以爲背君子，是也。豈有小人而謀臧者哉！詩中言「謀臧」，謂君子之謀也。「不臧」，謂小人之謀也。君子之謀出，則衆小在位訿訿然詆毁而共違之。小人之邪議，則潝潝然一倡衆和而共依從之。其黨同伐異如是，何以供君之職。故《爾雅》云：「潝潝訿訿，莫供職也。」

五章：民雖靡膴。

震按：《韓詩》作「靡腜」。以韻讀之，當從《韓詩》爲正。腜，莫杯切，美也。左思《魏都賦》「腜腜坰野」。「民雖靡腜」，言雖無畢具美德者，固「或哲或謀，或肅或艾」矣。

巷伯

五章：驕人好好。

震按：《爾雅》：「旭旭，憍也。」郭注云：「小人得志憍蹇之貌。」讀「旭」爲「好」。今考

「好」與「旭」，古音並許九切。

蓼莪

首章：匪莪伊蒿。

震按：莪，俗呼抱孃蒿，可以知詩之取義矣。《四牡》篇以「翩翩者鵻」興將父將母，鵻即祝鳩。《春秋傳》：「祝鳩氏，司徒也。」說曰：「鵻性孝，故爲司徒，主教民。」此學《詩》者所以勿忽於草木鳥獸之微也。

三章：鮮民之生。

傳：鮮，寡也。

震按：《春秋傳》「葬鮮者」，謂不得以壽終爲鮮。鮮似有少福之意，名無怙恃曰鮮民。

大東

首章：有捄棘匕。

震按：匕之用三：以別出牲體，以挹湆，以取黍稷。捄，匕端勺貌。

二章：杼柚其空。

箋云：譚無他貨，維絲麻耳。今盡杼柚不作也。

震按：《方言》云：「土作謂之杼，木作謂之柚。」言役作於周而至窮空也。

五章。

震按：此已下皆刺虚名無其實：以酒而曾非漿；佩璲在官，而曾非才之長；天漢視之有光如河漢，非實漢也；織女日更七次，非實織也。

六章：不成報章。

傳：不能反報成章也。

箋云：織女有織名耳，駕則有西無東，不如人織相反報成文章。

震按：織者之行緯，一往必有一復，如是而成布帛。經緯有章，故曰報章。織女雖日更七次，有往無復，非實能成此絲縷往復之章。報者，復也，往來之謂也。

七章：維北有斗，西柄之揭。

震按：揭然，斗柄貌。斗柄當心、尾之間，箕見於南方，則斗柄固迤西矣，不必如孔冲遠説以所謂南斗者當之也。上三章内以天象比王官，言其居尊顯之位，無利澤及民。末更終之以且欲貪取於民，令人見之而畏。

四月

首章：胡寧忍予。

箋云：寧，猶曾也。

震按：寧，猶乃也，語之轉。下「寧莫我有」同。

二章：爰其適歸。

箋云：爰，曰也。

震按：《春秋》宣十二年傳引此詩，杜注云：「爰，於也。言禍亂憂病，於何所歸乎？」此猶未得語意。王介甫云：「亂出乎上，而受患常在下。及其極也，乃適歸乎其所出矣。」

北山

二章：大夫不均，我從事獨賢。

傳：賢，勞也。

震按：賢之本義，多也，从貝臤聲。此與《禮·投壺》「射某賢於某若干純」之「賢」皆用本義。孟子説此詩曰：「此莫非王事，我獨賢勞也。」謂從事獨多，人逸己勞，如詩之後三章所云是也。增成勞字，明作詩之志，以勞不得養父母而爲此言，非以「勞」釋「賢」。箋就賢才説，尤失之。凡字有本義，屬乎偏旁，其因而推廣之義，皆六書之假借。「賢」本物數相校而多之名，因謂多才爲賢，又專謂多善行爲賢，由是習而忘乎作字之初矣。

四章：或慘慘劬勞。

震按：《釋文》云：「字亦作『懆』。」今考此及下章「或慘慘畏咎」，並「懆」字轉寫訛耳。

慘，毒也。不可用爲疊字形容之辭。懆懆，愁不安也。

無將大車

首章：祇自疧兮。

震按：《白華》篇與「卑」爲韻者，「疧」之本字也。此與「塵」爲韻者，乃「痻」字省作「疧」，又轉寫訛耳。《釋文》「都禮反」，誤，當音珉。

小明

二章：昔我往矣，日月方除。

箋云：四月爲除。

震按：《爾雅》「四月爲余」，孫叔然本作「舒」。李巡云：「萬物生枝葉，故曰舒也。」鄭蓋讀「余」爲「除」。孫、李之説，似優於鄭。《爾雅》：「十二月爲涂。」《廣韻》：「涂，直魚切。」「除」「涂」正同音，古字通用。方以智云：「謂歲將除也。」其説得之。夏正十二月，周之二月。故首章曰：「二月初吉，載離寒暑。」此時正寒，歷暑至秋末尚未歸，故云爾。下章曰：「昔我往矣，日月方奥。」張以寧謂與「厥民隩」之義同，民方聚居於隩時。今考「方除」「方奥」辭意，亦似道於觱發栗烈之際而往，非春和氣温也。又蕭與菽皆收之於秋者，而曰「歲聿云莫，采蕭穫菽」，以夏正季秋，周之仲冬也。若夏正之歲莫，非采蕭穫菽時矣。倘自夏正二月春温時往，至於其秋，又不得言「載離寒暑」。詩用周正，非夏正甚明。前《六月》篇「六月棲棲」，張以寧謂盛暑非玁狁入寇時，合以《十月之交》爲幽王六年建酉之月，《詩》中用周正不一而足。何說《詩》說《春秋》者盡欲歸之「行夏之時」一語，而謂古人皆不奉時王正朔，可乎？

甫田

二章：以社以方。

箋云：秋祭社與四方，爲五穀成熟，報其功也。

震按：水土之神曰社。四方之氣，利我嘉穀，故又祀方。社非祭地，方非方望。《周禮》后土與社爲二，而《春秋傳》曰「后土則社」者，謂后土之官以配社者耳。人官名后土，非謂社后土。《中庸》「郊社之禮，禘嘗之義」。郊禮大，社禮小，舉二者以該事神之禮。故言事上帝，不言后土，非省文也。上帝至尊。既曰上帝，則百神可知。禘禮大，嘗禮小，亦舉二者以該宗廟之祭。

三章：攘其左右。

震按：攘，援袂出臂也。左右者，謂手耳。出臂而取以嘗之。

四章：報以介福，萬壽無疆。

震按：孔冲遠云：「報者自神之辭，明求神而得報。」其説近是。「報」猶「答」耳，凡祭社樂章，末皆綴以頌禱之辭，不與上文爲義。

大田

四章：來方禋祀。

震按：方，且也。《周禮》以禋祀祀昊天上帝。此言曾孫之來，且於秋成而禋祀獲福。舉大以該細，不止一祀也。

瞻彼洛矣

二章：鞞琫有珌。

傳：鞞，容刀鞞也。琫，上飾。珌，下飾。珌下飾者，天子玉琫而珧珌，諸侯璗琫而璆珌，大夫鐐琫而鏐珌，士珕琫而珕珌。

震按：傳内「珌」字凡六見，皆當作「鞞」。「鞞琫有珌」，亦猶上章云「韎韐有奭」耳。奭，赤貌。珌，文飾貌。許氏《說文》云：「珌，佩刀下飾。」蓋其所見《毛詩》與今本同，遂取之以解字。「有奭」「有珌」，猶曰「奭然」「珌然」。刀下飾，乃「鞞」也，字又作「琕」。《說文》以「鞞」爲刀室，殆誤會《毛詩》「鞞容刀鞞也」之語。劉熙《釋名》云：「刀室曰削，俗作『鞘』。室口之飾曰琫，下末之飾曰琕。」可據以正《說文》。又《篤公劉》篇「鞞琫容刀」，傳云：「下曰琕，上曰琫。」以《毛詩》證《毛詩》，此傳「珌」字乃轉寫致訛無疑。

桑扈

三章：不戢不難，受福不那。

傳：不戢，戢也。不難，難也。那，多也。不多，多也。

震按：古字「丕」通作「不」，大也。那，如「有那其居」之「那」，安也。言大自歛而不敢肆，大知難而不敢慢，則宜受福大安也。凡《詩》中「不顯」「不承」「不時」「不寧」「不康」，皆當讀爲「丕」。《詩》之「不顯不承」，即《書》之「丕顯」「丕承」也。《書·立政》篇「丕丕基」，漢石經作「不不其」。

車舝

首章：間關車之舝兮。

傳：間關，設舝也。

震按：軸端鍵謂之舝，所以制轂使不脱也。車行則轂端鐵與舝相切，有聲間關然。

二章：依彼平林，有集維鷮。

震按：依然安適貌。與「依其在京」之「依」同。

四章：鮮我覯爾。

震按：言鮮矣我之得見爾。美其賢之辭，言世所罕見也。

賓之初筵

首章：以祈爾爵。

箋云：發矢之時，各心競云：我以此求爵女。

震按：「求爵女」，則是相競云「求罰女」矣，非也。「爾爵」與上「獻爾發功」之「爾」亦不得有異，言各自求中以辭爵耳。《射義》曰：「《詩》云：發彼有的，以祈爾爵。」祈，求也。求中以辭爵也。酒者所以養老也，所以養病也。求中以辭爵者，辭養也。

三章：有壬有林。

傳：壬，大；林，君也。

震按：傳本《爾雅》。然《詩》中如「有蕡」「有鶯」之類，並形容之辭。此以形容百禮既至，禮無不備，而行之既盡其善，壬壬然盛大，林林然多而不亂。《白虎通德論》釋林鍾之義云：「林者，衆也。萬物成熟，種類衆多。」

各奏爾能。

箋云：子孫各奏爾能者，謂既湛之後，各酌獻尸，尸酢而卒爵也。士之祭禮，上嗣舉奠，因而酌尸。天子則有子孫獻尸之禮。

震按：康成此箋可以補禮經之闕逸，亡於《禮》而見於《詩》也。

賓載手仇，室人入又。

傳：手，取也。室人，主人也。主人請射於賓，賓許諾，自取其匹而射。主人亦入於次，又射以耦賓也。

箋云：仇，讀曰𣂪。室人，有室中之事者，謂佐食也。又，復也。賓手挹酒，室人復酌爲加爵。

震按：此詩首章言射禮之飲酒，次章言祭禮之飲酒，兩不相蒙，傳説非也。「仇」之義爲「匹」。傳故傅合於射之耦。箋讀爲「𣂪」，音「俱」。以韻考之，不協，仍當如字。凡物相耦對曰仇。《特牲》《饋食》之禮實二爵二觚四觶於篚，兩兩相耦對，故因呼之曰仇。猶稱射者曰耦，稱賓曰三獻，稱嗣子曰舉奠。《禮》中因事與數以命其人及物者甚多，使文呼之，非其定名，往往失傳。手，如「手劍」「手弓」之「手」。「手仇」謂執爵賓，三獻是其事。「室人入又」，則佐食爲加爵。士禮止有賓長爲加爵，不及佐食。天子之禮大，佐食亦爲加爵。「入又」言佐食，而賓長不言可知。

酌彼康爵，以奏爾時。

箋云：康，虚也。時，謂心所尊者也。

震按：箋據禮之次以詩指無算爵。言無算者，無次第之數，惟此時心所欲進，不必以序也。「康」「空」語之轉。《穀梁春秋》「四穀不升謂之康」，注云：「康，虚。」字又作「漮」。《方言》云：漮，空也。既旅而二觶皆虚，賓弟子、兄弟弟子乃各舉觶，於其長行無算爵。此爵謂觶也。爵者，通名。詩中曰「能」、曰「仇」、曰「又」、曰「時」，並以指禮儀。四字甚虚，而所指四者乃禮之大節目，非詳考於禮，深知其意，不能明也。

五章：式勿從謂，無俾大怠。

震按：「勿」有「没」音，「没」「勉」語之轉。「式勿從謂」，言用勸勉之意從而謂之，以無使至甚怠也。《曲禮》「國中以策彗卹勿」，卹，蘇没切。勿，音没。注云：「卹勿，搔摩也。」劉向引《詩》「密勿從事」，今《詩》作「黽勉從事」。「密勿」，《爾雅》作「蠠没」。又鄭注《禮記》云：「勿勿，猶勉勉也。」盧辯注《曾子立事》篇「終身守此勿勿」亦云：「勿勿，猶勉勉。」此皆語之轉，當讀「勿」如「没」。而經師舊失其音，未通於古。

采菽

三章：邪幅在下。

傳：邪幅。幅，偪也，所以自偪束也。

箋云：邪幅，如今行縢也。偪束其脛，自足至膝，故曰在下。

震按：《春秋傳》云：「衮、冕、黻、珽、帶、裳、幅、舄、衡、紞、紘、綖，昭其度也。」幅，即詩之「邪幅」，蓋與「衮冕」之屬，尊卑各有等差。《内則》「偪屨著綦」，《釋文》云：「偪，本又作『幅』。」蓋「幅」古音與「偪」同，皆彼力切。二字通用。鄭注《内則》云：「偪，行縢。」是「偪」與「行縢」一物。而箋詩乃云：「邪幅，如今行縢也。」不以爲一物者，行縢無尊卑之異，止可以當内則庶人所服之偪。詩以「邪幅」配「赤芾」，諸侯之盛服，其儀制漢時已亡，姑就行縢言之耳。古者登坐燕飲，於是跣以爲歡，失之亦爲不敬。故《春秋傳》「衛侯與諸大夫飲酒，褚師聲子韤而登席，公怒。」罪其不跣韤也。解韤就席，必露見此邪幅，不可使無文飾，《禮》因之而爲儀制。此詩殆亦與諸侯燕飲所歌，以跣韤登坐，美其慎於威儀不怠也。

菀柳

首章：上帝甚蹈。

傳：蹈，動。

箋云：蹈，讀曰悼。

震按：蹈，謂動變不常。古音蹈，徒侯切。與「柳」上去爲韻。

都人士

二章：綢直如髮。

震按：以髮之綢緻且直，故曰綢直有如此髮。古語類倒如此。

皇清經解卷五百五十八終　嘉應生員葉　軨校

毛鄭詩考正　卷三

休寧戴吉士震著

毛詩故訓傳鄭氏箋

大雅·文王

首章：有周不顯，帝命不時。

傳：不顯，顯也。顯，光也。不時，時也。時，是也。

箋云：周之德不光明乎？光明矣。天命之不是乎？又是矣。

震按：詩之意以周德昭於天，故曰丕顯；以天命適應乎民心，故曰丕時。箋於《桑扈》篇之「不戢」「不難」「不那」，《生民》篇之「不寧」「不康」，直順其文説之；於此詩「不顯」「不時」，《清廟》篇之「不顯」「不承」及《詩》中凡言「不顯」者，增「乎」字或「與」字於下以爲反言。讀傳者亦謂如箋之反言而已。合考前後，則傳意實不然。傳蓋以「不」字爲發聲。《爾雅》「不濇」即《詩》所言「河之漘」，郭注云：「不，發聲。」又龜有「不類」「不若」，即《周禮》之「靁屬」「若屬」。

「不」皆發聲，可據證也。然經傳中言「丕顯」多矣，古人金石銘刻，「丕顯」多作「不顯」，二字通用甚明。傳、箋各緣辭生訓，失其本始。

二章：陳錫哉周。

傳：哉，載。

箋云：哉，始。

震按：《春秋傳》及《國語》引此詩皆作「陳錫載周」，而以能施及布利釋其指。蓋陳，布也。古字「載」與「栽」通，「栽」猶「殖」也。言文王能布大利於天下，以豐殖周。《國語》説之，曰「故能載周以至於今」是也。韋昭注《國語》，於前「夫利百物之所生也天地之所載也」及後《晉語》公子縶曰「君若求置晉君而載之」，並注云：「載，成也。」「載」之爲「成」，緣辭生訓耳，義皆當爲蕃殖。《中庸》：「栽者，培之。」鄭康成注云：「栽，讀如『文王初載』之『載』。」栽，或爲「兹」。蓋「栽」「載」古並音「兹」。「哉」亦同音，遂轉寫交通耳。下言「本支百世」，譬木得豐殖，而本榦及條枝盛長也。

四章：於緝熙敬止。

震按：緝熙者，言續其光明不已也。敬止者，言敬慎其止居不慢也。故《禮記·大學》篇引之以明「止於至善」，《緇衣》篇引之以明「慎言行」。説《詩》者以「止」字爲辭助而已，於引《詩》

扞格，則歸之斷章取義。考古人賦《詩》，斷章必依於義可交通，未有盡失其義、誤讀其字者。使斷取一句而併其字不顧，是亂經也。

六章：永言配命。

震按：篇内「命」字凡八見，皆謂受天命爲天下君，惟修德能常合於天心。天命在是，即天心在是。「配命」「配上帝」，皆德合天心之謂。「駿命不易」，言合天心之難也。不修德，則躬自絶於天矣。詩反覆陳戒如此。

大明

首章：明明在下，赫赫在上。

震按：在下者人事，在上者天命。此言天人之際明察顯赫。本章陳紂之所以亡，後七章陳周之所以興，皆人事之至明，而見天之至赫濯也。

二章：乃及王季。

箋云：及，與也。

震按：及，如「周王於邁，六師及之」之「及」，隨也。

四章：文王初載。

傳：載，識。

震按：以「初載」爲「始有識」，緣辭生訓耳。鄭康成注《中庸》「栽者培之」云：「今時人名草木之植曰栽，築墻立版亦曰栽。」而讀「栽」如「文王初載」之「載」。蓋古字「栽」「載」通，爲豐殖、爲樹立之義。初載，謂初免於懷抱能自立之時。大姒以是時生，故曰「文王初載，天作之合」，言天若早爲之生配，是故適及文王嘉事至止之年，而「大邦有子」亦在許字之年也。

八章：肆伐大商。

傳：肆，疾也。

箋云：肆，故今也。

震按：《皇矣》篇云：「是伐是肆。」肆，犯突也。

緜

首章：緜緜瓜瓞。

傳：瓜，紹也。瓞，瓝也。

箋云：瓜之本實，繼先歲之瓜必小，狀似瓝，故謂之瓞。

震按：《爾雅》云：「瓞，瓝。其紹瓞。」蓋瓝者，小瓜之種。瓞者，繼本之瓜，其小如瓝，故以瓝釋瓞。而紹者爲瓞，非紹者爲瓝，故又言「其紹瓞」以別之。紹爲繼本也。陸農師云：「今驗近本之瓜常小，末則復大。」於詩意、物理皆得之矣。

民之初生。

震按：生，猶造也。追言周之初造。《公羊春秋》：「遂者何？生事也。」何休注云：「生，猶造也。」

自土沮漆。

傳：自，用。土，居也。沮，水。漆，水也。

震按：此漆水在涇西，與《禹貢》《小雅》《周頌》之漆沮水在涇東渭北者，中隔涇水。如舊説，沮漆爲二水名，以涇東渭北漆沮當之，則與豳地不相涉。漆沮亦一水之名，故《詩》《書》中必連二字稱舉。若《説文》出杜陽岐山之漆水，酈道元皆云謂之漆渠，合杜水、岐水至美陽，注於雍水以入渭。杜陽，今鳳翔府麟遊縣。美陽，今爲岐山、扶風二縣。雍入渭在武功縣界，是乃岐周水耳。豳地在涇之西南，《詩譜》云「岐山之北原隰之野」是也。漢右扶風之漆與栒邑是其域。漆下云：「水在縣西。」蓋《漢志》漆水正與《緜》詩所言始居於豳合。其水北流注於涇，又名白土川。漆與栒邑二縣皆今之邠州。縣以水取名，則豳地之漆水在古必甚表著。涇西漆水，涇東漆沮水，二水相去百餘里。「沮漆」之「沮」非水名。《魏詩·汾沮洳》傳云：「沮洳，其漸洳者。」蓋水旁地之稱。詩推本遷岐所自，以太王未遷之前居地迫小，近此沮洳漆水岸側，故曰「自土沮漆」。土其地之謂土，傳以「居」釋「土」字，得之。

陶復陶穴，未有家室。

傳：陶其土而復之，陶其壤而穴之。

箋云：復者，復於土上。鑿地曰穴，皆如陶然。本其在豳時也。

震按：箋直以「陶」爲「窯」，俗作「窑」。非也。墼謂之陶，燒成謂之甓。今呼甓爲甎，呼陶爲土墼。復穴而居，僅賴此爲之。《説文》：「𥨍，地室也。謂在地上。穴，土室也。謂在土中。」引《詩》「陶𥨍陶穴」。以居之陋，不可謂有室家，故曰「未有家室」。

二章：率西水滸，至于岐下。

箋云：循西水厓，沮漆水側也。

震按：豳值岐北而少東。《孟子》言：「去邠，逾梁山，邑於岐山之下居焉。」梁山，在今乾州西北五里。此涇西岐東渭北之梁山，正當邠之南，逾梁山則不浮涇水入渭也。「率西水滸」者，既逾梁山，自東嚮西，循水厓而上，皆馬行，不舟楫。「水滸」，渭水北厓也。箋未審於地勢而云，失之。邠之漆水北流注涇，既非適岐所取道，漆沮水遠在涇東，南流入渭，又所不由。程泰之《雍録》云：「渭水即在梁山下之南，循渭而上，可以達岐。」閻百詩云：「自邠抵岐二百五十餘里，山適界乎一百三十里之間。後秦始皇幸梁山宫，從山上見丞相車騎衆，弗善，亦此梁山也。」二説可據以證箋之誤。

三章：堇荼如飴。

傳：堇，菜也。荼，苦菜也。

震按：堇有堇葵、苦堇之名，乾堇謂之萱堇，與荼皆味近苦。《夏小正》「二月榮堇采蘩」，傳曰：「皆豆實也。」《爾雅》又有「堇草」，郭注云：「即烏頭也。」孔冲遠以《詩》之「堇」爲「烏頭」，非是。烏頭，一名烏喙，一名奚毒。《晉語》「置堇於肉」，賈逵云：「堇，烏頭也。」蘇秦曰：「人之飢，所以不食烏喙者，以其雖偷充腹，而與死同患也。」《淮南鴻烈》曰：「天下之物，莫凶於奚毒。」《後魏書》曰：「匈奴秋收烏頭爲毒藥，以射禽獸。」不得爲《詩》所稱明矣。

四章：迺慰迺止，迺左迺右。迺疆迺理，迺宣迺畝。自西徂東，周爰執事。

震按：「左右」繼「慰止」而言，皆奠居事也。「宣畝」繼「疆理」而言，皆授田事也。宣，如《春秋傳》「宣汾洮」之「宣」，謂通洫澮。畝，謂因水地之宜而畝之，或南其畝，或東其畝也。「自西徂東，周爰執事」，又繼「宣畝」而言，則巡行國中，視其所當爲者，無不使民爲之以興利。《桑柔》篇：「自西徂東，靡所定處。」言無可安居之所，亦以「自西徂東」爲該舉域中之辭。

七章：迺立皋門，皋門有伉。迺立應門，應門將將。

傳：王之郭門曰皋門，王之正門曰應門。美太王作郭門以致皋門，作正門以致應門焉。

箋云：諸侯之宮，外門曰皋門，朝門曰應門，内有路門。天子之宮，加以庫雉。

震按：門之數，因乎朝者也。凡朝，君臣咸立於庭。朝有門而不屋，故雨霑衣失容則輟朝。天子、諸侯皆三朝，則天子、諸侯皆三門。其數同者，以君國之事侔而體合，朝與門無虚設也。天子謂之臯門，諸侯謂之庫門。天子謂之應門，諸侯謂之雉門。準《考工記》宫隅門阿之制言之，臯門崇七丈，天子之應門、路門，諸侯之庫門、雉門、路門皆崇五丈。異其名，殊其制，所以辨等威也。考之經傳，不聞天子庫門、雉門，諸侯臯門、應門。而《禮説》曰：「天子五門：臯、庫、雉、應、路。諸侯三門：臯、應、路。」與此詩箋説合，失其傳耳。《禮記·明堂位》篇云：「太廟，天子明堂。庫門，天子臯門。雉門，天子應門。」太廟、庫、雉據魯，而張大其擬於天子之明堂、臯、應，此正足爲天子三門無庫、雉，諸侯三門無臯、應之證。《郊特牲》云「獻命庫門之内」，亦記者以魯用天子禮樂，故推魯事合於天子。詩追美太王，不曰庫、雉而曰臯、應，蓋以後日天子之制稱其前所立者，猶詩中於王季、文王之時而稱周京也。

九章：虞芮質厥成，文王蹶厥生。

傳：質，成也。成，平也。蹶，動也。

箋云：虞、芮之質平，而文王動其緜緜民初生之道，謂廣其德而王業大。

震按：成者，獄訟之情實，所謂獄成是也。質者，所以平斷此獄成而論定者也。通之則凡簿書議奏待上論定皆謂之成，凡平報皆謂之質。《王制》：「百官各以其成質於三官，大司徒、大司馬、大司空以百官之成質於天子。百官齋戒受質。」鄭注云：「受，平報也。」平斷畢報於下，是爲平報。蓋「質」「成」二字對文，「成」屬下，「質」屬上。其自下質於上，猶言待平斷於上耳。「虞芮質厥成」，是二國以其所由久争之成質於文王。及至境，禮讓之心油然而生，遂相讓不争。是文王未嘗平斷之使受質以退，而實有以蹶然動其禮讓之心自生而退，故曰「文王蹶厥生」。下更歸於得人之盛，是以教化行而感人心如此。

棫樸

四章：倬彼雲漢。

傳：倬，大也。

震按：倬，明貌。

皇矣

首章：維此二國，其政不獲。維彼四國，爰究爰度。

傳：二國，殷、夏也。四國，四方也。

震按：泛言四方之國，故曰「彼四國」。傳説是也。《詩》中言「四國」者多矣，皆概舉之常辭，故可知。若「二國」，則無由知爲殷、夏。夏已遠，必不連及之。詩言周之興，周所代者殷也，故稱之曰「此二國」。此者，舉近而切指之辭。「其政不獲」，言一治一亂，政相反，不相得。然則周能安定斯民，上帝之意當在周矣。又究度四方之國者，明天非私於有周。苟足以膺天意所屬，則莫不增廣其疆限。究度之後，而惟眷顧西土，遂以此岐山之地與太王，乃宅是而爲有天下之基矣。

二章：天立厥配，受命既固。

傳：配，媲也。

震按：上言岐地闢治，乃上帝遷明德之君於此。民歸往之者，習行平易，四達於道路，猶《天作》篇云「彼徂者岐，有夷之行」也。申之曰「天立厥配，受命既固」。「配」當如「配命配上帝」之「配」，合於天心之謂，言天立其合天心者。方此之時，受命則既固，而宜後之日盛大也。立妃之説辭不倫。

三章：帝作邦作對，自太伯、王季。

傳：對，配也。

箋云：作，爲也。天爲邦，謂興周國也。作配，謂爲生明君也。

震按：太伯之讓，實因文王，則「作對」宜爲生文王。能對答天心之君，莫文王若。後疊言「帝謂文王」，猶曰天心如是，而文王所爲與之合耳。上帝視此岐山之地，立之爲大邦，又生能對答之者。蓋自太伯、王季相友愛之時，而文王已生，天意已定也。然王季之友其兄，根於其心，惟知友愛而已。以見太伯之讓，王季雖受之而非其心。聖人重親親而輕有天下國家，大致如此。

五章：帝謂文王，無然畔援，無然歆羨，誕先登於岸。

震按：諸侯相攻伐，多出於畔援、歆羨之私，利其土地。此言文王伐密乃爲天吏以答天下，無是畔援、歆羨。而其内修德政，早自爲大德大賢，乃可以治夫不受教令者，如先登高岸之上以臨下。是以密人侵阮，而遂赫怒用師。上則善承天意以厚周家之福，下則民迫望周以答天下之心。「敢距大邦」云者，大邦宜治小侯，猶江、漢之紀理衆川，非以力言，實天定之。又與「誕先登于岸」相足互明。天之所定，未有不由己自至者。詩言聖人舉動無非天道，義蓋如此。

六章：侵自阮疆。

震按：密須之國，在漢安定邵陰密，〔一〕今平凉府涇州也。共與阮宜皆爲周地，而阮則周之疆域接於密者。密人侵阮徂共，猶玁狁侵鎬及方，至于涇陽。鎬、方、共、阮，書傳闕逸，莫詳其地。鄭箋用《魯詩》説，以「阮」「徂」「共」爲三國，《毛詩》則「阮」「共」爲地名，「徂旅」之「旅」亦爲地名。詳繹辭稱「侵阮徂共」，承「敢距大邦」下，爲密人抗周來侵無疑。「以按徂旅」蒙上「徂共」

〔一〕「邵」，疑爲「郡」之誤。

之「徂」，以密人既侵阮，遂往共。周出師自先遏抑其往共之衆，此顯然可知者。惟「侵自阮疆」之文不可通。毛爲密人侵周阮地而升高崗，鄭爲周侵阮國下高岡。陵、阿、泉、池言「我」者，據後得而有之爲言。後儒嚴垣叔以爲周師自阮疆而侵密，歐陽永叔以爲周師先據勝地而後侵之，密人不敢有其岡陵水泉。然則下即云「度其鮮原」，不幾令人疑周徙都於密乎？合之辭意，皆未安。疑「侵」當作「寢兵」之「寢」，息兵也。字形相似，又因上文侵阮而遂致訛。蓋上章言伐密之事，此章則言息兵後遷邑之事。文王安然在周之京，而密人既服，遂寢兵自阮疆歸。阮邑疆接於密之地，軍之所駐也。服密而歸，猶之「來歸自鎬」云耳。于是升高以審地勢而遷邑，相其陵、阿、泉、池，可卜兵息境安。無或敢陳師飲馬於我地者，承「寢兵」而云然。以前此猶有密人來侵，服密後德威更遠也，乃規度岐陽渭側鮮原徙居焉。《逸周書》稱「王季宅程」，則文王自程徙此，皆不出岐陽百里之間。後伐崇而有其國，自此徙豐，在岐山東南三百餘里。

七章：不大聲以色，不長夏以革。不識不知，順帝之則。

震按：聲與色謂言貌，夏與革當謂威力。不大，不暴著之也。不長，不尊尚之也。《中庸》曰：「聲色之於以化民，末也。」此主國中化其明德，而不事於以言諭、以貌示。《爾雅》：「夏，大也。」《方言》：「自關而西，秦晉之間，凡物之壯大者而愛偉之曰夏。」「革」如《爾雅》「錯革鳥曰旟」之「革」。「革」有猛急之義，鄭《志·答張逸》云「畫急疾之鳥隼」是也。蓋「夏」謂威播遠大,「革」謂兵力彊勇。此主諸侯服其明德,而不事於以威制、以力勝。然但曰「不大」,曰「不長」,則皆有之,而人之化服,在德之明,不在此耳。「不識不知」,又謂無私智計度,惟順乎天道之宜。然詩於文王伐密伐崇,必推本於應天而無私,以見聖人用兵皆道德也。

詢爾仇方,同爾兄弟。

傳:仇,匹也。

箋云:怨耦曰仇。

震按:文王伐罪之師,豈可以謀伐仇怨言乎?「仇」如「公侯好仇」之「仇」,傳據《爾雅》釋之爲「匹」是也。仇方,大國也。兄弟,衆與國也。以崇彊暴不易伐,故詢之大國與己匹者,而連合衆與國,然後興師。當時大國小國雖皆其服於文王者,文王未嘗稱王,則交鄰匹敵之義耳。殊其辭以别大小,故曰「詢」,曰「同」,曰「仇方」,曰「兄弟」。又大國或大夫至,小國君自至,如春秋時事也。《國語》曰:「咨親爲詢。」韋注云:「詢親戚之謀。」

靈臺

四章:於論鼓鐘,於樂辟廱。

傳:水旋丘如璧曰辟廱,以節觀者。

箋云:論之言倫也。

震按：「論」「倫」同音，故「倫」通用「論」。古字「經綸」亦通作「經論」。辟廱於經無明文，漢初說禮者規放故事，始援《大雅》《魯頌》立說，謂天子曰辟廱，諸侯曰頖宮。盧植云：漢文帝令博士諸生作《王制》篇。如誠學校重典，不應《周禮》不一及之，而但言成均、瞽宗。孟子陳三代之學，亦不涉乎此，他國且不聞有所謂泮宮者。周鼎銘曰：「王在辟宮，獻工錫章。」《左氏春秋》曰：「鄭伯享王於闕西辟。」《史記》曰：「豐、鎬有天子辟池。」譙周曰：「成王作辟上宮。」此單言「辟」者也。《周頌》曰：「于彼西雝。」傳云：雝，澤也。古銘識有曰：「王在雝上宮。」此單言「雝」者也。其曰「辟上」「雝上」，則以名池名澤，而作宮其上，宮因水爲名也。趙岐注《孟子》「雪宮」云：「離宮之名也。宮有苑囿臺池之飾，禽獸之饒。」此詩「靈臺」「靈沼」「靈囿」與「辟廱」連稱，抑亦文王之離宮乎？閑燕則遊止肆樂於此，不必以爲太學，於詩辭前後尤協矣。

下武

首章。

箋云：下，猶後也。

震按：自上世數而下，故「下」有「後」義。「下武」，謂繼承步武，故曰「世有哲王」。《國語》：「在下守祀，不替其典。」注亦云：「下，後也。」屈原《離騷》之賦曰：「及前王之踵武。」

三章：永言孝思，孝思維則。

傳：則其先人也。

震按：孝思，所思皆本於孝也。長此孝思，遂能所思無非至則。則者，準則之謂。不越畔，斯適當乎則矣。過其則斯爲弱，不得謂之柔嘉矣。吕伯恭《讀詩記》説《烝民》之二章曰：「柔嘉維則，不過其則也。過其則斯未有不思而昏昧以行者。是終身之行，思統乎其全。惟仁人孝子能盡人道，修己安百姓，舉動無不合於天，則斯以成其仁孝，否則仁孝有虧。由是言之，終身之行統於思，終身之思統於孝。」以例此詩所言「孝思」，何者是其則？凡人以心應萬事，心之官則思，行之則、思之則、孝之則一也。詩美武王繼世德，定天下，所思不越乎則，皆本其作求之孝，故曰「孝思維則」。下章又申之曰昭哉嗣先世之事。此詩大指合盡君道、盡子道爲一，以美前王、勵後王，重有望於爲孝子即爲仁君也。通其義，雖舜、禹所思異其先人，而所思之本在不忘孝，實無二致。

生民

首章：厥初生民，時維姜嫄。

震按：此詩異説紛然，秦漢間儒已莫能徵考，治經所當闕疑者也。然其事關禮典之大，又不可徒守闕疑之義。合《詩》《禮》綜核之：《周禮》享先妣在享先祖之前，鄭注云：「周立廟自后稷爲始祖，姜嫄無所妃，是以特立廟而祭之。」然則周人特立姜嫄廟之意，非后稷更無所祖，而不得不妣姜嫄一人乎？至於魯，蓋亦立姜嫄廟，謂之閟宮。魯何以作閟宮？周立太廟事后稷，别爲姜嫄立廟。魯侯承祀，見於《詩》曰：「皇皇后帝，皇祖后稷。」見於《禮》曰：「魯人將有事於上帝，必先有事於頖宮。」鄭注云：「告后稷也。告之者，將以配天。」然則以周享先妣，推事后稷之義事之，魯亦推事后稷之義而事之乎？《帝繫》曰：「帝嚳上妃姜嫄。」本失實之辭，徒以傅會周人禘嚳爲其祖之所自出。《國語》禘、郊、宗、祖、報五者，禘、郊與宗、祖之名異。有虞氏郊堯，商人禘舜。《禮記·祭法》易之以有虞氏郊嚳、宗堯，殷人禘嚳。嚳在郊、禘，未可知也。虞舍其先世而宗堯，是亂宗屬矣，非也。使嚳爲周家祖之所自出，何《雅》《頌》中言姜嫄、言后稷，竟無一語上溯及嚳？且姜嫄有廟，而嚳無廟。若曰履迹感生，不得屬之嚳，則嚳明明非其祖之所自出。曾謂王者事祖禰之大義，而可蒙昧其間乎？由是以言，周祖后稷，於上更無可推。后稷非無母之子，故姜嫄不可無廟。始祖廟之外别立姜嫄廟，不在廟制之數。《周禮》享先妣與天神、地示、四望、山川，皆分用前代之樂，享先祖用周《大武》，此《禮》意之至微也，無於《禮》者之禮也。明乎《禮》，可以通《詩》。《詩》美姜嫄，曰「克禋克祀，以弗無子」，何也？禋、祀並事天之名。德可以當神明，然後能事天。姜嫄無夫而生子，故推明其德之能禋祀上帝，即《魯頌·閟宮》所稱「赫赫姜嫄，其德不回，上帝是依」是也。凡言德行至於能事天，皆純粹無疵之極辭。「克」也者，不有是事也。「以弗無子」者，許益之云：「『弗無』之爲言，有也。如『莫匪爾極』者，皆是爾極也。『求福不回』者，求福之正也。『方社不莫』者，祭之早也。『其則不遠』者，則之近也。」如許氏説，無庸破「弗」爲「祓」。然不直曰「是以有子」，而曰「以弗無子」，反言以見其非理之常。次章曰「上帝不寧，不康禋祀，居然生子」，何也？古字「丕」皆作「不」。前曰「以弗無子」，後曰「居然生子」，莫知其由也。氣化生人已後，既人類相生久矣，忽有界乎氣化之際者，而所生又非常之哲人，豈可謂之偶然乎？莫明於言禋祀獲福之常理，以見哲人降生與降福無二理也。聖人之所難言也。三章言生而棄之，感其異然後收養之，后稷之名棄以此。此必非設言也。使未嘗棄而言之，是誣也。舊説：「祠高禖，祓除無子，求有子。及生子月辰，又居側室，肅戒不御。箋云：夙之言肅也。」若是，則姜嫄有夫而求子，反以生子歸之履迹，決爲非父之子至於棄之，是惑也。非父之子矣，又安得以嚳爲父乎？商人祖契，於上亦更無可推。故《商頌》言有娀，與周之但言姜嫄同。不然，何異知母而不知父？舍德行人事而辭涉禨祥怪迂，商、周之禮與《詩》咸悖矣。稷、契之生既皆非常，或棄或否，何也？上古人心醇質，以爲不祥則棄，不以爲不祥則不棄，無他故也。

載震載夙，載生載育。

傳：夙，早；育，長也。

箋云：夙之言肅也。有身而肅，戒不復御，後則生子而養長。

震按：《説文》：「夙，早敬也。」此詩下句言生而養長，上句蓋言既娠至於生，早敬不怠耳。

三章：牛羊腓字之。

傳：腓，辟；字，愛也。

震按：《史記》言馬牛過者皆辟不踐，用《毛詩》説耳。腨謂之腓，脛後也。「字」如《春秋傳》「使字敬叔」之「字」，養也。牛羊以乳就養之，則嬰兒在其脛腨間，故曰「腓字」，殆猶子文虎乳之之事。

會伐平林。

傳：又爲人所收取之。

震按：既人所收取，當不復奪於人而棄矣。蓋生子以爲不祥，雖始棄，見牛羊腓字，猶但怪異之。徙而欲遠寘平林，適會伐平林多人，又避去，遂棄寒冰無人之所耳。至見鳥覆翼後，乃知天實生之，不敢終棄之也。

厥聲載路。

傳：路，大也。

震按：凡物載之而遠，故載有「載達」「載行」之義。《逸詩》「淑慎爾止，無載爾僞」，是行詐僞傳達於人。《國語》「登年以載其毒」，是行毒害達及於衆。《皇矣》篇「串夷載路」，言歸往者習行平易，四達於道路，即所謂「彼徂者岐有夷之行」。此詩言聲音之大，達聞於道路。兩「載路」可互證。

五章：茀厥豐草，種之黄茂。實方實苞，實種實褎。實發實秀，實堅實好，實穎實栗。

傳：方，極畝也。苞，本也。種，雜種也。褎，長也。發，盡發也。不榮而實曰秀。穎，垂穎也。栗，其實栗栗然。

箋云：方，齊等也。苞，亦茂也。種，生不雜也。褎，枝葉長也。發，發管時也。栗，成就也。

震按：實方，當與《大田》篇「既方」互考。方，皆讀爲「房」，穀實外稃甲謂之房。「既房」言既生稃甲時，「實房」言生意欲萌未解稃甲時，即所謂「實函斯活」也。「實苞」當與《詩》中凡言「苞」者互考，皆叢生豐緻根相連錯之謂。今方言猶呼叢爲本，與傳合。《爾雅》云：「苞，豐也。苞，稹也。如竹箭曰苞。」義互相足。《鴇羽》篇箋云：「稹者，根相迫迮梱致也。」孫炎云：「物叢生曰苞，齊人名曰稹。」「實苞」即所謂「繹繹其達」時也。「種」當如箋説。孔冲遠引「不稂不莠」申之，是叢生之後乃能辨其苗盡得種之善，不雜稂莠其間也。「褎」則褎然其苗盛長，「發」則葉滿密後抽發其穗，「秀」者如所謂「黍稷方華」也，「堅」則粒成而堅矣，「好」則粒齊而充無耗減者矣。穗垂曰「穎」。《良耜》篇云：「積之栗栗。」《爾雅》「栗栗，衆也」，郭璞云：「積，聚緻。」

此言於堅好垂穎後，蓋在穗繁多緻密栗栗然，是爲豐熟。詩辭相比次，上下可推，至其字義，推之經中有通證，庶少差失。説者往往緣辭生訓，偏舉一隅，惑滋多於是矣。

行葦

首章：莫遠具爾。

箋云：爾，謂進之也。

震按：爾，猶此也，如《春秋傳》「公與爲爾也」「公與議爾也」。「爾」「是」「此」三字義通，言無有在遠者，皆具集於此相親接，爲之設筵授几。

既醉

六章：室家之壼。

傳：壼，廣也。

震按：《爾雅》：「宮中巷謂之壼。」「壼」字無他義，蓋言所錫之善在屋室之内耳，下文始舉以實之。《國語》引此詩，説之曰：「壼也者，廣裕民人之謂也。」借居室所容，衍之爲廣裕民人，猶借「周行」二字衍之爲王及公、侯、伯、子、男、甸、采、衛、大夫。《毛詩》皆本其意。

公劉

篇義。

箋云：公劉者，后稷之曾孫也。

震按：周自公劉始居豳，書傳闕逸，莫能詳其時世。考《國語》《史記》所録祭公謀父諫穆王曰：「昔我先王俗本《國語》脱去「王」字，宋本及《史記》並有。世后稷以服事虞夏。〔一〕及夏之衰也，棄稷弗務，我先王不窋用失其官，而自竄於戎狄之間。」蓋不窋已上，世爲后稷之官，不知凡幾傳至不窋，然後失其官也。夏之衰，疑值孔甲時。《史記》稱孔甲淫亂，夏后氏德衰，諸侯畔之。殆后稷之官及有邰之封，此時乃相因而失。諸侯侵奪，天子不正之，是以遠竄。禹至孔甲三百餘年，據《史記》，十一世十四君。則有邰始封至不窋，亦且十餘世。《周本紀》曰：「封弃於邰，號曰后稷，别姓姬氏。后稷之興，在陶唐虞夏之際，皆有令德。后稷卒，子不窋立。不窋末年，夏后氏政衰，去稷不務，不窋以失其官，而奔戎狄之間。不窋卒，子鞠立。鞠卒，子公劉立。」《史記》不曰「弃卒」而曰「后稷卒」，且上承「后稷之興在陶唐虞夏之際，皆有令德」，此書法也。世次中闕，莫知其名。繼弃而爲后稷，謹修其官守以至不窋，是不一人，故曰「皆有令德」，及最後爲后稷者卒，其子不窋立，末年而失其世世守官。微竄之際，殆不絶如縷。典文譔記，一切蕩然。雖公劉復立國於豳，後已無舊人能追先世之代系，故《國語》稱十五王，不數其皆有令德而世后稷

〔一〕「王」，原作「生」，微波榭本同。據《國語》改。

者。漢劉敬對高帝曰：「周之先，自后稷堯封之邰，積德累善十有餘世。公劉避桀居豳。」所謂「積德累善十有餘世」，與本紀「皆有令德」之文是漢初相傳，咸知不窋已上代系中隔矣。其曰「避桀」者，傳聞異辭。《毛詩》云：遭夏人亂，迫逐公劉。而繫之桀，時則近之。湯代桀，至紂十七世。據《國語》《史記》，公劉至文王十二世。《世本》十六世。孔甲之後，帝皋、帝發、帝桀。不窋之後，鞠、公劉。此代系不相遠者。昔人致疑於自契至湯十四世，自后稷至文王十五世。湯、文相去，隔商之六百祀。使知周之先自不窋上闕代系不得而數，斯可無惑也。《國語》曰：「孔甲亂夏，四世而殞。」則周人言夏之衰，指孔甲不指太康甚明。以地考之，豳在邰北百餘里。邰，今西安府武功縣。豳，今邠州。不窋所竄又在豳北二百餘里，今慶陽府安化縣有不窋城。不窋遭迫逐，自邰而遠竄。公劉力能自興，於是思舊土，聚糧治兵而來，用復后稷之封。故詩曰「思輯用光」，又曰「涉渭爲亂」，是有邰故封至公劉而復。邰在渭北，非得邰無由絶渭而南也。岐山亦在其邦域之中，不處於邰者，地邑民居以人與時之宜而已。

卷阿

五章：有馮有翼。

傳：道可馮依，以爲輔翼。

箋云：馮，馮几也。翼，助也。

震按：馮，滿也，謂忠誠滿於内。翼之言盛也，謂威儀盛於外。「馮」「翼」二字，古人多連舉。屈原賦之「馮翼惟象」、《淮南鴻烈》之「馮馮翼翼」，皆指氣化充滿盛作，然後有形與物。

民勞

首章：無縱詭隨，以謹無良。式遏寇虐，憯不畏明。

震按：「無縱詭隨」「式遏寇虐」，五章並言之，以對文見義。此蓋言無縱詭曲阿從之人，以慎防其無良。又止絶寇害暴虐者，爲其曾不畏明命而毒民。「詭隨」「寇虐」，惡之見於事也。「無良」「不畏明」，惡之根於其心也。「無良」則必詭隨矣，「不畏明」則滿其寇虐不顧矣。小人之害國家，大都不出此二者。又「詭隨」乎上，「寇虐」於下，二者亦恒相因，豈有「無良」而「畏明」也者？是章推論其心，後四章直舉其害。

板

五章：喪亂蔑資。

傳：資，財也。

震按：予人以物曰資。上言民之呻吟無以爲生，此則言暴虐喪亂之政，無復有資救埤益國者，故繼之曰「曾莫惠我師」。

桑柔

首章：倉兄填兮。
傳：填，久也。
震按：填，如《小宛》篇「哀我填寡」之「填」，徒典切。字亦作「疹」。《韓詩》云：「疹，苦也。」
三章：國步蔑資。
震按：言無或資救以埤益此國步者，承「國步斯頻」而云然。
六章：芿云不逮。
震按：《詩》中「云」字、「言」字皆爲辭助者多矣。有進心而使之不敢前，所謂如溯風而行，不能喘息也。
十一章：弗求弗迪。
傳：迪，進也。
震按：「迪」之言，啓也、達也。見於《尚書》二十八篇者，所施不同，義歸於一。説者緣辭生訓，一篇之中遂多差違。
十三章：聽言則對，誦言如醉。
箋云：對，答也。見道聽之言則應答之，見誦《詩》《書》之言則冥卧如醉。
震按：《國語》云：「聞一二之言，必誦志而納之，以訓道我。」又云：「倚几有誦訓之諫。」又云：「使工誦諫於朝。」凡誦者，皆爲誦成言以納箴諫。詩蓋謂聽人言則與之應答，非耳無聞知者也。及爲之誦言箴諫，乃如醉而漫不省者矣。

十五章：職涼善背。

傳：涼，薄也。

箋云：職，主；涼，信也。

震按：上多涼德而善欺背以害民，則民亦相欺而罔極矣。上行暴虐而競逐用力，則民亦巧避而回遹矣。上肆其貪而盜奪爲寇，則民愁苦而動摇不定矣。故詩連舉「民之罔極」「民之回遹」「民之未戾」，皆職由貪人敗類者在位所致，以見亂不起於民，當循其本也。苟亂成而讐民，亦大惑矣。

雲漢

首章：寧莫我聽。

震按：寧，乃也，語之轉。篇内「寧丁我躬」「胡寧忍予」「寧俾我遯」「胡寧瘨我以旱」並同。「俾我遯」，言使我不能安於上位也。

韓奕

首章：奕奕梁山。

震按：箋云「梁山，今左馮翊夏陽西北」，其説非也。夏陽之梁山在西周畿内。《水經注》：「高梁水首受濕水於戾陵堰，水北有梁山。山有燕剌王旦之陵，故以戾陵名堰。水自堰枝分，東徑梁山南。」顧炎武云：「濕水徑良鄉縣之北界，歷梁山南，高梁水出焉。」是所謂「奕奕梁山」者矣。

二章：鞗革金厄。

傳：厄，烏蠋也。

箋云：以金爲小環，往往纏搤之。

震按：《士喪禮》「苴絰大鬲」，《喪服》作「搹」，説曰：「盈手曰搹，中人之手搤圍九寸。」蓋兩指搤合如環謂之「搹」，因以爲環名。《説文》「搹」「扼」本一字，省作「鬲」「戹」，俗書相仍，寫「戹」作「厄」。

三章：出宿于屠。

震按：「屠」即「⿰屠阝」，《説文》云：「左馮翊⿰屠阝陽亭。」今西安府同州有⿰屠阝谷。

六章：溥彼韓城，燕師所完。

箋云：燕，安也。

震按：箋於篇義下云：「韓後爲晉所滅，故大夫韓氏以爲邑名焉。」箋蓋誤證耳。漢王符

《潛夫論》曰：「昔周宣王時有韓侯，其國近燕，故《詩》云：『普彼韓城，燕師所完。』其後韓西亦姓韓，爲衛滿所伐，遷居海中。」酈道元《水經注》曰：「聖水徑方城縣故城，李牧伐燕取方城是也。又東南徑韓城東，《詩·韓奕》章曰：『溥彼韓城，燕師所完。王錫韓侯，其追其貊，奄受北國。』王肅曰：『今涿郡方城縣有韓侯城，世謂寒號，非也。』」《釋文》曰：燕師，王肅、孫毓並云北燕國。顧炎武曰：「蹶父之『靡國不到』，亦似謂韓土在北陲之遠也。」

皇清經解卷五百五十九終　嘉應生員葉　軽校

毛鄭詩考正　卷四

休寧戴吉士震著

毛詩故訓傳鄭氏箋

周頌・清廟

秉文之德。

傳：執文德之人也。

箋云：皆執行文王之德。

震按：《詩》中言文王不單舉「文」字。倘祀武王、成王，必不可云「秉武之德」「秉成之德」也。凡經傳以「文」贊美其人者不一，皆經緯明備、威儀敬慎之稱。能執是德，夫然後可以對於在天之靈，而駿奔走以執廟中之事矣。駿，猶敏也。

不顯不承，無射於人斯。

震按：古字「丕」通作「不」。據《洛誥》，是爲成王七年，壬辰歲。周正之十二月戊辰，在新邑烝祭文、武之詩。周公相成王朝諸侯後，故咸至廟助祭。詩中「丕顯」頌文王、「丕承」頌武王甚明。蓋同一「丕顯」耳，以後承前則謂之「丕承」。此詩先言助祭者之致敬，而推本先王之丕顯於前，丕承於後，是以人心自無或厭倦。《書》曰：「丕顯哉，文王謨。丕承哉，武王烈。」與《詩》通。

維天之命

假以溢我。

傳：假，嘉。溢，慎。

箋云：溢，盈溢之言也。以嘉美之道饒衍與我。

震按：《説文》「誐」字下云：「嘉，善也。《詩》曰：誐以謐我。」《毛詩》以「嘉」釋「假」，正合「誐」字之義。《春秋傳》引《詩》作「何以恤我」，轉寫訛失耳。《爾雅·釋詁》云：「毖神、溢，慎也。」又云：「忥、謐、溢、蟄、慎、貉、謐、顗、頠、密、寧，静也。」《毛詩》以「慎」釋「溢」，義本《爾雅》。而溢、慎、謐，《爾雅》又皆爲「静」。蓋「静」「慎」意得交通，未有心氣不静而可謂之慎者，未有能慎而浮妄之動不除不貊然寧静者。《説文》：「謐，無聲也。」《史記》「惟刑之静哉」，徐廣曰：「今文云：惟刑之謐哉。」《索隱》曰：「恤、謐聲近。」又《莊子》書「以言其老洫也」，陸德明云：「本亦作『溢』，同音逸。」然則「謐」之爲「溢」、爲「恤」，亦聲音字形轉寫訛失。古經難治，類若是矣。《書》之「謐刑」謂慎刑，伏生《今文尚書》足據。此詩承上「文王之德之純」而言，嘉以慎我，我共取之，思取法文王嘉美之純德以敬慎也。

維清

肇禋迄用有成。

震按：蔡邕書石經用《魯詩》，而其作《獨斷》云：「《維清》一章五句，奏《象舞》之所歌也。」蓋《魯詩》與《毛詩》皆以爲歌《維清》舞《象箾》矣。周人制禮作樂，推本功德所起，象文王時武功而作者謂之《象》。《維清》專爲《象舞》之樂章，故歸功文王，而言此天下澄清光昭於無窮者。文王之法典實開始禋祀皇天盛禮，以迄於今而有成，是周有天下之祥如此也。辭彌少，而意指極深遠。

烈文

維王其崇之。

震按：此詩成王之辭。首言「烈文辟公」，美其有功烈有文德，則是先王之所大封，故繼曰「錫茲祉福，惠我無疆」。錫者，本於上之辭。《詩》中言「我」者，多爲己與人共舉，親之之辭。先王既錫祉福，又且惠愛無有疆限，則子孫世世天子，世世諸侯，皆長保之。所以長保之道，勿封殖專利，勿侈靡傷貨，是乃先王之所崇尚。承上「錫」與「惠」指先王，則王爲自成王稱述先王也。

念茲戎功。

傳：戎，大。

震按：戎功，翼戴文武佐定天下之大功也。成王即政之初，其助祭諸侯往往佐文武立功者，故篇首曰「烈文辟公」，美其功也。中曰「念兹戎功」，使勿替厥功也。終曰「於乎前王不忘」，相與懷文武之德也。

天作

彼徂者，岐有夷之行。

傳：夷，易也。

箋云：徂，往；行，道也。後之往者，又以岐邦之君有佼易之道故也。

震按：詩言岐山之道，民所歸往。視之坦然平易，蓋心悦而願歸之，故無艱阻也。《後漢書·西南夷傳》朱輔上疏曰：「臣聞《詩》云：『彼徂者，岐有夷之行。』傳曰：『岐道雖僻，而人不遠。』」章懷太子注云：「《韓詩》薛君傳曰：徂，往也。夷，易也。行，道也。彼百姓歸文王者，皆曰岐有易道，可往歸矣。易道，謂仁義之道而易行，故岐道阻險而人不難。」據此與箋説以訂經之文。薛君治《韓詩》，鄭君治《毛詩》，「徂」字、「者」字，所授經無異，不知何時轉寫訛「者」作「矣」。而沈存中云：「『彼岨矣岐，有夷之行』，《後漢書·朱浮傳》作『彼岨者岐，有夷之行』。」王伯厚《詩考序》云：「朱文公《集傳》『彼岨者岐』，從《韓詩》。」今訂以《韓詩》薛君《章句》，釋「徂」爲「往」，伯厚蓋未深核而爲是言耳。沈所引《後漢書》乃朱輔疏，訛作「朱浮傳」，又訛「徂」作「岨」，或皆轉寫致誤。又驗其書所辨別，惟「矣」字、「者」字殊，二字上皆作「岨」不殊。殆欲證古經作「者」不作「矣」，而書經轉寫，於「徂」字偏旁涉筆偶舛。《集傳》意在以險對夷，實緣沈存中《筆談》訛文，於《中庸》「蒲盧也」亦取《筆談》之臆説改舊注。朱輔所引傳稱「岐道雖僻」，及薛君稱「岐道阻險」，但爲「有夷之行」發義，不涉「徂」字詁訓。後人因王伯厚之言，遂爲《韓詩》生一誤證。幸有《韓詩》「徂往也」之解尚存，因沈存中之言檢《朱浮傳》無此語，且於《後漢書》留一疑。雖朱子博擇衆言以訂古，猶憑訛文改經，是以詳摭論之。

昊天有成命

傳：基，始；命，信；宥，寬；密，寧也。緝，明；熙，廣；單，厚；肆，固；靖，和也。

箋云：「廣」當爲「光」，「固」當爲「故」，字之誤也。

震按：古字「單」「亶」通。虞翻注《國語》，亦破「廣」爲「光」。《荀子·禮論》「積厚者流澤廣」，《大戴禮記》載其文作「流澤光」，二字蓋互相涉。《毛詩》此篇傳義悉本《國語》。叔向説是詩曰：「『頌之盛德也。』『是道成王之德也。』成王，能明文昭、能定武烈者也。夫道成命者而稱昊天，翼其上也。二后受之，讓於德也。成王不敢康，敬百姓也。夙夜，恭也。基，始也。命，信也。宥，寬也。密，寧也。緝，明也。熙，廣也。亶，厚也。肆，固也。靖，龢也。其始也，翼上德讓，而敬百姓；其中也，恭儉信寬，帥歸於寧；其終也，廣厚其心，以固龢之。始於德讓，中於信寬，終於固龢，故曰成。」以叔向晉之博聞者，又去作詩之時世未遠，詩教群習，未失詁訓，語言未移，其説如此。後儒不能用其解者。今之去叔向數倍於其去詩之作，併舉叔向所解説不能通之矣。古人謂全而無虧曰成，謂昭示明信曰命。天之昭示明信者，百物生生，同然無妄是也。故曰「維天之命，於穆不已」，又曰「民受天地之中以生，所謂命也」，是以有動作禮義威儀之則以定命也」。不棄其命之謂定命。早夜敬恭其命，有始未竟之謂基命。凡德盛禮恭，皆終身如始，以爲未竟者也。「基」，如太子晉稱「基德十五而始平」之「基」。前言自后稷之始基靖民，十五王而文始平之。以物皆得之無妄言謂之命，天道也；以物共覩之不渝言謂之信，人道也。故叔向於「夙夜基命」説之曰：「命，信也。」究其實，人道即天道。王者求盡天道，故詩不更其辭。知其源而本之曰「昊天有成命」，於是乎有畏天命之義。故叔向以爲翼上二后之能受，豈天諄諄然告之而聽受之乎？舉凡尚賢好德，使命之精微，隨動隨應，而皆有以不謬，斯之謂受。言乎受，則有虛衷納善之義，故叔向以爲「德讓」，而賈景伯、唐子正釋之曰「謂詢於八虞、訪於辛尹之類」是也。古人謂不自用爲讓，謂百官族姓爲百姓。《詩》中凡曰「成王」者，《毛詩》云：「成是王事也。」「不敢康」者，不泰然而居臣民之上，則有資於臣鄰之義。故叔向以爲敬百姓。寬仁曰宥，静專寧一曰密。恭儉信寬，帥歸於寧者，寧一又其要道也。續代不絶曰緝，如「授几有緝御」之「緝」。古人謂前後翌代曰明，故以「明」釋「緝」，猶《爾雅》以「明」釋「翌」也。後不復舉「明」爲說，則「明」非取光明義可知。以緝熙者，但言熙繼不絶而已。起而有光曰熙，敦篤曰亶，重慎曰厚，極之曰肆，致極堅持無所中變曰固，謀慮息安曰靖，調適平不紛擾曰龢。故以「厚」釋「亶」，以「固」釋「肆」，以「龢」釋「靖」，蓋不已其光，敦重其心，以致極治道，於是乎平定息安天下合。是詩所道，庶幾謂之「成王」。成其王事而無闕失之稱。故叔向統繹全義，而以「故曰成」終其說，謂是乃爲成王之德也，是乃爲「能明文德而昭之謂成」「能定武功而烈之謂成」也，是乃爲頌之極甚盛德也。《頌》之體，語少而意深遠。此詩蔡邕《獨斷》亦以爲郊祀天地之所歌，則《魯詩》與《毛詩》同。詩陳二后奉若天道成王事，求靖民之盛德，周之能事天地在是。毛、鄭說《詩》，賈、唐注《國語》，皆以成王非謂周成王身，據叔向之全文可推也。

我將

維天其右之。

震按：冬至祀天於圜丘，報始也，故以后稷配。季秋享五帝於明堂，報成也，故以文王配。《周禮》有祀天「旅上帝」之文，《司服》：「王之吉服：祀昊天上帝則服大裘而冕，祀五帝亦如之。」五帝，即天也。而分言之者：統宰乎上，則曰昊天上帝；五方皆天，而祈報風雨寒暑，則於五方之天，故曰五帝，亦曰上帝。此詩曰「惟天其右之」，五方之天也。《周禮》「旅上帝」、《月令》「季秋之月大饗帝」、《孝經》「宗祀文王於明堂以配上帝」，皆五帝也。祀天又旅上帝，猶祀地又旅四望，既統事，又分事，其義始盡焉耳。

執競

不顯成康。

傳：不顯乎其成大功而安之也。

震按：「成」即成王事之謂，「康」如《易》稱「康侯治安」之謂也。言丕顯乎成王事、安國家，爲上帝之所皇大。自彼既成既安，以覆有四方，功烈斤斤然且明著無已。彼指其時。若以成、康字爲成王、康王，則頌武王止云「執競」，云「無競維烈」，而頌成、康之「丕顯」「上帝」「皇大」之辭過於武，又直似武王尚未克定四方，自彼成、康而於是乎奄有，亦難通曉。以祭禮考之，時祭各於其廟，祫祭皆在太廟。周家既定禮典，後必無合祭武王、成、康而上不及文王者矣。

臣工

嗟嗟保介，維莫之春。

箋云：保介，車右也。《月令》：「孟春，天子親載耒耜措之於參保介之御間。」莫，晚也。周之季春，於夏爲孟春。諸侯朝周之春，故晚春遣之，勑其車右以時事。介，甲也。車右，勇力之士，被甲執兵也。

震按：勑保介者，天子、諸侯耕藉勸農，保介乃同車之人，田器置於其間，故見諸詩辭，以命諸侯急農事。下云抑又何求乎？惟民之如何用力於新田、畬田者是急耳。麥則將受上帝明賜矣。盡力於耕，又將畀以豐年也。命農具、田器、錢鎛之屬，以《豳詩》合之，「三之日于耜，四之日舉趾」是其事。《夏小正》「農緯厥耒」「農率均田」「初服於公田」，皆紀在正月，則莫春爲周之三月、夏之正月無疑。後人不解三代時月相變，在漢儒蓋明知之，無待辨論，故《孟子》「秋陽以暴之」，趙岐注云：「周之秋，夏之五、六月，盛陽也。」《禮記·明堂位》篇：「孟春祀帝於郊，配以后稷。季夏六月，以禘禮祀周公於太廟。」孟春謂夏之仲冬，季夏六月謂孟夏四月，正與《詩》所言「莫春」合。《後漢書·陳寵傳》云：「冬至之節，陽氣始萌，故十一月有蘭、射干、芸、荔之應。天以爲正，周以爲春。十二月陽氣上通，雉雊雞乳。地以爲正，殷以爲春。十三月陽氣已至，天地已交，萬物皆出，蟄蟲始振。人以爲正，夏以爲春。」何休注《公羊春秋》，謂：「夏以建寅之月爲正，平旦爲朔，法物見，色尚黑。殷以建丑之月爲正，鷄鳴爲朔，法物芽，色尚白。周以建子之月爲正，夜半爲朔，法物萌，色尚赤。」此三代時月正朔相變之義，陳寵、何休猶能言之。使四時不隨月而改，是周之時、夏之時一也，孔子又何必言「行夏之時」乎？

噫嘻

傳：噫，歎也。嘻，和也。成王，成是王事也。

箋云：噫嘻，有所多大之聲也。假，至也。

震按：《詩》凡言「昭假」者，義爲昭其誠敬以假於神，昭其明德以假天。精誠表見曰昭，貫通所至曰格。「爾」之言「此」也，如「莫遠具爾」「耆定爾功」之「爾」。詩首以「噫嘻」發辭，噫嘻，猶噫歆，祝神之聲。《儀禮・既夕》篇曰「聲三」，注云：「三有聲，存神也。」舊説以爲：聲，噫興也。」噫興，即噫歆。《士虞》篇注云：「聲者，噫歆也。」《禮記・曾子問》篇注云：「聲，噫歆，警神也。」此詩春夏祈穀於上帝之所歌，故噫嘻於神，而言成是王事。昭假在此，以爲民祈禱。既祈之後，率農播種，而遍使之盡力焉。蓋民事即王事，重農乃所以成之也。《周禮》圜丘、四郊之祀，圜丘祀昊天上帝，四郊祀五帝，而統事天、分事天之義於是乎備。圜丘惟冬至一舉，四郊則立春、立夏、立秋、立冬四舉。祀五帝，無非重農爲民，以成王事而已。圜丘，郊之大者也，王者之專事天也。四郊，郊之細者也，王者之爲民事事天也。大主統，細主分，而禮之隆殺如之。專事天，不敢以瀆也，故歲一舉。爲民事事天，不敢不詳也，故四時迭舉。聖人製禮之精意也。

綏予孝子。

震按：詩中曰「天子穆穆」，明明爲美主祭者之辭，非主祭者自爲辭也。《詩》凡言「綏」者，雖如「綏以多福」「綏我眉壽」「以綏後禄」，辭義並歸主祭者受神降之福。此則下所云使之世世有通哲者爲之臣，備文武之德者以爲君，而事天昌後永久不替，以及「眉壽」「繁祉」是也。又廟號自考已上通稱「考」，如五廟曰祖考廟、曰顯考廟、曰皇考廟、曰王考廟、曰考廟。《爾雅·釋親》自父母已上不離「父」「母」之稱，而主祭者入廟門則全乎子，「子」亦在廟通稱。箋以「烈考」「文母」爲「光明之考」「文德之母」，是「皇考」「烈考」「文母」，祫祭統稱「祖」與「妣」之在廟中者，固無所隔也。蔡邕説此詩禘太祖之所歌，與《毛詩》同。篇名又謂之《徹》，《周禮·樂師》「及徹，帥學士而歌《徹》」，鄭注云「徹者歌《雝》」是也。周禘歌《雝》於徹，魯僭用禘，則亦歌《雝》於徹。至後三家亦以《雝》徹，天子之樂章下用於大夫，而不自知其無取於義，相襲然也。尸出而徹，故言薦牲陳俎以受釐，而歸福於主祭者。繫《雝》於徹，於禘祭之末，詩中辭義明顯可推。

武

耆定爾功。

震按：爾，猶此也。

閔予小子

陟降庭止。

震按：此言武王常念文王之道，一陟一降於庭，皆效法文王而行之，即《訪落》所謂「紹庭上下，陟降厥家」也。蓋其「克孝」可以永世爲子孫常者在此，而文、武之緒在此矣。

訪落

於乎悠哉，朕未有艾。

箋云：艾，數。

震按：艾，讀爲「芟刈」之「刈」。艾之言止也，有續未竟曰未艾。《小雅・庭燎》之二章曰「夜未艾」，後於「未央」，央，中也。先於「鄉晨」。《春秋傳》曰：「國未艾也。」又曰：「大勞未艾。」並未有竟止之謂。此言「朕未有艾」者，循行昭考之道未有可止，以見悠遠難終。故下云「繼猶判渙」。判渙，即伴奐，展舒而常不盡之意。

休矣皇考，以保明其身。

箋云：美矣我君考武王，能以此道尊安其身。謂定天下，居天子之位。

震按：上言「紹庭上下，陟降厥家」，即所謂「念茲皇祖，陟降庭止」也。歎美武王紹述文王之道，家庭上下陟降，無不由之以安固尊顯。此成王之知難，而又致其慕如是。

小毖

莫予荓蜂，自求辛螫。

傳：荓蜂，摩曳也。

震按：《爾雅》：「甹夆，掣曳也。」注云：「謂牽挽。」今考詩辭，言我無牽挽，使失行而致辛毒，徒自求得之耳。此言懲於前，下則言慎於後。

絲衣

不吳不敖。

傳：吳，嘩也。

震按：吳，《方言》云「大也」，《說文》云「大言也」。徐鍇以爲大言，故矢口以出聲。

酌

是用大介，我龍受之，蹻蹻王之造。

箋云：介，助也。

震按：詩言武王時晦則晦，故有灼鑠之師，但遵時而安養。及時顯則顯，故天乃大助，而克寵受於天，成蹻蹻王者之爲。下言則有嗣之用衆者，實維此事。允師，明衆不可輕用也。

桓

皇以間之。

傳：間，代也。

震按：詩中未嘗一語及商，獨「間」之爲代商之字，於文無所承指，似難強通。蓋上言「保有厥士，于以四方，克定厥家」，則是保有其士衆，而往用之四方，遂克定周家王業。此所以「綏萬邦」者，豈復諸侯之事乎？實天子之事。而武王之德上昭乎天，天以武王代之。皇，如「惟皇上帝」之「皇」，謂天也。綏萬邦，是代天子事。克定厥家，是代天子位。

賚

敷時繹思。

震按：思，辭助也。言布是文王之事而尋繹之。故章末云「於繹思」，歎美武王繼承尋繹之善也。

我徂維求定。

震按：謂往克商，求安天下。蓋聖人無取天下之意，有安天下之仁。

時周之命。

箋云：是周之所以受天命，而王之所由也。

震按：蔡邕亦以此詩爲大封於廟，賜有德之所歌，義與《毛詩》同。《春秋傳》引《桓》《賚》並繫之《武》，則奏《大武》之所歌。大封正武王時功成之一事，舞《大武》，歌此諸篇，爲六成之節。《頌》作於成王時，所以推明武功而美之。則詩頌美武王，非爲諸侯言明矣。《樂記》曰：「《武》始而北出，再成而滅商，三成而南。」鄭注云：「每奏《武》曲，一終爲一成。再奏，象克殷時也。三奏，象克殷有餘力而反也。」今考詩中「我徂維求定」之云，適合大封於旋反後。故《春秋傳》以《賚》爲其三，《桓》爲其六。詩章與舞之取義協，殆篇第未亂時舊次。有天命然後可以大封，而繹繼文王，求安天下，實受命所自。篇首述武王之意，末二句則致贊美之辭。著之樂章，使天下咸知周受命之正也。

般

墮山喬嶽，允猶翕河。

震按：《爾雅》：「巒，山墮。」「墮」與「橢」聲義通。圜長曰橢。凡山之形不正圜，故有墮之名，謂山之圜而長者。「喬」與「嶠」同，《爾雅》「鋭而高，嶠」是也。河會衆流，不翕則泛溢。水性不常，不允則不久翕。山主乎静，故以形言，曰「墮」曰「喬」。水主乎動，故以德言，曰「允」曰「翕」。「於皇是周」，言周既代殷也。「陟其高山」，謂方嶽也。山嶽之墮者、喬者，河之翕而允矣，由地中行也。以及普天之下莫不聚於是而對之，是周之受命而於此秩祭也。古書「猶」「由」交通，蓋同聲轉寫之訛，遂相沿爲古字通用，以免改字。詩篇取於義名「般」。般，旋也，旋遍天下也。《時邁》燔柴祀天，告以方望之事。《般》則望而秩祭山川，非受命不得巡狩，猶之非受命不得大封。故《時邁》曰「昊天其子之」，而《賚》與《般》皆曰「時周之命」云爾。

魯頌・泮水

首章：思樂泮水。

震按：泮水出曲阜縣治，西流至兖州府城東入泗，《通典》云「兖州泗水縣有泮水」是也。泗水縣，即魯下邑。

二章：匪怒伊教。

震按：凡使民畏威而遠罪之事無非教。此則言非由怒而足以教化人，所以申明其德音之昭昭也。或以此一語證泮宮爲諸侯之學，於詩意亦謬矣。

五章：既作泮宮，淮夷攸服。

震按：《穀梁春秋》云：「作，爲也，有加其度也。」此「作泮宮」，蓋亦增益更治耳。魯有泮水，作宮其上。故他國絶不聞有泮宮，獨魯有之。泮宮也者，其魯人於此祀后稷乎？魯有文王廟，稱周廟。而郊祀后稷，因作宮於都南泮水上，尤非諸侯廟制所得及。宮即水爲名，稱泮宮。《采蘩》篇傳云：「宮，廟也。」是「宮」與「廟」異名同實。《禮器》曰：「魯人將有事於上帝，必先有事於頖宮。」「泮」與「頖」同聲假借。鄭注云：「告后稷也。告之者，將以配天。」然則詩曰「從公于邁」、曰「昭假烈祖，靡有不孝」，明在國都之外。祀后稷之地曰「獻馘」「獻囚」「獻功」，蓋魯於祀后稷之地，時亦就之賞有功也。《王制》篇之言作於漢文帝時，多涉傅會，未足據證。《春秋》僖十三年「夏會于鹹」，魯、齊、宋、陳、衛、鄭、許、曹，凡八國。《左傳》曰「淮夷病杞故十六年冬會于淮同前，加邢凡九國。」，《左傳》曰「謀鄫杜注云：鄫爲淮夷所病故。且東略也」。齊桓公會諸侯而城緣陵，遷杞又城鄫，不果城而還。其不以師加淮夷，必有淮夷求成獻賂之事。不足書，故不見於經傳。此詩至五章已後乃及淮夷，非全無是事而徒侈言之矣。淮夷近魯，魯所當使之服，則詩又以勉魯侯矣。

閟宮

二章：敦商之旅。

震按：「敦」，於文从攴，隸省作「文」。本督責之義。「敦」「篤」「督」，語之轉。《説文》「敦」字下一曰：「誰何也。」《史記》：「信臣精卒，陳利兵而誰何。」崔浩云：「何，或爲呵。」《漢舊儀》：「宿衛郎官分五夜誰呵，呵夜行者誰也。」誰呵，亦即呵止，蓋「敦商之旅」猶云「遏商之旅」耳。

三章：周公皇祖。

震按：「皇祖周公」倒句以就韻。

四章：三壽作朋。

震按：三壽，謂上壽、中壽、下壽之人。作朋，言皆得與爲比壽。由是引而極之，故又曰「如岡如陵」。王伯厚云：「《晉姜鼎銘》曰：『保其子孫，三壽是利。』《魯頌》：『三壽作朋。』蓋古語也。」

五章：公車千乘。

傳：大國之賦千乘。

震按：鄭康成注《周禮・小司徒職》引《司馬法》曰：「六尺爲步，步百爲晦，晦百爲夫，夫三爲屋，屋三爲井，井十爲通。通爲匹馬，三十家，士一人，徒二人。通十爲成，成百井，三百家，革車一乘，士十人，徒二十人。十成爲終，終千井，三千家，〔一〕革車十乘，士百人，徒二百人。十終爲同，同方百里，萬井，三萬家，革車百乘，士千人，徒二千人。」以成三百家、家可任者一人計之，可任者三百人，而革車一乘，士徒三十人，是十而取一。《周禮・小司徒職》曰「凡起徒役無過家一人」者，宜謂此。《司馬法》一云：「九夫爲井，四井爲邑，四邑爲丘。丘十六井，有戎馬一匹，牛三頭，是曰匹馬丘牛。四丘爲甸，甸六十四井，出長轂一乘，馬四匹，牛十二頭，甲士三人，步卒七十二人，戈盾具，謂之乘馬。」考之《小司徒職》：「上地家七人，可任也者家三人。中地家六人，可任也者二家五人。下地家五人，可任也者家二人。」通上、中、下地率之，凡二家五人。一成三百家，可任者計七百五十人。而長轂一乘，甲士步卒合七十五人，亦十而取一。前法家可任者一人，正卒也。此法二家五人，通正、羨之卒也。除正卒二人，其餘二家三人爲羨卒，所謂以其餘爲羨。惟田與追胥竭作。起之作之，並十取一。然則百井九百夫之中，起正卒

〔一〕「三」上，原衍一「井」字，微波榭本同。據《周禮》删。

三十，羨卒四十五。六十夫而取二正卒、三羨卒，共五人。唐李靖稱曹公《新書》云：「攻車七十五人，前拒一隊，左、右角二隊，守車一隊。炊子十人，守裝五人，廄養五人，樵汲五人，共二十五人。攻守二乘凡百人。」此即《孫子》所謂「凡用兵之法，馳車千駟，革車千乘，帶甲十萬」，實戰國時斂民窮師之爲。而包咸之徒信用《王制》傅會之説，以大必不逾百里。然不得言封建諸侯無千乘之國，遂謂十井爲乘，百里之國適千乘。俗儒治經不能稽遠，語之以大國方數百里，則以爲失制。獨不疑十井共一乘，亡國之政，民不堪命，不至是。是詩「公車千乘」「公徒三萬」，與一乘士徒凡三十人者適合。魯千乘之國，故曰「公車千乘」。康成箋詩，據大國三軍，合三萬七千五百人，舉成數稱三萬，實減退七千五百人。其答林碩又云：「二軍之大數，則實加五千人。」孔冲遠謂頌美僖公，宜多大其事，似二軍可稱三萬，三軍當稱四萬也。《國語》管仲制萬人爲一軍，而曰「三萬人以方行于天下」，數雖與是詩相當，魯未必用齊法。宜據《周禮》「凡起徒役無過家一人」之法釋詩，而二軍、三軍，勿泥其數可也。

壽胥與試。

震按：胥，皆也。試，用也。言黄髮台背，諸壽之徵，皆與之歷用備有也。

九章：新廟奕奕。

箋云：修舊曰新。新者，姜嫄廟也。姜嫄之廟，廟之先也。

震按：首曰「閟宫有侐，實實枚枚」，即繼曰「赫赫姜嫄，其德不回」。若閟宫非姜嫄廟，無此立言之體矣。其曰「是生后稷」，曰「皇皇后帝，皇祖后稷，享以騂犧」，明郊祀后稷，因推后稷所生，此魯有姜嫄廟之所以然也。太王、文、武之興周，其祥固開於姜嫄者也。魯侯承祀，謹脩廟寢，而有此「新廟奕奕」。言一姜嫄廟而餘廟可見，以姜嫄爲廟之先且遠故也。魯有文王廟，不在廟制之内，故異其稱曰周廟。上溯至后稷且至姜嫄，尤當異稱，故曰泮宫、曰閟宫。「閟」之言扃閉静慎也。以周之厥初生民，魯人又謂爲禖宫，神之也。《毛詩》引孟仲子曰：「是禖宫也。」康成《詩譜》云：「孟仲子者，子思弟子。」陸德明《序録》云：魯人。

商頌・那

亦不夷懌。

震按：亦不，猶云「不亦」，古語然耳。

長發

首章：有娀方將，帝立子生商。

傳：有娀，契母也。

震按：此有娀但指契母。「方將」者，言其後欲大耳。《史記》云：「契長而佐禹，治水有功，封於商，賜姓子氏。」此詩言「洪水芒芒，禹敷下土方」，著契佐禹之功也。言帝「立子生商」，著受姓所起，由是世世相繼，商日以盛也。

三章：帝命不違，至于湯齊。

震按：此言自商之先祖至湯，世有明德，天命不去，齊同以集有天下之大命。

四章：爲下國綴旒。

震按：《孔子三朝記》云：「所以爲儀綴于國。」《曾子制言》云：「行爲表綴于天下。」綴者，懸綴於高，民所瞻望之謂。旒，亦垂飾章美以示儀者也。言爲下國仰而取法。

不競不絿。

傳：絿，急也。

箋云：競，逐也。

震按：絿本引絲之急，《廣韻》云：「急引也。」凡競逐、躁急、剛猛、柔弱，皆害於施政教。

五章：爲下國駿厖。傳：駿，大；厖，厚也。

震按：綴旒，言望之以爲法也。駿厖，言恃之以爲安也。上章言政，此章言勇。上章但言球玉，此章則言供貢。義各相配。

刑部山西司郎中臨川李秉文刊

皇清經解卷五百六十終　嘉應生員葉　輇校

杲溪詩經補注

（清）戴震 著
劉真倫 岳珍 點校

目録

點校説明

《杲溪詩經補注》二卷，戴震著。

戴震一生留下了三部《詩經》研究專著：《毛詩補傳》成書于乾隆十八年癸酉（一七五三），有癸酉仲夏序。書成前後，壬申、癸酉之間又别録書内辨正成《毛鄭詩考正》四卷。《杲溪詩經補注》成書於乾隆三十一年，即《清史稿》所謂《詩經二南補注》二卷。在這三部著作中，《杲溪詩經補注》成書最晚，代表了戴震學術成熟時期的水準。杲溪，在徽州。其書以「杲溪」命名，「蓋以自别于諸言《詩》者」（段玉裁《戴東原先生年譜》）。《補注》以《補傳》《考正》爲基礎，其體例一遵《補傳》，但在文字、聲韻、語詞、名物、典制乃至篇章義旨的考釋方面，則多有删補。全書僅包括「周南」「召南」二十五篇，爲未完稿。每篇正文之下，先列毛傳、鄭箋及朱熹《詩集傳》之異説，然後加「震按」辨析諸家得失。各篇之末，再出己意解説篇章義旨。其字義名物，則夾注于各章之下。戴震治《詩》，能自立于漢、宋門户之外，毛、鄭、朱兼收並蓄。前人稱道其「不拘守毛、鄭，亦不拘守朱《傳》，可謂無偏黨矣」(陳澧《東塾讀書記》)。

《補注》原稿本一卷，乾隆四十二年丁酉(一七七七)孔繼涵編刻《戴氏遺書》，收入此稿，分爲兩卷。是爲該書始刻本，世稱微波榭本。其後藝海珠塵本、《皇清經解》本、《安徽叢書》本均據微波榭本全文收録。本次整理以微波榭本對校，少量戴氏引書確實有誤且直接影響文義者，酌情取原書訂正。

劉真倫

杲溪詩經補注　卷一

歙戴吉士震著

周南

關關雎鳩，在河之洲。窈窕淑女，君子好逑。

毛傳曰：關關，和聲也。雎鳩，王雎也。鳥摯而有別。水中可居者曰洲。窈窕，幽閑也。疏云：「窈窕者，謂淑女所居之宮形狀窈窕然。以淑女已爲善稱，則窈窕宜爲居處。」淑，善也。逑，匹也。孫炎云：「相求之匹。」

鄭箋曰：摯之言至也，謂王雎之鳥雌雄情意至，然而有別。

震按：箋説非也。古字「鷙」通用「摯」，《夏小正》「鷹始摯」、《曲禮》「前有摯獸」是其證。《春秋傳》郯子言：少皞以鳥名官。鴡鳩氏，司馬也。説曰：「鷙而有別，故爲司馬，主法制。」此義之兼取鷙者，不得如箋所云明矣。雎鳩之有別，本於其性成，是以詩寄意焉。凡詩辭於物，但取一端，不必泥其類。窈窕，謂容也，其容幽閑窈窕然。《禮》四教：婦德、婦言、婦容、婦功。

容者，德之表。《屈原賦·九歌》曰「子慕予兮善窈窕」，亦以容言之。

參差荇菜，左右流之。窈窕淑女，寤寐求之。

毛傳曰：荇，接余也。俗呼荇絲菜，夏月開黃華。流，求也。寤，覺也。寐，寢也。

鄭箋曰：左右，助也。言后妃將供荇菜之菹，必有助而求之者。疏云：「案《天官·醢人》陳四豆之實無荇菜者，以殷禮。詩咏時事，故有之。」

集傳曰：或左或右，言無方也。流，順水之流而取之也。

震按：參，《說文》引《詩》作「槮」，木長貌。此詩卒章曰「左右芼之」，明言爲「芼」，非爲「菹」也。「菹」與「醢」相從實諸豆，《周禮》七菹：韭菹、菁菹、茆菹、葵菹、芹菹、箈菹、筍菹是也。「芼」與「羹」相從實諸鉶，《儀禮》鉶芼「牛藿」「羊苦」「豕薇」，《昏義》曰「牲用魚，芼之以蘋藻」，《內則》曰「饘、酏、酒、醴、芼、羹」，又曰「雉兔皆有芼」是也。「芼之」而猶曰「左右」，不必爲無方，則左右者，蓋至近之辭。流之，言在流水之次，有潔濯之美，可以當求取耳。直以「求取」訓「流」，則非也。

求之不得，寤寐思服。悠哉悠哉，輾轉反側。

鄭箋曰：服，事也。求賢女而不得，覺寐則思己職事，當誰與共之乎？不周曰輾。

震按：思服，王肅云：「服，膺。思，念之。」是也。《爾雅》：「悠，遠也。」箋說爲后妃求賢女，與之供已職。古者天子諸侯内宫之人有數，皆不得任意廣求。《集傳》爲宫中之人於文王之妃太姒始至，見而美之，因本其未得，言憂思之深至於如此。予繹此詩，蓋言必窈窕之淑女乃宜配君子，未得其人，求之不可不專且至，所以明事之當重無過於此者。《關雎》之言夫婦，《鹿鳴》之言君臣，歌之房中，歌之燕饗，俾聞其樂章，知君臣夫婦之正焉。禮樂之教遠矣，非指一人一事爲之者也。

參差荇菜，左右采之。窈窕淑女，琴瑟友之。

集傳曰：采，取而擇之也。

震按：采，擇取也。

參差荇菜，左右芼之。窈窕淑女，鐘鼓樂之。

毛傳曰：芼，擇也。

集傳曰：芼，熟而薦之也。

震按：《爾雅》：「芼，搴也。」郭注云：「謂拔取菜。」蓋因采之、芼之相次比，宜其不遠。《毛詩》則以三章之次先求「次取、次宜爲擇，故不從《爾雅》。《集傳》以采已兼擇，故用董氏説爲熟薦，不從《毛詩》。董氏説見吕伯恭《讀詩記》。三説皆緣辭生訓，於字之偏旁不能明也。許叔重《説文解字》亦引此詩而云「艸覆蔓」，又於詩之前後失次。大致説經者就經傳合而不可通於字，説字者就字傳合而不可通於經。舉此一字，知訓詁之失傳久矣。考之《禮》：羹、醢、菹、芼凡四物。肉謂之醢，菜謂之菹；肉謂之羹，菜謂之芼。菹醢生爲之，是爲豆實。芼則湆烹之。《禮》注：「湆，肉汁也。」故菹、芼有别，芼之言用爲鉶芼也。

《關雎》，鄭分五章。　求賢妃也。故其三章曰「求之不得」，難之也。難之也者，重之也。蓋周初作之以爲房中之樂，《燕禮》注云：「絃歌《周南》《召南》之詩謂之房中者，后夫人之所諷誦以事其君子。」《詩譜》云：「后妃夫人侍御於其君子，女史歌之以節義序故耳。」又謂之燕樂，《周禮·磬師》注云：燕樂，房中之樂。亦曰鄉樂。升歌，笙間之，後堂上下合而奏之。《燕禮》曰：「工歌《鹿鳴》《四牡》《皇皇者華》。笙入，立于縣中，奏《南陔》《白華》《華黍》。乃間歌《魚麗》，笙《由庚》；歌《南有嘉魚》，笙《崇丘》；歌《南山有臺》，笙《由儀》。遂歌鄉樂，《周南》：《關雎》《葛覃》《卷耳》；《召南》：《鵲巢》《采繁》《采蘋》。」南、豳、雅、頌，有專爲樂章，非咏時事者。周家歷世有賢妃之助，故《周南》首《關雎》，《召南》首《鵲巢》，所以正内德、慎昏姻之際。《毛詩》篇義曰：「關雎，后妃之德也，風之始也，所以風天下而正夫婦也。故用之鄉人焉，用之邦國焉。」《魯詩》曰：「后夫人鷄鳴佩玉去君所，周康王后不然，故詩人歎而傷之。」《史記》曰：「周道缺，詩人本之衽席，《關雎》作。」《漢書》曰：「佩玉晏鳴，《關雎》刺之。」《齊》《韓》之學亦皆以爲諷刺，惟《毛詩》與《禮》經合。薛士龍云：「《關雎》作刺之說，是賦其詩者。」

葛之覃兮，施于中谷。維葉萋萋，黄鳥于飛。集于灌木，其鳴喈喈。

毛傳曰：覃，延也。葛所以爲絺綌，女功之事煩辱者。施，移也。中谷，谷中也。萋萋，茂盛貌。黄鳥，摶黍也。《方言》：「驪黄，自關而東謂之倉庚，自關而西謂之驪黄，或謂之黄鳥。」郭注云：「其色黧黑而黄。」灌木，叢木也。喈喈，和聲之遠聞也。

震按：覃，長也。「覃」字本義。《説文》云：「長味也。」故因爲凡長之通語，《生民》詩曰「實覃實訏」。施，延也，語之轉。

葛之覃兮，施于中谷。維葉莫莫，是刈是濩。爲絺爲綌，服之無斁。

毛傳曰：莫莫，成就之貌。濩，煮之也。舍人云：「是刈，刈取之。是濩，煮治之。」孫炎云：「煮葛以爲絺綌。以煮之於濩，故曰濩煮，非訓濩爲煮。」精曰絺，粗曰綌。斁，厭也。

鄭箋曰：服，整也。女在父母之家，未知將所適，故習之以絺綌煩辱之事，乃能整治之無厭倦。

震按：莫莫，猶幕幕也。此因夏時服葛在躬，而念及治葛之事，以見不可厭耳。古字「毋」通用「無」。

言告師氏，言告言歸。薄污我私，薄澣我衣。害澣害否，歸寧父母。

毛傳曰：言，我也。師，女師也。污，煩也。私，燕服也。害，何也。寧，安也。父母在，則有時歸寧耳。

鄭箋曰：煩，煩撋之用功深。阮孝緒《字略》云：「煩撋，猶挼莏也。」澣，謂濯之耳。

《集傳》曰：言，辭也。上章既成絺綌之服矣，此章遂告其師氏，使告于君子以將歸寧之意。

震按：「言」與「云」聲義相邇。薄，猶「且」也。

《葛覃》，三章。不忘女功也。《禮》：后夫人親蠶不親葛。蓋當服葛之時，猶念未嫁在父母家曾知葛事之勤而追賦之，因以感而思歸寧也。《周書·無逸》之訓以「立王生則逸，不知稼穡之艱難，不聞小人之勞，惟耽樂之從」，誦以爲戒。然則《葛覃》之義其以視忘女功之勤勞而驕侈是從者，孰宜法，孰宜戒，可知也。

采采卷耳，不盈頃筐。嗟我懷人，寘彼周行。

毛傳曰：采采，事采之也。疏云：「言勤事采菜。」卷耳，苓耳也。頃筐，畚屬，易盈之器也。《韓詩》云：「頃筐，欹筐也。」〔一〕懷，思也。寘，置也。行，列也。思君子官賢人，置周之列位。

〔一〕此八字爲孔疏引《釋文》，承上省「疏」字。按本書體例，此八字應爲小字雙行。原書排爲正文，誤。今據體例改排爲夾注。

《集傳》曰：周行，大道也。后妃以君子不在而思念之，托言方采卷耳未滿頃筐，而心適念其君子，故不能復采而置之大道之旁也。

震按：采采，衆多貌。《詩》曰「采采芣苢」，又曰「兼葭采采」，又曰「蜉蝣之翼，采采衣服」，皆一望衆多者。《卷耳》《芣苢》又以見其多而易得之物。「嗟我懷人，寘彼周行」，言寘此懷念于周行之上。下三章皆懷之之事也。周，猶遍也，通也。行，路也。行爲「行列」字之音訓旁及。而《春秋傳》曰：「『嗟我懷人，寘彼周行』，能官人也。王及公、侯、伯、子、男、甸、采、衛、大夫各居其列，所謂周行也。」斷章見意，如郤至之論「公侯干城」「公侯腹心」爲一美一刺，於《詩》之本指不然也。《荀卿書》曰：「頃筐，易滿也。卷耳，易得也。然而不可以貳周行。」以明用心者之一，情之至也不貳。其得詩之意者歟。

陟彼崔嵬，我馬虺隤。我姑酌彼金罍，惟以不永懷。

毛傳曰：陟，升也。崔嵬，土山之戴石者。虺隤，病也。孫炎云：「馬退不能升之病也。」姑，且也。人君黃金罍。許叔重《五經異義》：罍制，今《韓詩說》：「金罍，大器。天子以玉，諸侯、大夫皆以金，士以梓。」古《毛詩說》：「罍，酒器。諸臣之所酢。人君以黃金飾，尊大一石，金飾龜目，蓋取雲靁之象。」永，長也。

震按：《爾雅·釋山》云：「石戴土謂之崔嵬。」《毛詩》殆轉寫誤也。金者，五金之統名。

罍，《説文》云：「龜目酒尊，刻雲靁象。」三章皆承上感念于周行而言。陟山，謂君子行邁所陟也。酌酒，願君子且酌以解其憂勞也。鄭箋以爲：后妃言使臣以兵役之事勤勞于山險，出使而反，君當設饗燕之禮，與之飲酒以勞之，我則以是不復長憂思。《集傳》以爲：后妃托言欲登以望所懷之人而往從之，則馬罷病不能進。於是且酌金罍之酒而欲不至於長以爲念。二説皆未然與。

陟彼高岡，我馬玄黄。我姑酌彼兕觥，維以不永傷。

毛傳曰：山脊曰岡。玄馬病則黄。兕觥，角爵也。《五經異義》：爵制，今《韓詩説》：「一升曰爵，二升曰觚，三升曰觶，四升曰角，五升曰散。總名曰爵，其實曰觴。觥亦五升，所以罰不敬。」古《毛詩説》：「觥大七升。」謹案：觥罰有過，一飲而盡，七升爲過多。

鄭箋曰：觥，罰爵也。饗燕所以有之者。《飲酒禮》：自立司正之後，旅醻必有醉而失禮者，罰之亦所以爲樂。

震按：觥，亦作「觵」。《周禮》所謂「觵撻」，行禮用之爲罰爵，常飲酒則否。

陟彼砠矣，我馬瘏矣。我僕痡矣，云何吁矣。

毛傳曰：石山戴土曰砠。瘏，病也。孫炎云：「馬疲不能進之病也。」痡，病也。吁，憂也。

震按：《爾雅·釋山》云：「土戴石爲砠。」「砠」字從石，以石上見也。僕，御者也。痡，蓋勞於御車而疲病。言馬言僕，則君子之勞可知。吁，當爲盱。《何人斯》之詩曰「壹者之來，云何其盱」，《都人士》之詩曰「我不見兮，云何盱矣」，皆不得見而遠望之意。《説文》：「盱，張目也。」《爾雅》：「盱，憂也。」《毛詩》於「盱」字不復釋，則皆蒙《卷耳》傳矣。今此詩及傳作「吁」者，後人轉寫之訛耳。

《卷耳》，四章。　感念於君子行邁之憂勞而作也。

南有樛木，葛藟纍之。樂只君子，福履綏之。

毛傳曰：木下曲曰樛。履，禄也。綏，安也。

震按：《詩》中凡言「葛藟」，謂葛之藤蔓耳。古曰藟，今曰藤，古今語也。舊説分「葛」「藟」爲二物，以對下「福禄」，因别指一藤之類當之，非也。《詩》言「福禄」者多矣，此獨言「福履」，蓋身之動履，無非福祉吉事，是謂福履。毛、鄭詩以上二言喻后妃以恩意下逮衆妾，故衆妾得以上附而進御於君。下「君子」則指君。《集傳》以爲「衆妾樂后妃之德而稱願之」，恐君子之稱不可通于婦人，乃云：「自衆妾而指后妃，猶言小君、内子也。」是與他處「樂只君子」獨别，不然矣。詩辭本無從知爲衆妾美后妃所作，葛藟之附樛木，福履之隨君子，實樛木有以來之，君子有以致之也。以是言之，亦可知詩人之言福矣。

南有樛木，葛藟荒之。樂只君子，福履將之。

毛傳曰：荒，奄也。將，大也。

鄭箋曰：將，猶扶助也。

震按：將，猶進也。

南有樛木，葛藟縈之。樂只君子，福履成之。

毛傳曰：縈，旋也。

《樛木》，三章。下美上之詩也。《毛詩》篇義曰：「樛木，后妃逮下也。」未聞其審。

螽斯羽，詵詵兮。宜爾子孫，振振兮。

毛傳曰：螽斯，蚣蝑也。詵詵，衆多也。振振，仁厚也。

《集傳》曰：詵詵，和集貌。振振，盛貌。

震按：螽，草蟲以股鳴者，其類不一。斯，辭也。或曰「螽斯」，或曰「斯螽」，便文協句。如「鷽斯」「斯干」之類。言「羽」者，于其飛之盛見之。詵詵，衆盛貌。與駪、莘、甡、兟、侁侁、燊、辞、辡等字聲義相邇。振振，儀容之盛也。《毛詩》於「振振公子」「振振君子」，皆曰「信厚也」。于「振振鷺」，曰「群飛貌」。晉童謡「均服振振」，杜豫云「盛貌」，韋昭云「威武也」。緣辭生訓，故説各不同。毛、鄭以「宜爾子孫」直言后妃，《集傳》以爲亦指螽斯，毛、鄭是也。物以多見其盛，人則以多賢爲盛，《詩》之稱美者如是。

螽斯羽，薨薨兮。宜爾子孫，繩繩兮。

毛傳曰：薨薨，衆多也。繩繩，戒慎也。

《集傳》曰：薨薨，群飛聲。繩繩，不絶貌。

震按：毛傳義本《爾雅》，「繩」亦作「憴」。《抑》之詩曰：「子孫繩繩，萬民靡不承。」以教令之出不苟，則子孫戒慎守之，萬民咸奉行之也。

螽斯羽，揖揖兮。宜爾子孫，蟄蟄兮。

毛傳曰：揖揖，會聚也。蟄蟄，和集也。

《集傳》曰：蟄蟄，亦多意。

震按：毛傳是也。古字「輯」通用「揖」。《史記》「揖五瑞」，又秦刻石「摶心揖志」。

《螽斯》，三章。　亦下美上也。《毛詩》篇義曰：「螽斯，后妃子孫衆多也。」

桃之夭夭，灼灼其華。之子于歸，宜其室家。

毛傳曰：桃有華之盛者。夭夭，其少壯也。灼灼，華之盛也。之子，嫁子也。于，往也。

桃之夭夭，有蕡其實。之子于歸，宜其家室。

毛傳曰：蕡，實貌。家室，猶室家也。

桃之夭夭，其葉蓁蓁。之子于歸，宜其家人。

毛傳曰：蓁蓁，至盛貌。一家之人盡以爲宜。

《桃夭》，三章。歌於嫁子之詩也。家之大善曰宜。以美以誨，兩見之與。

肅肅兔罝，椓之丁丁。赳赳武夫，公侯干城。

毛傳曰：肅肅，敬也。兔罝，兔罟也。李巡云：「兔自作徑路，張罝捕之也。」丁丁，椓杙聲也。《爾雅》：「樴之謂杙。」李巡云：「謂橛也。」赳赳，武貌。干，扞也。孫炎云：「干，盾，所以自蔽扞。」

《集傳》曰：肅肅，整飭貌。

震按：毛、鄭以「肅肅兔罝」爲其人之不忘恭敬，《集傳》以爲罝之整飭，《集傳》是也。

肅肅兔罝，施于中逵。赳赳武夫，公侯好仇。

毛傳曰：逵，九達之道。《韓詩》薛君《章句》云：「中馗，馗中，九交之道也。」

肅肅兔罝，施于中林。赳赳武夫，公侯腹心。

《兔罝》，三章。　美用賢也。金吉甫曰：「按《墨子》書：『文王舉閎夭、泰顛于罝罔之中，授之政，西土服。』」見《尚賢上》第八。據金氏説，則「赳赳武夫」追本其往昔所爲而質言之者也。於此見舉賢之不遺微賤，而得國士良佐也。

采采芣苢，薄言采之。采采芣苢，薄言有之。

毛傳曰：采采，非一辭也。芣苢，馬舃。馬舃，車前也。宜懷妊焉。陸璣《草木蟲魚疏》云：「其子治婦人生難。」薄，辭也。采，取也。有，藏之也。

震按：采采，衆多貌。薄，猶且也。采之，往取也。有之，覩其有也。

采采芣苢，薄言掇之。采采芣苢，薄言捋之。

毛傳曰：掇，拾也。捋，取也。

震按：掇，穗折之也。捋，一手持其穗，一手捋取之也。車前之用在子，故捋之。

采采芣苢，薄言袺之。采采芣苢，薄言襭之。

毛傳曰：袺，執衽也。孫炎云：「持衣上衽。」扱衽曰襭。李巡云：「扱衣上衽於帶。」

震按：婦人之衣，連衣裳不殊之。衽者，裳之旁幅也。蓋襟貯之而持其衽，或扱諸帶。

《芣苢》，三章。　言室家之樂，以見治化之盛有徵也。《毛詩》篇義曰：「和平則婦人樂有子矣。」以是言之，徵之室家和平，而知天下和平也。故《周南》，王者之風也。《韓詩》曰：「《芣苢》，傷夫有惡疾也。」薛君《章句》謂芣苢爲澤瀉，以采之不已，喻君子有惡病猶守而不離去。於義爲狹。

南有喬木，不可休思。漢有游女，不可求思。漢之廣矣，不可泳思。江之永矣，不可方思。

毛傳曰：喬，上疏也。思，辭也。潛行爲泳。永，長也。方，泭也。《方言》：「泭謂之䉬。䉬謂之筏。筏，秦、晉之通語也。」

震按：《爾雅》：「休，蔭也。」郭注云：「今俗語呼樹蔭爲休。」休思，或作「休息」者，轉寫之訛。《韓詩外傳》引此作「不可休思」。《釋文》云：「本或作『休思』。」疏云：「經『求思』之文，在『游女』之下。傳解『喬木』之下，先言『思辭』，然後始言『漢上』，疑經『休息』之字作『休思』也。《詩》之大體，韻在辭上，疑『休』『求』字爲韻，二字俱作『思』。」《周禮·職方氏》荆州：「其川江、漢。」

翹翹錯薪，言刈其楚。之子于歸，言秣其馬。漢之廣矣，不可泳思。江之永矣，不可方思。

毛傳曰：翹翹，薪貌。疏云：「高貌。」錯，雜也。秣，養也。《說文》：「秣，食馬穀也。」

鄭箋曰：楚，雜薪之中尤翹翹者。《説文》：「楚，叢木。一名荆。」之子，是子也。謙不敢斥其適己，於是子之嫁，我願秣其馬，致禮餼，示有意焉。凡致禮餼，則有芻禾，所以秣馬。

震按：箋云「示有意」者，謂《詩》設言以見悦之深。

翹翹錯薪，言刈其蔞。之子于歸，言秣其駒。漢之廣矣，不可泳思。江之永矣，不可方思。

毛傳曰：蔞，草中之翹翹然。馬融云：「蔞，蒿也。」

震按：《周禮》注：「鄭司農云：『馬二歲曰駒，三歲曰駣。』」

《漢廣》，三章。　言男女之禮教行也。故有悦色之情，而美是女之不可求，民咸知禮義故也。

遵彼汝墳，伐其條枚。未見君子，惄如調飢。

毛傳曰：遵，循也。汝，水名也。汝水出大盂山，東入淮。墳，大防也。《考工記》注：「蚡胡，胡子之國，在楚旁。」《漢志》汝南郡汝陰：「故胡國。《地道記》有陶丘鄉，《詩》所謂汝墳。」〔一〕枝曰條，幹曰枚。疏云：「木大不可伐其榦，取條而已。枚，細者，可以全伐之也。」惄，饑意也。調，朝也。

〔一〕此引《漢志》，前半爲《漢書·地理志》顔師古注，後半爲《後漢書·郡國志》李賢注。

鄭箋曰：惄，思也。《方言》云：「惄，夏也。自關而西，秦、晉之間或曰惄，或曰溼。凡志而不得、欲而不獲、高而有墜、得而中亡，謂之溼，或謂之惄。」又云：「凡思之貌或曰惄。」《集傳》曰：調，一作輖，重也。《釋文》亦云：「調，又作『輖』。」

遵彼汝墳，伐其條肄。既見君子，不我遐棄。

毛傳曰：肄，餘也。斬而復生曰肄。遐，遠也。

鄭箋曰：于己反得見之，知其不遠棄我而死亡，於思則愈。

魴魚赬尾，王室如燬。雖則如燬，父母孔邇。

毛傳曰：赬，赤也。魚勞則尾赤。燬，火也。《韓詩》作「焜」，薛君云「烈火也」。孔，甚也。邇，近也。

鄭箋曰：畏王室之酷烈。是時紂存。

震按：「父母孔邇」，鄭箋以爲君子仕於亂世，當念之而遠罪，不避勞役。疏云：「或不堪勞苦，避役死亡。」《集傳》則以爲文王之德如父母然，望之甚近，亦可以忘其勞矣。余繹此詩，汝旁之國，其民以王室徵役而往。時紂政暴虐，則或有不免於死亡之憂。役作之勞瘁，其小者也。然王室之虐遠，而父母之邦恩德甚近。言「邇」者，對王室遠也。上言「王室」，亦以對父母之指侯邦也。録之《周南》，蓋見紂自暴虐。而文王典治之國，自使民可懷。若家之父母，不必云「孔邇」。民不父母其君而以目方伯，又不然矣。

《汝墳》，三章。　言君子從役之勞也。於此見殷之失民。而民之懷其國者，實周之治功所被遠也。

麟之趾，振振公子，于嗟麟兮。

毛傳曰：趾，足也。振振，信厚也。于嗟，嘆辭。

震按：振振，容儀之盛也。鄭箋謂公子有似於麟。《集傳》以麟喻文王后妃之仁，以趾喻公子。箋説是也。

麟之定，振振公姓，于嗟麟兮。

毛傳曰：定，題也。《説文》：「題，頟也。」公姓，公同姓。

《集傳》曰：公姓，公孫也。姓之言生也。

麟之角，振振公族，于嗟麟兮。

毛傳曰：公族，公同祖也。

《麟趾》，三章。　美公子之賢，比於麟也。麟之儀表，見於趾、頟、角矣。公子之賢，則見其「振振」矣。

皇清經解卷五百六十一終　嘉應生員李恒春校

杲溪詩經補注　卷二

歙戴吉士震著

召南

維鵲有巢，維鳩居之。之子于歸，百兩御之。

毛傳曰：鳩，尸鳩，秸鞠也。又名布穀。百兩，百乘也。疏云：「謂之兩者，《風俗通》以爲車有兩輪，馬有四匹，故車稱輛，馬稱匹。」

鄭箋曰：御，迎也。

維鵲有巢，維鳩方之。之子于歸，百兩將之。

毛傳曰：方，有之也。將，送也。

震按：古字「房」通用「方」。《小雅》「既方既皂」、《大雅》「實方實苞」。箋於《小雅》云：「方，房也，謂孚甲始生而未合時也。」是「方」有「房」義。《漢書》山陽郡「方與」，晉灼云：「音房豫。」是「方」有「房」音。方之，猶居之也。《左傳》引《夏書》曰：「辰不集於房。」杜注云：「房，舍也。」

維鵲有巢，維鳩盈之。之子于歸，百兩成之。

毛傳曰：盈，滿也。

鄭箋曰：滿者，言衆媵姪娣之多。《春秋公羊傳》曰：「諸侯娶一國，則二國往媵之，以姪娣從。姪者何？兄之子也。娣者何？弟也。諸侯壹聘九女，諸侯不再娶。」

《集傳》曰：成，成其禮也。

《鵲巢》，三章。言夫人始嫁之禮也。昏禮，治化之原也，故其禮盛。禮盛，所以使人知夫婦之正也，所以使人修其内德而不敢苟也。《鵲巢》之詩，亦周初作之以爲房中之樂。凡樂章或言德焉，或言禮焉，彰教也。稱美以樂之，而人心將不移於惡，樂之道也。

于以采蘩，于沼于沚。于以用之，公侯之事。

毛傳曰：蘩，皤蒿也。疏云：「孫炎曰：『白蒿也。』然則非水菜。此言沼沚者，謂于其傍采之也。下于澗之中，亦謂於曲内。」于，於也。沼，池也。沚，渚也。公侯夫人執蘩菜以助祭，王后則荇菜也。之事，祭事也。如《春秋》書「有事于太廟」。

鄭箋曰：于以，猶言往以也。執蘩菜者，以豆薦蘩菹。《集傳》或曰蘩所以生蠶。《毛詩》于

「采蘩祁祁」云：「蘩，白蒿也，所以生蠶。」

震按：《夏小正》「二月榮堇采蘩」，説曰：「皆豆實也。」《儀禮》用「堇」「昔」及「葵」爲滑，又有「葵菹」。堇與蘩爲豆實，不見于經。《春秋傳》曰：「澗谿沼沚之毛，蘋蘩薀藻之菜，或薦于鬼神，可羞于王公。」然則采蘩之爲供祭事明矣。蘩不在七菹之數，其用未聞。《毛詩》謂「公侯夫人執蘩菜，王后則荇菜」，因詩傅會，非禮制也。《爾雅》：「小渚曰沚。」

于以采蘩，于澗之中。于以用之，公侯之宮。

毛傳曰：山夾水曰澗。宮，廟也。

《集傳》：或曰：即《記》所謂公桑蠶室也。

震按：毛傳是也。

被之僮僮，夙夜在公。被之祁祁，薄言旋歸。

毛傳曰：被，首飾也。僮僮，竦敬也。夙，早也。祁祁，舒遲也，去事有儀也。

鄭箋曰：公，事也。早夜在事，謂視濯溉饎爨之事。疏云：「諸侯之祭禮亡。案《特牲》：『夕陳鼎于門外，宗人升自西階，視壺濯及豆籩。夙興，主婦視饎，爨于西堂下。』《特牲》宗人視濯，非主婦，諸侯與士不必盡同。天子則大宗伯視滌濯。」《禮記》：「主婦髲鬄。」鄭注《少牢饋食禮》云：「古者或剔賤者、刑者之髮以被婦人之紒爲飾，因名髲鬄焉。此《周禮》所謂次也。」祭事畢，夫人釋祭服而髲鬄，其威儀祁祁然而安舒，無罷倦之失。疏云：

「『被之祁祁』，據祭畢，則『被之僮僮』爲祭前，故鄭引髲鬄與被爲一，非祭時所服。解『在公』爲『視濯』，非正祭之時也。若祭服則副矣。」還歸者，自廟反其燕寢。《集傳》或曰：公，即所謂公桑也。

震按：箋以上二言指將祭之前，下二言指既祭之後，蓋舉前後而祭時之顯敬不必言也。鄭氏注《禮》，合「次」與「髲鬄」爲一。其箋是詩，又合「被」與「髲鬄」爲一。「被」之爲「次」，恐未然也。《周禮》「王后之六服」，三翟皆祭服。從王祭先王服褘衣，祭先公服揄翟，祭群小祀服闕翟。鞠衣，告桑事之服。展衣，以禮見王及賓客之服。褖衣，御於王之服，亦以燕居。三翟之首服副，鞠衣展衣之首服編。《追師》注云：「編，編列髮爲之。其遺象若今假紒矣。」褖衣之首服次。《追師》注云：「次，次第髮長短爲之，所謂髲鬄。」《說文》：「髲，鬄也。」「鬄，髲也。」二字轉注。「鬄」又作「髢」，《君子偕老》之次章，上言「其之翟也」，下言「鬒髮如雲，不屑髢也」，箋曰：「髢，髲也。不用髲爲善。」義與《說文》合。「髲」「被」古字通用。然則是詩之「被」乃所謂「髢」，不在副編次之數。既用「被」，然後加首服，翟衣之首服副笄六珈是矣。劉成國《釋名》云：「髲，被也，髮少者得以被助其髮也。」僮僮，端直貌。祁祁，齊同貌。《豳·七月》《小雅·出車》曰「采蘩祁祁」，《大田》曰「興雨祁祁」，《大雅·韓奕》曰「祁祁如雲」，《商頌·玄鳥》曰「來假祁祁」，皆多而齊同之貌。然則「被之祁祁」，蓋狀所益之髮多而不亂也。舉一「被」而將事之敬可知也。

《采蘩》，三章。　敬祭事也。夫人之職莫大乎奉祭祀，故《射義》曰：「采蘩者，樂不失職也。」

喓喓草蟲，趯趯阜螽。未見君子，憂心忡忡。亦既見止，亦既覯止，我心則降。

毛傳曰：喓喓，聲也。草蟲，常羊也。趯趯，躍也。阜螽，蠜也。忡忡，猶衝衝也。止，辭也。覯，遇也。降，下也。

震按：阜，大也，如「四牡孔阜」之「阜」。喓喓狀其聲，故概曰草蟲。趯趯狀其躍，故目之曰阜螽。螽之屬不一，螽其統名也。草蟲，則凡小蟲草生者之通語也。《爾雅》：皇螽，蠜。李巡云：「蝗子也。」草蟲，蝜蠜。蝜，亦作負。陸璣疏云：「小大長短如蝗，奇音青色。」蜤螽，蜙蝑。蜤，亦作「蜇」。《方言》：「舂黍謂之蜙蝑。」郭注云：「又名蜙蠑，江東呼虴蛨。」蟿螽，螇蚸。郭注云：「今俗呼，似蜙蠑而細長，飛翅作聲者爲螇蚸。」土螽，蠰谿。郭注云：「似蝗而小，今謂之土蝶。」蓋因詩辭而別其名類，以傅合之《爾雅》。周秦之際所記解釋《詩》《書》，往往緣辭生訓。以爲盡可證實，則違經矣。毛、鄭以首二言爲喻卿大夫之妻待禮而行，隨從君子。中二言爲在途時憂不當君子。《集傳》以爲大夫行役在外，其妻感時物之變而思之如此。《集傳》是也。

陟彼南山，言采其蕨。未見君子，憂心惙惙。亦既見止，亦既覯止，我心則說。

毛傳曰：蕨，鼈也。《草木疏》云：「周秦曰蕨，齊魯曰鼈。」惙惙，憂也。

陟彼南山，言采其薇。未見君子，我心傷悲。亦既見止，亦既覯止，我心則夷。

毛傳曰：薇，菜也。《説文》云：「似藿。」夷，平也。

《草蟲》，三章。　感念君子行役未返之詩也。

于以采蘋，南澗之濱。于以采藻，于彼行潦。

毛傳曰：蘋，大蓱也。俗呼四葉菜，五月有白華。濱，涯也。藻，聚藻也。陸璣疏云：「藻有二種，其一種莖大如釵股，葉如蓬蒿，謂之聚藻。」行潦，流潦也。

鄭箋曰：古者婦人先嫁三月，祖廟未毀，教于公宮；祖廟既毀，教于宗室。教成祭之，牲用魚，芼之以蘋藻，所以成婦順也。此祭女所出祖也。蘋之言賓也，藻之言澡也。婦人之行尚柔順，自絜清，故取名以爲戒。

震按：《爾雅》：「苹蓱，郭注云：「水中浮萍，江東謂之薸。」其大者蘋。」蘋與萍雜生而大，故《爾雅》連文釋之。苹無莖，所謂浮萍。蘋則有莖，實二類也。《集傳》誤以郭氏之解苹者解蘋。行，路也。雨水所流積於湟爲潦。《夏小正》「湟潦生苹」，説曰：「湟，下處也。有湟然後有潦，有潦而後有苹草也。」《説文》云：「潦，雨水大貌。」趙臺卿注《孟子》云：「行潦，道旁流潦也。」

于以盛之，維筐及筥。于以湘之，維錡及釜。

毛傳曰：方曰筐，圓曰筥。湘，亨也。錡，釜屬有足曰錡。疏曰：「俗本錡下又云：『無足曰釜。』」

鄭箋曰：亨蘋藻者，於魚湆之中，是鉶羹之芼。

《集傳》曰：蓋粗熟而淹以爲菹也。

震按：作菹之法，生爲之。此爲芼，非爲菹。箋説是也。

于以奠之，宗室牖下。誰其尸之，有齊季女。

毛傳曰：奠，置也。宗室，太宗之廟也。尸，主也。齊，敬也。季，少也。

鄭箋曰：牖下，户牖間之前。祭不于室中者，凡昏事於女禮設几筵于户外，此其義也與？宗子主此祭，惟君使有司爲之。祭事，主婦設羹，教成之祭，更使季女者成其婦禮也。季女不主魚，魚俎實男子設之。疏云：「以《特牲》《少牢》俎皆男子主之故也。」其齍盛蓋以黍稷。

《集傳》曰：牖下，室西南隅，所謂奧也。祭祀之禮，主婦薦豆，實以菹醢。

震按：箋説是也。祭祀在室中之奧，此獨言牖下，異於常奉祭事也。考之《禮》：牖下或室中，或户外，以女禮則知爲户外。古者宫室之制，户設於室東南，牖在户西，奧又在牖西，爲室西南隅之名。牖所以爲名也奧者，其地幽奧。王肅以爲此篇所陳，皆大夫妻助夫氏之祭，采蘋、藻以爲菹，設之於奧，奧即牖下。疏云：「經典未有以奧爲牖下者矣。」《集傳》蓋本其説。

《采蘋》，三章。　女子教成之祭所歌也。《士昬禮》之記曰：「女子許嫁，笄而醴之，稱字。祖廟未毀，教于公宫三月；若祖廟已毁，則教于宗室。」《射義》曰：「采蘋者，樂循法也。」謂樂其能循教之禮法，于是乎祭以成之。」《春秋傳》穆叔曰：「濟澤之阿，行潦之蘋、藻，寘諸宗室。季蘭尸之，敬也。」《采蘋》之詩，蓋亦專爲樂章而作者。

蔽芾甘棠，勿翦勿伐，召伯所茇。

毛傳曰：蔽芾，小貌。《爾雅》：「芾，小也。」甘棠，杜也。翦，去也。伐，擊也。茇，草舍也。《説文》：「茇，舍也。」引此詩。

《集傳》曰：蔽芾，盛貌。

震按：蔽芾，爲葉之生蔽芾然。愛其生長，勿損壞之也。《爾雅》曰：「杜，赤棠，白者棠。」又曰：「杜甘，棠。」與「棃山樆」「榆白枌」立文同。杜，翠棠甘，《方言》「杜，翠也」，郭注云：「今俗語通言澀如杜。」而名可轉注。杜甘曰棠，棃山生曰樆，榆白曰枌。《毛詩》以甘棠爲杜，失《爾雅》之讀也。用此知《毛詩》故訓據依於《爾雅》爲之。《爾雅》，周秦之際經師解釋《詩》《書》者。《釋訓》説《淇澳》之詩，取之《大學》。《釋詁》：「台、朕、賚、畀、卜、陽，予也。」台、朕、陽當訓「予我」之「予」，賚、畀、卜訓「賜予」之「予」，不得錯見一句中。「孔、魄、哉、延、虚、無之言間也。」郭氏注云：「孔、穴、延、魄、虚、無皆有間隙，餘未詳。」考之《説文》：「哉，言之間也。」言之間即辭助。然則「哉之言」三字乃言之間。言爲辭助，見于《詩》《易》多矣。「豫、射，厭也。」注云：「《詩》曰『服之無射』，豫未詳。」豫，蓋當訓「厭足」「飽飫」之「豫」。射，訓「厭倦」「厭憎」之「厭」。此又掇拾之雜而不倫如是矣。《爾雅》《毛詩》，學者所宗，不可不知其源流得失也，是以附論之。

蔽芾甘棠，勿翦勿敗，召伯所憩。

毛傳曰：憩，息也。

蔽芾甘棠，勿翦勿拜，召伯所説。

毛傳曰：説，舍也。《方言》：「税，舍車也。宋趙陳魏之間謂之税。」郭注云：「舍，宜音寫。」

鄭箋曰：拜之言拔也。

震按：施士匄《毛詩説》云：「拜，如人之拜，小低屈也。」

《甘棠》，三章。　周人之思召公也。《毛詩》篇義曰：「《甘棠》，美召伯也。」

厭浥行露，豈不夙夜，謂行多露。

毛傳曰：厭浥，溼意也。行，道也。

震按：下云「速我獄」「速我訟」，則在人必有藉口者，故先言己無致之之端，以起下獄訟之無端而來也。鄭箋以首一言爲道中始有露，指二月中嫁取時；下二言爲假多露以拒彊暴之男禮不足而非時強來。《集傳》以爲女子「自述己志，作此詩以絶其人」，又云「蓋以女子早夜獨行，或有強暴侵陵之患」。於詩意皆未然。

誰謂雀無角，何以穿我屋？誰謂女無家，何以速我獄？雖速我獄，室家不足。

毛傳曰：速，召也。獄，埆也。盧植云：「相質觳争訟者也。」

鄭箋曰：人皆謂雀之穿屋似有角，彊暴之男召我而獄，似有室家之道于我也。室家不足，媒妁之言不和，六禮之來強委之。疏曰：「知不爲幣不足者，以男速女而獄。幣若不備，不得訟也。明男女賢與不肖各有其耦，女所不從，男子強來。」《左傳》云「徐吾犯之妹美，公孫楚聘之矣，公孫黑又使強委禽焉」是也。

震按：「誰謂」云者，事之實無而疑於有，維聽斷者之明察其爲誣耳。「室家不足」，言於室家之道闕，雖速我獄而情終得白也。《集傳》以爲貞女自訴而言，又以「室家不足」爲禮未備，不若箋説之密矣。

誰謂鼠無牙，何以穿我墉？誰謂女無家？何以速我訟。雖速我訟，亦不女從。

毛傳曰：墉，牆也。

震按：「亦不女從」，謂事得直，不從其誣辭。舊説以爲女自言不從彊暴之男，則不必繫之速獄下矣。

《行露》，三章。美聽訟者之詩也。男女之訟，貞淫應之，禮教首重之。《韓詩》以爲「既許嫁矣，見一禮不備，守死不往」，其說非也。《毛詩》篇義曰：「行露，召伯聽訟也。」未聞其審。

羔羊之皮，素絲五紽。退食自公，委蛇委蛇。

毛傳曰：素，白也。紽，數也。疏云：「此言紽數，下言總數。謂紽總之數有五，非訓紽總爲數也。」古者素絲以英裘，不失其制，疏云：「織素絲爲組紃，以英飾裘之縫中。」大夫羔裘以居。公，公門也。委蛇，行可從迹也。

鄭箋曰：退食，爲減膳也。自，從也。從於公，爲正直順於事也。委蛇，委曲自得之貌。

震按：羔裘，諸侯視朝之服。在朝，君臣同服。鄭注《論語》云：「緇衣羔裘，諸侯視朝之服。卿大夫朝服亦羔裘，惟豹袪與君異耳。」傳因「退食自公」爲退朝而燕居，故云「羔裘以居」。考之詩辭，蓋在朝方退，自公門出，見者賦以美之。《禮》：「朝廷曰退。」紽，本作「它」。一說讀爲「予之佗矣」之「佗」，加也。其英飾五，故曰五它。

羔羊之革，素絲五緎。委蛇委蛇，自公退食。

毛傳曰：革，猶皮也。緎，縫也。孫炎云：「緎，縫之界域。」

羔羊之縫，素絲五總。委蛇委蛇，退食自公。

毛傳曰：縫，言縫殺之大小得其制。總，數也。

震按：一説紃之施於縫，《禮》注云：「紃施諸縫中，若今時絛也。」其下端餘絲垂爲飾者曰總。

《羔羊》，三章。　美官職修也。官民無事，政明而頌聲作。是故望其服飾容度，誠有味乎其言之也。

殷其靁，在南山之陽。何斯違斯，莫敢或遑。振振君子，歸哉歸哉。

毛傳曰：殷，靁聲也。山南曰陽。斯，此也。違，去也。遑，暇也。振振，信厚也。

震按：「何斯違斯」，毛鄭以爲君子適居此復轉行去，此指在外勤勞，遠從事於王所命之方。《集傳》以上「斯」指君子，「違斯」言去此所而從役。末一言，毛、鄭謂「勸以爲臣之義，未得歸」，《集傳》謂「冀其早畢事而還歸」。《集傳》是也。振振，容儀之盛。

殷其靁，在南山之側。何斯違斯，莫敢遑息。振振君子，歸哉歸哉。殷其靁，在南山之下。何斯違斯，莫或遑處。振振君子，歸哉歸哉。

《殷其靁》，三章。　感念君子行役而作也。

摽有梅，其實七兮。求我庶士，迨其吉兮。

毛傳曰：摽，落也。尚在樹者七。

鄭箋曰：我，我當嫁者。疏云：「以女被文王之化、貞信之教，興必不自呼其夫令及時之取己。鄭恐有女自我之嫌，故辨之。」庶，衆也。迨，及也。

《集傳》曰：吉，吉日也。

震按：我者，代辭。鄭箋是也。毛、鄭皆以此詩專爲女子年二十當嫁者而言爲説，本《周禮》。又皆以梅之落喻年衰。鄭則兼取梅落，見已過春而至夏，似迂曲難通。《集傳》以爲女子貞信自守，懼其嫁不及時，而有強暴之辱，豈化行之世，女宜有此懼邪？亦非也。古者嫁娶之期，説歧而未定。其以少長論者或主於男三十、女二十，或目此爲期盡之法。據《詩》《禮》證之，男子二十冠而字，女子許嫁笄而字。男子二十曰弱冠，三十曰壯，有室。女子十有五年而笄，二十而嫁。有故，二十三年而嫁。蓋冠而後有室，笄而可以嫁。《春秋傳》：晉侯問公年。季武子對曰：「會於沙隨之歲，寡君以生。」晉侯曰：「十二年矣，是謂一終，一星終也。國君十五而生子。冠而生子，禮也。」男自二十至三十，女自十五至二十，皆昏姻以時者也。譙周云：「男自二十以及三十，女自十五以及二十，皆得以嫁娶。先是則速，後是則晚。凡人嫁娶，或以賢淑，或以方類，豈但年數而已。若必差十年乃爲夫婦，是廢賢淑、方類，苟比年數而已。禮何爲然哉？則三十而娶，二十而嫁，説嫁娶之限，蓋不得復過此耳。」《大戴禮記》曰：「男八歲而齔，毁齒也。十六然後情通，然後其施行。女七歲而齔，十四然後其化成。盧辯注云：「昔古者皆二十、三十爲婚姻之年，十四、十六爲嫁娶之期。」此舉其端言之也。《墨子》書曰：「昔聖王爲法曰：『丈夫年二十毋敢不處家女子年十五毋敢不事人。』」王肅云：「前賢有言：丈夫二十不敢不有室，女子十五不敢不有其家。」此舉其中言之也。《周官》經：「媒氏掌萬民之判，凡男女自成名以上，皆書年、月、日、名焉。令男三十而娶，女二十而嫁。凡娶判妻入子者皆書之。仲春之月，令會男女，於是時也，奔者不禁。若無故而不用令者罰之。」此舉其終之大限言之也。不使民之後期而聽其先期，恐至於廢倫也。亦所以順民之性，而民自遠於犯禮之行也。《周禮》凡言「會」者，皆謂「歲計曰會」。中春令會男女者，使其屬稽之核之，三十之男、二十之女、貧不能昏嫁者，許其殺禮。殺禮則媒妁通言而行，謂之不聘，不聘謂之奔。故曰「於是時也奔者不禁」，奔之爲妻者也。《記》曰「聘則爲妻奔則爲妾」，奔之爲妾者也。買妾者納財而不用禮，因其不聘，故爲之奔。《左傳》：聲伯之母不聘，穆姜曰：「吾不以妾爲姒。」凡三十之男、二十之女，非有故而後期者，爲不用令。非仲春不禁之時而不行六禮者，爲不用令。《國語》：「句踐欲報吳，誓其民曰：『女子十七不嫁，其父母有罪；丈夫二十不取，其父母有罪。』」此志在蕃育人民，故限之使速昏。若民之先期，男十六而娶，女十四而嫁，亦不聞古人有禁也。凡有父母之命、媒妁之言，如《周禮》仲春許行之者，皆男女以正者也。其以日月論者：或主於起自仲春至仲夏，猶承春末未遠，過此則止矣；或主於起自季秋至仲春，則禮殺而止。《夏小正》二月「綏多士女」，說曰：「綏，安也。冠子娶婦之時也。」《豳詩》

曰：「春日遲遲，采蘩祁祁。女心傷悲，殆及公子同歸。」采蘩，《夏小正》繫之二月。而《衛詩》曰：「士如歸妻，迨冰未泮。」言自納采至親迎，節次非可驟施，從容用禮然也。《荀卿書》曰：「霜降逆女，冰泮殺止。」《韓詩傳》同。殺止云者，蓋季秋之月，農事備收，昏娶之禮漸舉，至冰泮已盛行。仲春耕者少舍，猶得合男女之事。是時從容用禮者固多，其貧不能昏嫁者，會計其年，因以是時許其殺禮。自是而後，民急農事，昏嫁亦漸止矣。《周禮》中春之令，專爲不備六禮之民糾察其殺禮之由。且三十之男、二十之女，至是盡許其殺禮昏嫁，過此豈有後期者哉。凡昏娶備六禮者常也，常則不限其時月；其殺禮不聘者權也，權則限以時月。夫昏姻不使之六禮備，則禮教不行，夫婦之道闕，而淫辟之罪繁。不計少長以爲之期，則過其盛壯之年，而失人倫之正。不許其殺禮，則所立之期不行。既殺禮而不限以時月，則男女之訟必生。以是言之，《周禮》三十、二十之期及中春之令昭然矣。「荒政」之十日「多昏」，則又不計其年，不限仲春，而皆許殺禮者。古人立中以定制，女子即過二十，亦未遽爲年衰，則知「梅落」非喻年衰也。梅之落，蓋喻女子有離父母之道，及時當嫁耳。首章言十猶餘七，次章言十而餘三，卒章言皆在頃筐，喻待嫁者之先後畢嫁也。《周禮》所言者，實古人相承之治法。此詩所言，即其見之民事者也。録之《召南》，所以見治法之修明，民咸知從令與！

摽有梅，其實三兮。求我庶士，迨其今兮。

毛傳曰：在者三也。今，急辭也。

摽有梅，頃筐塈之。求我庶士，迨其謂之。

毛傳曰：塈，取也。

鄭箋曰：謂，勤也。女年二十而無嫁端，則有勤望之憂。

震按：塈，如「民之攸塈」之塈，息也。猶言置諸頃筐。「迨其謂之」者，女年期盡，禮殺使媒妁通言而行也。

《摽有梅》，三章。言治教之行，待嫁者之不使過期也。蓋仲春歌于殺禮而嫁者之樂章。《桃夭》歌于婚嫁之常用六禮者，此歌于期盡而殺禮者。男子之娶非有故不使過三十，女子之嫁非有故不使過二十者，治教之不敢忽者也，重人之倫也。《毛詩》篇義曰：「摽有梅，男女及時也。」

嘒彼小星，三五在東。肅肅宵征，夙夜在公。實命不同。

毛傳曰：嘒，微貌。小星，衆無名者。三，心。五，噣。四時更見。《爾雅》：「大辰，房心尾也。大火謂之大辰，噣謂之柳。柳，鶉火也。」肅肅，疾貌。宵，夜也。征，行也。實，是也。

鄭箋曰：心在東方，三月時也。噣在東方，正月時也。如是終歲，列宿更見。夙，早也。

謂諸妾肅肅然夜行，或早或夜，在於君所，以次序進御者，是其禮命之數不同也。凡妾御於君，不敢當夕。

《集傳》曰：三五言其稀，蓋初昏或將旦時也。肅肅，齊遫貌。命，謂天所賦之分也。

震按：上二言，《集傳》是也。下三言，毛、鄭是也。凡安其分者，皆安於禮命之貴賤。

嘒彼小星，維參與昴。肅肅宵征，抱衾與裯。寔命不猶。

毛傳曰：參，伐也。《考工記》注云：「伐屬白虎，與參連體而六星。」《國語》注云：「參在實沈之次。」昴，留也。《爾雅》：「大梁，昴也。西陸，昴也。」《釋文》云：「昴，一名留。」衾，被也。裯，襌被也。猶，若也。

鄭箋曰：裯，牀帳也。《鄭志·答張逸》曰：「今人名帳爲裯。諸妾何必人抱一帳，施者因之，如今漢抱帳也。」諸妾夜行抱衾與牀帳，待御進之次序。疏云：「所施帳者，爲二人共侍於君。有須在帳者，妾御必二人俱往，不然不須帳。」不若，亦言尊卑異也。

《小星》，二章。言妾之以禮御於君所也。尊卑有定而各安其等，則內治修矣。

有汜，之子歸，不我以。不我以，其後也悔。

毛傳曰：決復入爲汜。

鄭箋曰：之子，是子也。是子，謂嫡也。婦人謂嫁曰歸。以，猶與也。

江有渚，之子歸，不我與。不我與，其後也處。

毛傳曰：水枝成渚。《韓詩》云：「一溢一否曰渚。」

震按：既悔，則不失相處之常矣。

江有沱，之子歸，不我過。不我過，其嘯也歌。

毛傳曰：沱，江之別者。

鄭箋曰：嘯，蹴口而出聲。嫡有所思而爲之。既覺，自悔而歌。歌者，言其悔過以自解説也。

《集傳》曰：過，謂過我而與俱也。嘯，蹙口出聲以舒憤懣之氣。言其悔時也。

震按：「以」與「過」一義耳，變文以合韻。「不我過」，言其絶而遠之，如所謂無有過而問者是也。「其嘯也歌」，箋説是也。凡嘯出於感傷，歌則釋然於懷。蓋悔而爲之感傷，因以釋然也。

《江有汜》，三章。　妾言其嫡之自悔而作也。

野有死麕，白茅苞之。有女懷春，吉士誘之。

毛傳曰：郊外曰野。苞，裹也。凶荒則殺禮，猶有以將之。野有死麕，群田之獲，而分其肉。白茅，取潔清也。誘，道也。

鄭箋曰：疾時無禮而言然。

震按：毛、鄭以上二言爲荒政之多昏，將之以爲禮。下二言爲女子期盡者，思及仲春，吉士使媒妁道成昏禮。後儒或援誘射以證之，恐未然也。《昏禮》「摯不用死」，況詩之卒章正言其不可誘耳。《集傳》直目吉士爲强暴之男，是又禮教獨不及於男子，而詩人猶加之以美名也。蓋獲麕於野，白茅可以苞之；女子當春有懷，吉士宜若可誘之。設言之也。苞，俗本訛作「包」。

林有樸樕，野有死鹿。白茅純束，有女如玉。

毛傳曰：樸樕，小木也。又名槲樕。純束，猶苞之也。

鄭箋曰：純，讀如屯。

震按：樸樕，在林薪之易得者。麕鹿，在野田之易得者。純束之以白茅，則致其潔清。有女比於玉，則深其愛悦。

舒而脱脱兮，無感我帨兮，無使尨也吠。

毛傳曰：舒，徐也。脱脱，舒貌。感，動也。帨，佩巾也。尨，狗也。

鄭箋曰：貞女欲吉士以禮來，脱脱然舒也。

《集傳》曰：此章乃述女子拒之之辭。

震按：此承「有女如玉」，而因言其度之安舒，自持有節，曾不可犯干也。曰「我」者，自人我是女也。鄉曲之犬，遇非習見者至則吠。猶云：無近而感是女之帨，無或使犬恠而吠。蓋遠望之知其不可狎。

《野有死麕》，三章。言禮教之興，雖里巷之女無可犯以非禮者也。詩辭所涉曰「林野」、曰「麕鹿」、曰「尨吠」，亦以見鄉曲之遠於都邑也。或曰：詩言女之不可誘，固善矣。先之曰「有女懷春，吉士誘之」，何也？曰：女之待嫁所願者，「吉士」也；士之歸妻所願者，「有女如玉」也。「誘之」之云，以甚言情之動於愛悅，《祭義》曰：「如欲色然。」張融云：「如好色取其甚也。」而卒能無失乎禮義，則風化之所被可知矣。〔一〕此詩教之善以情見禮義與！

何彼襛矣，唐棣之華。曷不肅雝，王姬之車。

毛傳曰：襛，猶戎戎也。唐棣，移也。肅，敬也。雝，和也。

〔一〕「知」，原作「落」，據微波榭本改。

鄭箋曰：曷，何也。

震按：俗本「襛」旁作「禾」者，轉寫之訛。石經及《釋文》、注疏本皆未誤。《説文》衣部「襛」字下引此詩。唐棣，今之車下李。晉《宣室閣銘》：「華林園中有車下李三百一十四株，薁李一株。」《豳詩》爲之「鬱」。移、鬱，語之轉。以「移」爲「夫移」，郭璞云：「似白楊，江東呼夫移。」説《爾雅》者之疏也。

何彼襛矣，華如桃李。平王之孫，齊侯之子。

毛傳曰：平，正也。武王女，文王孫，適齊侯之子。疏曰：「《鄭志·張逸問》答曰：『德能平正天下，則稱爲平，故以號文王焉。』」又《君奭》注：「周公謂文王爲寧王，成王亦謂武王爲寧王。」

震按：後人以此爲東周之詩附於二南者，據《春秋》兩書王姬而欲附合其一，洪氏曰：《春秋》：「莊公元年，當周莊王之四年、齊襄公之五年，書『王姬歸于齊』。莊公十一年，當莊王之十四年，齊桓公之三年，又書『王姬歸于齊』。莊王爲平王之孫，則所嫁王姬當是姊妹。『齊侯之子』，則襄公、桓公二者必居一於此矣。」顧寧人曰：「按成王時，齊侯則太公，而以武王之女適其子，是甥舅爲婚，周之盛時必無此事。逮成王顧命，丁公始見於經，而去武王三十餘年，又必無未笄之女矣。」其説非也。《春秋》所書，使魯主之者耳，天子嫁女于諸侯，必使諸侯同姓者主之。秦漢以後使三公主之，呼爲公主。不書者蓋多矣。《史記》：「桓王，平王孫也。」太子洩父早死。桓王在位二十三年，而此一當莊王四年，一當十四年，其非桓王姊妹無疑。桓王之女則洩父之孫，莊王之女則桓王之孫，去平王遠矣。且其下嫁者一爲襄公，一爲桓公，皆僖公之子。襄公已立爲齊侯五年而後娶王姬，桓公已立爲齊侯三年而後娶王姬，詩人必不稱爲齊侯之子。若毛、鄭舊説：「齊侯，丁公也。」齊侯呂伋見成王《顧命》。雖《史記》云：「蓋太公之卒百有餘年。」「蓋」者，疑辭。其既老乃遇文王，及成王之初猶在，不得謂非過百年矣。成王即位十餘年間，安知丁公不已立爲齊侯，而武王女至是適其子乎？或又謂齊者，齊一之義，猶康侯之稱。則《詩》中如厲王不稱謚而稱汾王，諸侯固無不以國舉者。是詩既無確證，不必易毛、鄭也。

其釣維何，維絲伊緡。齊侯之子，平王之孫。

毛傳曰：伊，維也。緡，綸也。

《何彼襛矣》，三章。王姬下嫁也。取肅雝焉。

彼茁者葭，壹發五豝。于嗟乎，騶虞。

毛傳曰：茁，出也。疏云：「謂草生茁茁然出，非訓爲出。」葭，蘆也。李巡云：「葦初生。」豕牝曰豝。虞人翼五豝，以待公之發。疏曰：「《多士》注云：『翼，驅也。』《易》曰：『王用三驅，失前禽也。』《田僕》云：『設驅逆之車。』」騶虞，義獸也，白虎黑文，不食生物。

鄭箋曰：記蘆始出者，著春田之早晚。君射一發而翼五豝者，戰禽獸之命。必戰之者，仁心之至。疏云：「不忍盡殺。今五豝止一發中，則殺一而已。」于嗟者，美之也。

震按：春蒐以除田豕，爲其害稼也。田豕一歲曰豵，《説文》云：「一歲豵，尚叢聚也。」二歲曰豝，《説文》云：「二歲，能相把拏也。」三歲曰豣。《説文》云：「三歲豕肩相及者。」一發五豝，毛、鄭以爲驅禽之禮，《集傳》謂猶言中必疊雙，毛、鄭是也。魯、齊、韓三家之詩皆以騶虞爲天子掌鳥獸官。《魯詩》傳曰：「古有梁騶。梁騶，天子獵之田曲也。」考之《禮》：騶，趣馬也。虞，虞人也。《月令》：「天子乃教於田獵，以習五戎，班馬政，命僕及七騶咸駕。」皇甫侃云：「天子馬六種，種別有騶。又有總主之人，故爲七騶。」《春秋傳》：「程鄭爲乘馬御，六騶屬焉，使訓群騶知禮。」杜元凱云：「六騶，六閑之騶。」又豐點爲孟氏之御騶。孔冲遠云：「掌馬之官，兼掌御事。」《周官》經山虞澤虞：「大田獵則萊山田澤野。」據是言之，騶與虞田獵必共有事，詩因而兼言兩官耳。舉騶虞，則騶之知禮、虞之供職可知，而騶虞以上之官大遠乎騶虞之微者亦可知。《射義》所云「樂官備」，其謂是與！說《射義》者以五豝喻得賢才之多，擬之爲失倫矣。

彼茁者蓬，壹發五豵。于嗟乎，騶虞。

毛傳曰：蓬，草名也。一歲曰豵。

鄭箋曰：豕生三日豵。

震按：曰豝曰豵，皆田豕小大之異名。

《騶虞》，二章。言春蒐之禮也，除田豕也。君舉其禮，騶御、虞人供其職。歎美騶虞，意不在騶虞也，所以美君也。壹發者，君也。雖騶御、虞人之微，而詩及之，則備官又可知也。故《射義》曰：「騶虞者，樂官備也。」

三家詩異文疏證

（清）馮登府 著
劉真倫
岳　珍 點校

目録

點校説明

《三家詩異文疏證》六卷、《補遺》四卷，馮登府著。

馮登府（一七八三—一八四一），一作登甫，字雲伯，號勺園，又號柳東，浙江嘉興人。嘉慶二十五年（一八二〇）進士，授翰林院庶吉士。散館，授江西將樂縣知縣。以親病辭官，服闋，官寧波府教授。後告歸故里，築勺園，以著書立説爲業。鴉片戰争爆發，寧波淪陷，登府憂病交加而卒。登府諳熟金石掌故，長於訓詁學。另有《石經補考》《三家詩遺説翼證》《金石綜例》《論語異文考證》《小謫仙館摭言》《酌史岩摭談》《梵雅》《金屑録》《石餘録》《石經考異》《浙江磚録》《石經閣文集》《拜竹詩龕詩存》《柳東居士長短句》等著述傳世。《清史列傳·儒林傳下二》有傳。

馮氏以毛詩多假借字，三家詩多本字，因即王應麟《三家詩異文釋》三卷《補遺》三卷爲之疏證，著《三家詩異文疏證》，與傳、箋相互發明。

是書道光十年始刻於四明學舍，收入馮氏《勺園全書》中。《皇清經解》庚申補刊本即以此本入録。本次整理以四明學舍刊本對校，少量馮氏引書確實有誤且直接影響文義者，酌情取原書訂正。

劉真倫

三家詩異文疏證　卷一

嘉興馮教授登府著

韓詩

葛覃

「惟《毛》作「維」。葉萋萋。」惟，辭也。《文選》注，見揚雄《羽獵賦》注、阮籍《詠懷詩》注。

案：《毛》作「維」，《韓》作「惟」。《毛詩》從古文作「維」，三家從今文作「惟」。

朻《毛》作「樛」。木。《釋文》。正義云：「毛氏字與三家異者動以百數。」

案：毛傳「下曲曰樛」。《說文》木部云：「高木曰朻，下句曰樛。」徐鍇以《尒疋》作「下句曰朻」，《詩·樛木》作「樛」，謂《尒疋》借字，當從《詩》。然攷《尒疋》釋文：「朻，本又作『樛』。」「朻」「樛」蓋古互通字。馬融亦本《韓》作「朻」。《說文》本《毛》，《尒疋》本《韓》。此偁說之異。

兔罝

「施于中馗。」《毛》作「逵」。中馗，馗中九交之道也。《章句》。《文選》注，見鮑昭《蕪城賦》注、王粲《從軍詩》

注、顏延之《皇太子釋奠會作詩》注。

案：《尒疋》「九達謂之逵」，《釋文》云：「本亦作『馗』。」《初學記》載《尒疋》注：「逵，一曰馗。」《説文》：「馗，九達道也。」逵，字本作「馗」。漢《華山亭碑》「主簿湖陽馗伯馮」，《隸辨》云：「《廣韻》『馗，與逵同』。」《左傳》宣十二年「至于逵路」，《釋文》：「逵，或『馗』字。」《魏志·武帝紀》「遼東殷馗」，裴松之注：「馗，古『逵』字。見《三蒼》。」

芣苡《毛》作「苢」。《釋文》：「苢，本作『苡』。」引《韓詩》云：「直曰車前，瞿曰芣苡。」

案：「苢」「苡」，古今文。三家从今文。

漢廣

「不可休思。」《毛》作「息」。《外傳》。

案：「息」字是「思」字之誤。《釋文》云：「古本皆爾。本或作『思』，此以意改耳。」正義疑「休息」之字作「休思」。據陸、孔所見本已譌作「休息」，毛作傳時本作「思」字也。《詩攷序》云朱子从《韓詩》作「不可休思」，今《集傳》仍作「息」，非王氏所見之本矣。顧氏炎武《詩本音》曰：「疑是朱子未定之本也。」余攷宋本《集傳》經文原作「息」，下注云「吴氏曰《韓詩》作『思』」，今本删去，是注大失朱子意矣。

「江之漾《毛》作「永」。矣。」漾，長也。薛君《章句》。《文選》注，見王粲《登樓賦》注：薛君曰「漾，長也」。

案：《説文》于「永」字引「江之永矣」，云：「水長也。」于「羕」字引「江之羕矣」，訓與「永」同。蓋《毛》《韓》之異。「羕」本字，「漾」譌字也。《介疋》：「永、羕，長也。」訓同，故字得通。《周陳逆簠》云：「子子孫孫羕保用。」《齊侯鎛鐘》云：「士女考壽萬年，羕保其身。」皆通「永」。惠氏棟謂「羕」即「永」者，非也。

汝墳

「汝濆。《毛》作「墳」。」《後漢書》注，見《周磐傳》注。

案：《周磐傳》注引《韓詩》「濆，水名也」，與《毛》異義。《介疋·釋水》注引作「濆」，《御覽》七十一亦作「濆」。《介疋》郭注：「『遵彼汝濆』，大水溢出別爲小水之名。」《水經注》：「濆水亦謂大濦水。」《郡國志》注亦作「濆」，孔氏謂字當從土。

「愵《毛》作「惄」。如調饑。」《釋文》。

案：《説文》：「愵，讀與惄同。」段氏玉裁曰：「自關而西，秦晉之間或曰『惄』。古『惄』『愵』通用。」范家相《三家詩拾遺》引《汝墳》「調饑」，《韓》作「朝饑」。

「王室如㷂，雖則如㷂。」《毛》作「燬」。《後漢·周磐傳》注。薛君《章句》。又見《韓詩外傳》。

案：薛君曰：「㷂，烈火也。」《説文》引「王室如㷂」云：「火也。」《釋文》引亦同。段氏玉裁謂「㷂」「燬」一字。《方言》：「楚人名曰『燥』，齊人曰『燬』，吳人曰『㷂』。」㷂、燬同之一證。

采蘋

「于以鬺《毛》作「湘」。之。」《漢書》注，見《郊祀志》注，顔師古曰：「鬺，亨也。」

案：傳：「湘，亨也。」《廣疋·釋言》：「鬺，餘也。」「䰞」亦「鬺」字。《漢·郊祀志》「禹鑄九鼎，皆嘗鬺亨上帝鬼神」，顔注：「鬺、亨一也。鬺亨，煮而祀也。」引《韓詩》「于以鬺之」爲證。《史記·武帝紀》《封禪書》並同。徐廣云「鬺，烹煮也」。《玉篇》鬲部云：「鬺，煮也。」則「湘」「鬺」古義本通。惠氏棟謂「湘」之訓「亨」無攷，當从《韓》作「鬺」。《説文》「䰞，煮也」。《玉篇》「鬺」與「䰞」同。「湘」借字也。

甘棠

「蔽茀《毛》作「芾」。甘棠。」《外傳》。

案：「芾」字本作「巿」，古蔽前之「芾」亦「茀」字。毛傳：「蔽芾，小皃。」《易》「豐其沛」，《子夏傳》作「芾」，云：「小也。」《詩》「茀禄爾康矣」，毛訓「茀」爲「小」。亦「芾」「茀」相通之證。《家語·廟制》篇亦作「蔽茀」，漢《張遷碑》又作「蔽沛」。

「勿剗《毛》作「翦」。勿伐，《釋文》：「剗，初簡反。」勿剗勿敗。」《集韻》。皃上聲。

案：「剗」通「踐」。孔氏《書序》「成王東伐淮夷，遂踐奄」，疏引鄭注：「踐，讀爲『翦』。」是「踐」與「翦」古義通，故「翦」得作「剗」。《漢書》引作「勿鬋勿伐」。韋昭注《漢書序傳》云：

「剗，削也。」與「翦」同，亦作「勿剗」。蔡邕《劉鎮南碑》：「蔽芾甘棠，召公聽訟。周人勿剗，我賴其楨。」邕本《魯詩》。

羔羊

「逶迤」《毛》作「委蛇」。《釋文》：「公正皃。」禕委。隋。蛇。」《内傳》《隸釋》。案：又見《漢隸字源》上平五，云：「出《韓詩》。」

案：三百篇中多轉注假借之字，而「委蛇」二字連聲轉音爲尤變。文畫雖殊，義則不別。洪氏适十二變之説詳矣。又作「郁夷」，《漢書》引《韓詩》「周道郁夷」。一作「倭徺」，《説文》：「徺，平易也。」同「夷」。一作「倭他」，見《玉篇》。一作「猗移」，見《列子·黄帝》篇。一作「逶遹」，見《唐扶頌》。一作「委遹」，見《劉熊碑》。一作「逶虵」，見《費鳳别碑》。一作「遹迆」，見《逢盛碑》。同聲通借，不止十二變矣。《内傳》一作「禕隋」，亦即「委蛇」之異文。漢《衡方碑》云：「禕隋在公。」洪适謂本《韓詩》。《釋文》于《尒疋·釋訓》「委委佗佗，美也」，下引《詩》釋云：「『禕禕它它，如山如河。』禕禕者，心之美也。」又《華嚴經音義》兩引郭注「禕謂佳麗美豔之皃」，今此注在《釋訓》「委委佗佗」之下。則「禕」即「委」也。《漢書》「佞其禕」，而《唐韻》「禕，古音與委通」，可證「隋」是隋、隨之隸變。又同「蛇」。

摽有楳《毛》作「梅」。《釋文》。

「莩有梅。」莩，霝落也。《孟子注》。《音義》云：「《韓詩》也。」

案：摽，《説文》「落也」。是有「莩」義。「莩」當作「芆」，《漢書·食貨志》云：「孟子亦非狗彘食人之食而不知檢，野有餓芆而不知發。」鄭氏曰：「芆，音『蔈有梅』之『蔈』。芆，霝落也。」「蔈」亦「芆」字。顏注：「諸書或作『殍』，音義同。」今《孟子注》作「莩」。楳，古「梅」字。《列女傳》引「墓門有楳」。《説文》：「梅，每聲。楳，或从某。」按：《釋文》云：「梅，《韓詩》作『楳』。」所載異字是「楳」非「莩」。蓋《韓》亦同《毛》作『摽』而不作『莩』也。《孟子注》恐誤。

小星

「實《毛》作「寔」。命不同。」實，有也。《釋文》。《外傳》同。

案：《釋文》引《韓》「實，有也」，《尒疋》注引此亦作「實」。《左傳》桓六年「寔來」，杜注：「寔，實也。」漢《鄭固碑》「寔天生德」，《隸辨》：「寔，與『實』同。」「天實爲之」，《北海景相君銘》作「寔」。《儀禮·覲禮》注：「今文『實』作『寔』。」是古今字。鄭氏康成云：「趙、魏之東，寔、實同聲。」

「何彼茙《毛》作「襛」。矣。」

案：《説文》：「茙茙，衣厚皃。」字本通「襛」，故「襛」當从衣，从農。宋本尚作「襛」，元本始誤从禾旁。毛傳：「襛，猶戎戎也。」箋云：「何彼戎戎者，乃栘之華。」戎，即「茙」之省文。

栢舟

「如有殷《毛》作「隱」。憂。」《文選》注，見陸機《歎逝賦》注、向秀《思舊賦》注、謝瞻《答靈運詩》注、劉琨《勸進表》注、阮籍《詠懷詩》注、嵇康《養生論》注。

案：「殷」與「隱」通。《易·豫》「殷薦之上帝」，京房作「隱」。伏生《書傳·説命》「以孝子之隱乎」，鄭注：「隱，痛。字或爲『殷』。」《廣成頌》「殷起乎山林」，注：「殷即隱。」《劉熊碑》「勤恤民隱」，洪氏以「殷」爲「隱」。《上林賦》「殷天動地」，善注：「殷，猶隱。」「沈沈殷殷」，李注：「一作『隱』。音義同。」「憂心殷殷」，《楚詞章句》作「隱隱」。

「胡载《毛》作「迭」。而微。」载，常也。《釋文》。

案：《儀禮·少牢》「勿替引之」，注：「替，古文爲『袂』，或爲『载』。」錢氏大昕曰：「『袂』是『秩』之譌文。《説文》引『秩秩大猷』作『载』。」是「载」即「秩」，「秩」即「替」之古文。《廣韻》：「秩，常也。」《釋文》訓「载」亦曰「常」。秩、迭皆从失得聲，是迭、载音近，故得借。「胡常而微」，言日月有常，明胡有時而微也。盧氏文弨曰：《釋文》本作「载」。《説文》亦有「戜」字，云：「利也，剔也。」義不合。

日月

「報我不術。」《毛》作「述」。薛君曰：「術，法也。」《文選》注，見劉峻《廣絶交論》注。

案：傳：「述，循也。」「述」本與「術」通，《禮記·樂記》：「述者之謂明。」《史記·樂書》

作「術者」。《祭義》：「結諸心，形諸色，而術省。」注：「術，當爲『述』。」術省，猶「循省」。《放光般若經》音義「術」，經文作「述」，同。余謂毛訓「述」爲「循」，此「述」字宜訓以「稱述」之「述」。《士喪禮・筮人》「許諾不述命」，鄭注：「古文述皆作術。」漢《韓勑後碑》「共術韓君德政」、《張表碑》「方伯術職」，即述職。《樊敏碑》「臣子褒術」、《靈臺碑陰》「卅里稱術」、《唐扶頌》「躭樂道述」、《金樓子》東方朔《上武帝書》「願近術孝文皇帝之事」，皆述、術互通，而稱道之謂也。薛夫子訓爲「法術」之「術」，非矣。

終風

「𡒄𡒄《毛》作「曀」。其陰」，天陰塵也。董氏云《章句》，見《呂氏讀詩記》四，《說文》同。案：董逌《詩跋》已佚，呂氏引之，於《韓詩》無所據。

案：《尒疋・釋天》：「陰而風曰曀。」《說文》：「曀，陰而風也。」于「𡒄」字下引《詩》「𡒄𡒄其陰」，或本《韓詩》云：「𡒄，天陰塵也。」段氏玉裁云：「𡒄，即雨部所云『天氣下地不應曰霿』。霿，晦也。」

擊鼓

「于嗟敻《毛》作「洵」。兮。」敻，亦遠也。《釋文》。

案：傳「洵」訓「遠」。「敻亦遠也」，本《釋文》語。蒙「洵」訓而言，故曰「亦」。《穀梁》文十四年傳：「敻，千乘之國。」范注：「敻猶遠。」《廣疋·釋詁》：「敻，遠也。」即本《韓詩》。曹大家注《幽通賦》「敻冥默而不周」云：「敻，遠邈也。」班固《典引》「上哉敻乎」、相如《上林賦》「儵敻遠去」，注並訓「遠」。是「敻」本字，「洵」是「敻」之假借也。敻有詡政、霍見二翻，洵亦相倫、呼縣二翻，音亦相近。《呂覽·盡數》篇高誘注亦引作「敻」，正本《韓詩》。《釋文》云：「本或作『詢』」，誤。」

凱風

「簡簡《毛》作「睍睆」。黃鳥，載好其音。」《太平御覽》，見九百二十三卷。

案：《御覽》影宋本但有「簡」字，無重文，第二字空白。段氏玉裁曰：「《毛詩》『睍睆』雙聲，此『簡簡』當本雙聲字，但《御覽》空白一字，不可攷矣。」余案：今張氏影宋本《御覽》作「簡簡」，當日王氏所見本作「簡簡」無疑。

谷風

「密勿《毛》作「黽勉」。同心。」密勿，僶俛也。《文選》注，見傅季友《爲宋公求加贈劉前軍表》注。

案：密勿，即《介疋》「蠠没」之轉。又轉爲「黽勉」，《漢書》引《十月》詩「黽勉從事」，亦作「密勿」。《禮·祭義》「勿勿」，諸注：「勿勿，猶勉勉也。」《大戴禮·曾子立事》篇「君子終身守此勿勿」，注：「猶勉勉。」密勿重脣，黽勉輕脣，同位聲近之字。至薛君訓爲「僶俛」者，唐韓賞

《告華岳文》「僶俛在位」，《金石存》謂與《邶風》「黽勉」同。《文賦》「在有無而僶勉」，「黽」亦作「僶」。《周禮》「矢前後俛」，唐石經「俛」作「勉」。是勉、俛同。

「無以下禮。」《毛》作「體」。《外傳》。今本《外傳》作「體」。

案：《釋名》：「禮，體也。得其事體也。」《韓詩外傳》云：「禮者，首天地之體。」「禮」本有「體」訓，故字得通。《廣疋・釋言》：「禮，體也。」本《韓詩》。

簡兮

「碩人扈扈。」《毛》作「俁」。美皃。《釋文》。

案：《初學記》引作「扈扈」，正本《韓詩》。傳：「俁俁，容皃大也。」《檀弓》「爾無扈扈爾」，《釋文》：「大也。」《文選・上林賦》「煌煌扈扈」，李注引郭注：「言其光采之盛。」《後漢・馮衍傳》：「光扈扈而煬燿。」章懷太子曰：「扈扈，光采盛也。」《釋文》引《韓》，訓《扈扈》爲美，疏于「俁俁」亦曰「容皃美大」。此音義並通者。

泉水

「祕《毛》作「毖」。彼泉水。」《釋文》。《説文》作「泌」。

案：《曹全碑》「甄極毖緯」，以「毖」爲「祕」，猶《韓》以「祕」爲「毖」。祕、毖古蓋通用。《説文》「邲」字下引作「泌」。「泌」是本字，當是《齊》《魯》説。

「飲餞于坭。」《毛》作「禰」。《釋文》。

案：《説文》無「禰」字。錢氏大昕曰：「禰，當作『爾』。古讀『尒』如『昵』。《高宗肜日》『典祀無豐于昵』，《釋文》引馬云：『昵，考也。謂禰廟也。』古以『昵』爲『禰』，則誌地名者亦當从坭矣。」盧氏文弨云：「鄭注《士虞禮》引《詩》『飲餞于泥』，即『坭』字之異文。」

北門

「室人交徧讙《毛》作「摧」。我。」讙，就也。《釋文》。《説文》作「催」。亦已焉哉。《毛》無「亦」字。《外傳》。

案：鄭箋：「摧，刺譏之言。」《韓》作「讙」。「讙」與「嗺」同。《篇海》云：「嗺，撮口也。又嗟也。」《玉篇》：「讙，譎也。」與「摧」訓合。《韓》訓爲「就」。《廣疋》：「讙，就也。」當本《韓》説。桂馥《札樸》云：「就，當爲『訧』字之誤。牋所謂譏刺之言。」戚學標謂「就」字「噈」字之訛，「蹵」字之省。《説文》引作「催」，云：「相擣也。」段云：「猶相迫也。」《音義》曰：「摧，或作『催』。」据許，則「催」是也。「亦已焉哉」作四字句爲正。

静女

「搔首躊躇。」《毛》作「踟躕」。躊躇，躑躅也。薛君曰。《文選》注，見張衡《思玄賦》注、何劭《贈張華詩》注、嵇康《琴賦》注、向秀《思舊賦》注、左思《招隱詩》注引「搔首躊躇」。禰衡《鸚鵡賦》注引「薛君曰」。

案：《廣疋》：「躊躇，猶豫也。」躊、猶，躇、豫，爲疊韻。躊躇、猶豫爲雙聲。《説文》

本作「⿱竹憲箸」，又作「踟跦」。成公綏《嘯賦》「踟跦步趾」，又作「踶蹢」。《禮・三年問》「蹢躅焉，踟躕焉」，《釋文》作「蹢躅」「踶蹢」。《荀子・禮論》作「躑躅」「踟躕」。又《易緯》「是類謀物瑞騠騆」，鄭注：「騠騆，猶踟躕也。」躑躅，或作「蹢躅」，《姤》初六「羸豕孚蹢躅」，《釋文》：「本作『躑躅』。」亦即「跢跦」，《廣疋》：「蹢躅，跢跦也。」蓋急言之曰「躑躅」，徐言之曰「踟躕」也。

新臺

「新臺有漼，《毛》作「洒」。河水浘浘。《毛》作「浼」。」漼，鮮皃。浘浘，盛皃。音尾。《釋文》。

案：《說文》：「漼，深也。」毛傳：「洒，高峻也。」義本相近。《韓》訓「漼，鮮皃」，與《毛》異。「浘」本通「浼」，段氏玉裁謂「浼浼」即「亹亹」，如「亹亹文王」即「勉勉我王」。引《吴都賦》「清流亹亹」，注引《韓詩》：「亹，水流進皃。」謂必《毛詩》「浼浼」之異文。余案：「亹亹文王」，崔注亦引作「娓娓」，本音近相假之字。此詩《韓》作「浘浘」不作「亹亹」，且《選》注引《韓》祇一「亹」字，疑是「鳧鷖在亹」之文，其非《新臺》詩可知。

「嬿《毛》作「燕」。婉之求。」嬿婉，好皃。《文選》注，見張衡《西京賦》注。《說文》作「曣婉」。

案：嬿，正字。燕，假字。亦作「曣」，並通。《玉篇》女部亦引作「嬿婉」。《文選》注廿、又廿五、又廿九皆引「《毛詩》『嬿婉之求』」，此但見《韓詩》。

栢舟

「實維我直。」《毛》作「特」。相當值也。《釋文》。

案：《五經文字》牛部云：「犆，與特同。」《禮・王制》「犆礿」「諸侯礿犆」「禘一犆一祫」，注「犆」皆作「特」。《少儀》「喪俟事，不犆弔」，注並作「特」。「犆」亦猶「直」，《玉藻》「君羔幦虎犆」，注云：「犆，皆讀如『直道而行』之『直』。」是「犆」通「直」。故高誘注《呂覽・忠廉》篇、《分職》篇云：「特，猶直也。」又傳「特，匹也」，《釋文》引《韓》訓「直，相當值也」，義亦並同。

墻有薺《毛》作「茨」。《說文》。

案：「茨」與「薺」通。戴《記》注引「楚楚者茨」作「薺」。《周禮》「趨以采薺」，疏作「茨」。《羣經音辯》：「薺，茨也，才資切。《詩・楚薺》鄭康成讀。」鄭先學《韓詩》者也。

「不可揚《毛》作「詳」。也。」揚，猶道也。《釋文》。

案：「揚」「詳」，音之轉。「偁揚」之義，較毛「詳審」爲勝。

君子偕老

「佗佗，《毛》作「他他」。」德之美皃。《釋文》。

案：他，古本作「它」，亦或作「佗」。《易》「有他吉」，唐石經及《釋文》作「它」。「之死矢靡他」，唐石經亦作「它」。《漢書・匡衡傳》注引「他人是愉」作「它」，《尒疋》注同。《一切經音義》

云：「委佗，德之美皃。」亦即本《韓》。《說文》「它」作「」，「也」作「」，相似故致譌。今「蛇」變「虵」，「沱」變「池」，皆譌文也。盧氏文弨云：「宋本作『他他』，《讀詩記》引《釋文》亦作『他他』。是作『佗佗』，後人依注疏本而改者，非也。」

「邦之援《毛》作「媛」。也。」援，取也。《釋文》。

案：《說文》：「媛，美女也。人所欲援也。」箋云：「邦人所依倚以爲援助也。」亦用《韓說》。孫炎注《尒疋》「美女爲媛」曰：「君子之援助。」是「媛」本有「援」義。「援」訓「助」，「取」當是「助」之誤文。范家相謂「邦人之取法」，蓋不知「取」是「助」之譌而强釋之。

「鶉之奔奔，《左傳》作「賁賁」。人而《毛》作「之」。無良。」《外傳》。

案：「賁」與「奔」通。戴《記》「賁軍之將」，《後漢書》作「奔軍之將」。《周禮》「虎賁氏」，《宋書・百官志》：「虎賁，舊作『虎奔』。」《孟子音義》引丁音「虎賁，先儒言如猛虎之奔」。《漢書》更名「虎賁郎」，注云：「賁，讀與『奔』同。」讀「賁」如「奔」，《詩》「賁然來思」，徐音奔。此「奔」字，高誘注《呂覽・壹行》篇亦引作「賁」，謂其色不純。《禮記》引此亦作「賁」。「人而無良」，語氣較婉。

蝃蝀

「乃如之人兮。」《毛》作「也」。《外傳》。

案：《説文》引《詩》，「也」多作「兮」，如「邦之媛兮」「王之瑱兮」之類。

淇奥

「緑薄《毛》作「竹」。猗猗。」薄，篇茿也。《釋文》。石經同。「緑薄如簀」。簀，積也。薛君曰：「簀，緑薄盛如積也。」《文選》注。案：《西京賦》注：「善曰：《韓詩》曰：緑䓯如簀。」《玉篇》曰：「䓯，同薄。」李匡義《資暇集・上》引「薄萹竹」。《釋文》：「《韓詩》『竹』作『薄』，音徒沃反，云：『薄，萹茿也。』」

案：毛傳：「緑，王芻也。竹，萹竹也。」郭注《尒疋》「菉，王芻」，即「終朝采緑」之「緑」。「緑」是借字。《釋文》：「萹竹，《韓詩》作『茿』。」「竹」亦「茿」借字。《説文》艸部：「薄，水萹茿。」郭注《尒疋》「竹，萹蓄」云：「似小藜，赤莖節，好生道旁，可食。」孫炎引《詩》「緑竹猗猗」，明緑、竹爲二艸。陸璣《艸木疏》：「有草似竹，青緑色，高五六尺。淇水側人謂之菉竹。」是二而一之矣。孔氏正義据《尒疋》「王芻」「萹竹」之證駁之，是已。而洪氏适据《漢書》「淇園之竹可以爲楗」「寇恂爲河内太守，伐淇園之竹，爲矢百餘萬」，以爲緑竹是竹之證。朱子《集傳》：「淇上多竹，漢世猶然。」然酈道元注：「今通望淇川，無復此物。」道元在北魏時已言「淇上所有，唯王芻、萹艸可見。」朱子止据漢時言之耳，未溯其由始也。朱子謂「漢世猶然」，亦謂漢武及寇恂，與景盧同。閻氏若璩又謂「北土寒冰，至冬地涷，竹根類淺，故不能植。唯箣竹根深，故能晚生，故曰根深耐寒，茂被淇苑」。桉：箣竹，即箭竹。是閻氏亦因洪氏之説而推明也。余謂王芻、萹竹，毛傳之說。證以《尒疋》《說文》諸書，無可易。《韓詩》作「薄」，漢石經同，石經本《魯詩》，是三家相同也。當从《韓》爲近古。臧氏琳云：《說文》：「苭，萹苭。」「薄，水萹苭。」是《毛詩》作「苭」，以爲岸萹筑，竹是假借字。《韓》作「薄」，以爲水萹苭。經言「淇奥」，是《韓》較《毛》爲勝。

「有邲《毛》作「匪」。君子。」邲，美皃也。《釋文》。

案：匪，同「斐」。《攷工記·梓人》「則其匪色似不鳴矣」，注：「匪，即斐。」《大學》引此詩作「斐」。錢氏大昕云：「《說文》『邲』即『有匪君子』之『匪』。古讀『匪』如『邲』，又如『彼』。」

「赫兮宣《毛》作「咺」。兮。」宣，顯也。《釋文》。

案：傳：「咺，宣著也。」亦有宣義。《一切經音義》：「宣，古文『愃愃』，即『咺』。」《大學》作「喧」，《尒疋》作「烜」，並字殊而音同。《廣疋·釋詁》：「烜，明也。」亦明顯義。

考盤

「考盤在干。」《毛》作「澗」。地下而黃曰干。《文選》注，見左思《吳都賦》注。又《讀詩記》六。干，墝埆之處也。《釋文》。

案：《斯干》「秩秩斯干」傳：「干，澗也。」《易》「鴻漸于干」，荀、王並云：「山閒澗水。」鄭云：「干，水傍，故停水處。」亦澗義。《文選》注所引說恐非。

「碩人之過。」《毛》作「邁」。過，美皃。《釋文》。

案：傳：「薖，寬大皃。」箋：「饑意。」傳、箋互異。《集傳》未詳。段氏玉裁曰：「『薖』爲『款』之假借，讀如『科條』之『科』，空也。毛、鄭説皆取空中之意。」余謂「⿰亻過」本字从《韓》爲正。《廣韻》：「⿰亻過，美也。」即本《韓詩》訓，較長。

碩人

「鱣鮪鱍鱍。」《毛》作「發」。

案：傳「發發，盛皃」。馬季長曰：「魚著網，尾發發。」然「發」即「鱍」之省文。「鱍」亦同「鮁」，《説文》引《詩》作「鮁鮁」。三家多正字，毛多假字也。

「庶姜⿰車獻⿰車獻。」《毛》作「孽孽」。長皃。《釋文》。

案：「孽」同「蘖」，亦即「⿰車獻」也。何晏《景福殿賦》「飛櫩翼以軒翥，反宇⿰車獻以高驤」，注：「⿰車獻，音孽，義並同。」《書》「若顛木之有由蘖」，古文作「𠧪枿」，亦作「𠧪櫱」。《吕覽·過理》篇云：「宋王築爲蘖臺。」高誘注：「蘖，當作『⿰車獻』。」引《詩》正作「⿰車獻⿰車獻」，云：「高長皃。」《釋文》脱「高」字。《説文》木部「⿰車獻」或作「櫱」，作「孽」者假字也。

「庶士有桀。」《毛》作「朅」。健也。《釋文》。

案：桀，並與「竭」「偈」「朅」字音近而通。「伯兮朅兮」，《文選》注引作「偈」，訓桀健，與此義合。按：《廣疋·釋詁》桀、朅皆訓去，不如从去義爲長。

氓

「履《毛》作「體」。無咎言。」履，幸也。《釋文》。「吁《毛》作「于」。嗟女兮」。《外傳》。

案：「履」與「體」「禮」字古每通。《禮記》亦引作「履無咎言」，注：「履，禮也。」《韓》訓「履」爲「幸」。「幸無咎言」，義較順。然「履」之訓「幸」，於古無徵。吁、于本同。

芄蘭

「垂帶萃《毛》作「悸」。兮。」垂皃。《釋文》。

案：傳：「垂其紳帶，悸悸然有節度。」萃，《説文》「草聚皃」，有垂象焉。萃、悸聲義亦同。

「能不我狎。」《毛》作「甲」。《釋文》。

案：「甲」「狎」音義相兼。毛傳：「甲，狎也。」《尒疋·釋言》：「甲，狎也。」注：「習狎。」是「甲」本有「狎」義。《書·多方》「因甲于內亂」，鄭玄、王肅皆以「甲」爲「狎」。

伯兮

「偈《毛》作「朅」。桀侹也。」《文選》注，見宋玉《高唐賦》注：「《韓詩》曰：『偈，桀侹也。疾驅皃。』」

案：「偈」「朅」音義並同。《釋文》：「偈，健也。」《高唐賦》注：「偈，桀侹也。」「侹」當是「健」之訛。

「焉得諠《毛》作「諼」。草。」諠草，忘憂也。薛君曰。《文選》注，見謝惠連《西陵遇風獻康樂詩》注。

案：「諠」與「諼」同。《尒疋·釋訓》：「諼，忘也。」《淇澳》「終不可諼兮」，《大學》作「諠」。《釋文》云：「諼，本作『萱』。」《説文》作「藼」，或作「蕿」，字皆同。

中谷有蓷

「惙《毛》作「啜」。其泣矣。」《外傳》。

案：傳：「啜泣皃。」《釋名》：「啜，惙也。心有所念，惙然發此聲也。」音義相同字。

清人

「二矛重鷮。」《毛》作「喬」。《釋文》。

案：傳：「重喬，累荷也。」箋：「喬，矛矜近上及室題，所以縣毛羽也。」攷《説文》：「鷮，走鳴長尾雉也。乘輿以爲防釳，箸馬頭上。从鳥，喬聲。」徐鍇曰：「蔡邕《獨斷》：『釳方數寸，以插羽也。』」案：箋言重喬制，即所謂方釳插羽也。第飾于矛上耳。然則毛作「喬」，即「鷮」之省文耳。《釋文》「喬雉名」可證也。

羔裘

「恂《毛》作「洵」。直且侯。」《外傳》。

案：《溱洧》詩「洵訏且樂」，《漢書》亦引作「恂」。《毛》是假字。

「彼己《毛》作「其」。之子，舍命不偷。」《毛》作「渝」。《外傳》《汾沮洳》《椒聊》「彼己之子」同。

案：「記」「己」通「其」。左氏《傳》襄廿七年引次章亦作「彼己」，《晏子》[illegible]引亦作「己」。《漢·蓋寬饒》等傳贊注亦引「彼己之子，邦之司直」。「渝」作「偷」，張衡《西京[illegible]其樂愉愉」與上「偷」字叶。古「愉」每叶「偷」，故音同得借。《詩》「他人是愉」，鄭作「偷」。《[illegible]·馬融傳》注亦引作「偷」可證。又惠氏棟曰：「舍命不渝乃古語，而詩人引之。《管子·[illegible]問》曰：『語曰：澤命不渝，信也』。『澤』古通『釋』，亦即『舍』。《周禮》鄭注『舍采』即『釋[illegible]』，《月令》『釋菜』一作『舍菜』是也。是此句當从古語原文。」宋本《尒疋·釋言》疏作「赦命不渝」。

東門之墠

「有靖《毛》作「踐」。家室。」靖，善也。言東門之外，栗樹之下，有善人可與成[illegible]家室也。《事類賦》注。《太平御覽》，見九百六十四。《蓺文類聚》，見八十七。又《白帖》九十九「靖」作「静」，並同。

案：「踐」通「善」。《曲禮》「日而行事則必踐之」，注：「踐，讀爲善。」疏：[illegible]踐，善也。」靖亦訓善，《堯典》「静言庸違」，《漢·王尊傳》引作「靖言」，《史記》作「善言」。《盤[illegible]自作弗靖」，弗善也。是「靖」「踐」文異而義不異也。「靖」同「静」，《一切經音義·賢愚經》[illegible]四卷「彭」字下云：「又作靖、竫、姘、静，四形同也。」

子衿

「子寧不詒。」《毛》作「嗣」。音詒，寄也。曾不寄問也。《釋文》。

案：「嗣」「詒」「台」「怡」並通。《書》「舜讓于德弗嗣」，今文作「不怡」，《文選》注引作「不台」。《史記·自序》：「唐堯遜位，虞舜不台。」古字「怡」同「詒」，皆省作「台」。

出其東門

「聊樂我魂。」《毛》作「員」。魂，神也。《釋文》。《文選》注薛君曰，見曹大家《東征賦》注、鮑昭《舞鶴賦》注，又鮑昭《東武吟》注。

案：孔氏正義：「『員』『云』，古今字。」古「魂」亦與「云」通。《釋文》：「本亦作『云』。」《春秋》正義引《孝經説》曰：「魂，云也。」又《中山經》曰：「其光熊熊，其氣魂魂。」猶言「云云」。是「魂」「云」古本同，不必从「魂」本義訓爲神也。《毛詩》蓋本作「云」，作「員」者後人改也。《商頌》「景員維河」，古文作「景云」。

野有蔓草

「清揚踠《毛》作「婉」。兮。」《玉篇》，見面部。《集韻》，見上聲五。「青陽《毛作》「清揚」。宛兮。」《外傳》。又見《文選》潘岳《射雉賦》注。薛君《章句》：「青，静也。」

案：《玉篇》云：「踠，眉目之閒美皃。『青陽踠兮』，今作『婉』。」則「踠」「婉」古今字。《釋名》：「清，青也。去濁遠穢色如青也。」是「清」本訓「青」。《淮南子》「天得一以清」作「青」。「陽」通「揚」，《玉藻》「揚休」注：「揚，讀爲陽。」《詩》「燎之方揚」，《漢書》作「陽」。《釋名》云：

「陽，揚也，氣在外發揚也。」《史記》「黃帝之子青陽」，《逸書》及《漢・律曆志》俱作「清陽」。《初學記》《說苑》並引作「清陽婉兮」，當是《魯詩》。

溱洧

「方洹洹《毛》作「渙」。兮。」音丸。《釋文》。《後漢書》注同，見《袁紹傳》注。又案：宋本《御覽》三十引《韓詩》注曰：「洹洹，盛皃。」

案：《太平御覽》引《韓詩》：「溱與洧，方盛流洹洹然。」謂三月桃花水下之時。《後漢書》注亦引作「洹洹」。《博疋》：「洹洹，流皃。渙渙，春水盛皃。」字異而義同。《漢書・地理志》又引作「灌灌」。《說文》作「汎汎」，音扶弓反，見《釋文》。段氏玉裁云：「許本必作『汍汍』，胡官切。即『洹』之別體。」

「恂《毛》作「洵」。盱《毛》作「訏」。且樂。」恂盱，樂皃也。《釋文》。《漢書》同，見《地理志》。

案：「恂」「洵」同。《尒疋》作「詢」。《釋詁》：「詢，信也。盱，大也。」《釋文》云：「本作『訏』。」《漢書・地理志》作「恂盱」，注：「恂，信。盱，大也。」與箋、傳訓同。《韓》云「樂皃」，與毛異。《呂覽》高注：「絢盱之樂，芍藥之詩。」亦「洵訏」異文。

嫙。《毛》作「還」。

「子之嫙兮。」嫙，好皃。《釋文》。「揖我謂我婘《毛》作「儇」。兮」。婘，好皃。婘[illegible]嫷，《釋文》。

案：《説文》：「嫙，好也。」字與「旋」通，又與「還」同。古讀「旋」如「瓊」音，故《齊詩》作「子之營兮」。還、嫙本互通字。錢氏大昕曰：「《説文》『嫙』即『子之還兮』之『還』。」「嫙」同「嬛」，《玉篇》《廣疋》並訓「好」，蓋本《韓詩》。王氏念孫曰：「二章云謂我好，三章云謂我臧，屬詞比事，則韓義爲長。」《澤陂》二章「碩大且卷」，傳：「好皃。」《釋文》：「本作『婘』。」是其證也。

南山

「横由《毛》作「衡從」。其畝。」東西耕曰横，南北耕曰由。《釋文》。

案：衡，古同「横」。《檀弓》「今也衡縱」，疏：「衡，横也。」《坊記》引《詩》正作「横」。《一切經音義》廿四作「東西曰廣」，臧鏞堂云：「即横之譌。」桉：由，義當作「衺」。《西京賦》「攷廣衺」注：「南北曰衺。」與《釋文》訓合。由、衺聲相近。段氏玉裁云：「《毛詩》傳云：『由，從也。』古『隨從』與『從横』不分二音。《後漢書》從此言之義作『由』。是從、由本通。」《説文》無「由」字。《一切經音義》三及《六帖》二十四引《韓詩》曰：「南北曰從，東西曰横。」仍作「從」字。

盧令

「盧泠泠。」《毛》作「令」。董氏云。《説文》作「獜獜」。

案：「令」「泠」義別，董氏之説不足據也。《説文》作「獜獜」，健也。「令」亦通「鏻」，「鏻」與「獜」通，从「獜」爲是。《直齋書録解題》云：「《廣川詩攷》四十卷，董逌譔。其説兼取三家，不專毛、鄭。謂《魯詩》尚存，可據；《韓詩》雖亡佚，猶可參攷。逌藏書有《齊詩》六卷，今館閣無之。逌自言『隋唐已亡久矣，不知今所傳何所從來。或疑後人依托爲之』。然則安得便以爲《齊詩》尚存？」其説甚是。《讀詩記》所載董氏説並不足信，王氏收之，非矣。

敝笱

「其魚遺遺。」《毛》作「唯」。言不能制也。《釋文》。

案：「遺」與「委蛇」之「委」通。趙策「遺遺之閒」，注：「路逶迤。」即「委蛇」字。唯、遺亦音近，得借。韓訓「遺遺，不能制」，與傳義合。

猗嗟

「舞則纂《毛》作「選」。兮。」言其舞則應雅樂也。薛君《章句》。《文選》注，見傅毅《舞賦》注。陸機《日出東南隅行》注作「𦿆」。

案：「選」同「算」。《公孫賀傳贊》引「斗筲之人何足選」，即《論語》之文。《朱穆傳》注引「《栢舟》『不可選也』」作「算」。《書・盤庚》疏：「選即算也。」「算」亦與「纂」通。陸機《愍思賦》「樂來日之有繼，傷頹年之莫纂」，義作「算」。並互通字。傳：「選，齊。貫，中也。」疏：「齊于樂節。」與《韓》訓纂合。今攷《文選》注作「蕻」，即「選」異文。王伯厚所見本作「纂」。

「四矢變《毛》作「反」兮。」變，易也。《釋文》。

案：古讀「反」如「變」。《説文》「汳水」即「汴水」。《顔氏家訓・雜藝》云：「言反爲變。」《周禮・司爟》「四時變國火」，注：「變，猶易也。」故《韓》有易訓。反，輕唇。變，重唇。蓋同位字。鄭箋謂四矢皆得故處，是巧射也。與《韓》「變易」之訓相參。

葛屨

「纖纖《毛》作「摻」。女手。」纖纖，女手之皃。《文選》注，見《古詩十九首》注引薛君《章句》。《説文》作「攕攕」。

案：傳：「摻摻，猶纖纖。」疏：「纖，好手。古詩云『纖纖出素手』是也。」與「攕」同。《説文》手戈二部、《玉篇》手部皆引作「攕攕」。

綢繆

「見此邂遘。」《毛》作「逅」。邂遘，不固之皃。《釋文》。

案：《淮南・俶真訓》：「孰能解構人閒之事。」「構」通「覯」。「亦既覯止」，鄭訓本《易》「構精」之義。漢碑有「覯」無「逅」，故「邂覯」是陸氏本文如是，復注云：「本又作『逅』。」可見毛本亦作「覯」，非謂《韓》乃作「覯」也。「遘」亦爲《野有蔓草》本文，王氏引而一之，而誤羼入《韓詩》，則以「不固」之解而連及之耳。足利本亦作「覯」。

鴇羽

「悠悠倉《毛》作「蒼」。天。」《外傳》。

案：《玉篇》山部：「岺，古文倉字。」「倉」是「蒼」之本字。《禮·月令》：「駕倉龍，服倉玉，衣倉衣。」《漢書·蕭望之傳》「倉頭廬兒」、漢《北海相景君碑》「于何穹倉」、《楊著碑》「卬叫穹倉」、《柳敏碑》「何辜穹倉」、《堯廟碑》「恩如浩倉」，古並以「倉」爲「蒼」。

有杕之杜

「逝《毛》作「噬」。肯適我。」逝，及也。《釋文》。

案：「噬」即《尒疋》之「遾」。傳：「噬，逮也。」正援《釋訓》文「逮，及也」，與《韓》訓合。《説文》有「逝」無「噬」。然則「逝」本字，「噬」通字，「遾」俗字也。

車鄰

「寺人之伶。」《毛》作「令」。使伶。《釋文》。

案：《説文》：「伶，美也。使伶也。」伶爲使伶，毛作「令」，省也。《廣疋》：「令，伶也。」蓋本《韓詩》。説詳余《論語攷異》。

終南

「顏如渥沰。」《毛》作「丹」。沰，赭也。撻各反。《釋文》。《外傳》作「渥赭」。

案：陸氏云：「丹如字。《韓詩》作『沰』，音撻各反。赭也。」《廣韻》亦云：「沰，赭也。」《外傳》一作「赭」。沰、赭古通。《邶風》「赫如渥赭」，正義言：「其顏色赫然而赤，如厚漬之丹赭也。」丹、赭本同義，箋「丹，赤而澤也」。

晨風

「鷸《毛》作「鴥」。彼晨風。」《外傳》。《說文》作「鴪」。校：同「鴥」。

案：傳：「鴥，疾飛皃。」木玄虛《海賦》「鷸如驚鳧之失侶」，「鷸」亦飛義。

東門之枌

「穀日于嗟。」《毛》作「差」。《釋文》。

案：箋：「差，擇也。」古差、嗟通。《易》「大耋之嗟」，荀爽本作「差」。王子雍于此詩「差」字音「嗟」，蓋本三家。宋本《羣經音釋》兩引並作「嗟」。

衡門

「可以療《毛》作「樂」。饑。」《外傳》。

案：箋本作「𤻲饑」，唐石經初刻作「樂」，後改作「𤻲」。《文選》王元長《策秀才文》注及日本足利古本皆作「𤻲」，《外傳》作「療」。「療」與「𤻲」同字。蔡邕《郭有道碑》「棲遲泌丘」，李善注：「《毛詩》曰：『泌之洋洋，可以療饑。』」則毛亦作「療」。《太平御覽》五十八庾信《小園賦》

並作「療饑」，蓋改「𤻲」爲「療」也。鄭得見古文，其箋《詩》先通三家詩，而《韓詩》受于張恭祖，故見于箋者尤多。如《十月之交》「抑此皇父」，「抑」讀爲「意」；《思齊》「古之人無斁」，「斁」作「擇」；《泮水》「狄彼東南」，「狄」作「鬄」；皆从《韓》。他如《唐風》「素衣朱綃」，《十月之交》爲厲王時作，《皇矣》阮、徂、共三國名，皆从《魯》。作《六藝論》引《孔演圖》「五際六情」，本《齊詩》。陋儒或以創改經文疑之，真不知量也。

防有鵲巢

「誰侜予娓。」《毛》作「美」。娓，美也。《釋文》。

案：《說文》：「娓，順也。」余謂即「美」字。「尾」與「微」通。《書》「鳥獸孳尾」，《史記》作「微」。《論語》「微生畝」，《漢書》作「尾」。《周禮·司徒》「媺宮室」，疏引《詩》以證「美宮室」。是「媺」即「美」，从女，从散。微省文。爲《周禮》之美从女，从尾，爲《說文》之「美」，證以《韓詩》《史記》，知微、娓通，即「美」也。錢氏大昕亦云：「娓，即美。」

澤陂

「展《毛》作「輾」。轉伏枕。」《文選》注，見張華《雜詩》注。

案：輾，《釋文》云：「本又作『展』。」《周南》「輾轉反側」，《楚詞章句》作「展」。高誘注《淮南子》引作「展」。輾，後作字。

「碩大且嬒。」《毛》作「儼」。薛君曰：「嬒，重頤也。」《太平御覽》，見三百六十八。

案：《說文》「嬒」字下引《詩》「碩大且嬒」。徐鍇曰：「今作『儼』。」傳：「矜莊皃。」一作「曮」。《廣疋》：「嬒，美也。」楊慎《古音獵要》千感韻：「嬒，音儼。」亦引《韓詩》。並聲近義同。薛訓「重頤」，即美義。

匪風

「匪車揭《毛》作「偈」。兮。」《漢書·王吉傳》：「吉學《韓詩》。」

案：《王吉傳》曰：「揭揭者，蓋傷之也。」「揭」與「偈」通，見《伯兮》詩。《外傳》亦作「揭」。

「中心⿱制心《毛》作「怛」。兮。」《王吉傳》。又《外傳》。

案：⿱制心，「怛」古字。《路史中·三皇紀》：「冉相之道，兹其所以宋寥希闊而不繼之，豈不⿱制心與？」注：「古怛字。」

七月

「六月食鬱及藿。」《毛》作「薁」。《尒疋》疏，見《釋草》疏。

案：《尒疋》「藿山韭」，注引《韓詩》「食鬱及藿」。《說文》亦引作「藿」。《唐韻》古音引《詩》亦作「藿」，叶去聲，音奥。統下菽、棗、稻爲一韻，蓋並本《韓詩》。歐陽脩曰：「《七月》詩，《燕》《齊》《魯》皆無之。」范家相云：「《御覽》明載韓嬰《七月》之說，即《釋文》亦引有『八月在宇』之訓，不知歐公何本。」余桉：三家惟不及笙詩篇目，孔穎達謂漢世《詩》只三百五篇，信然。

鴟鴞

「徹彼桑杜。」《毛》作「土」。《釋文》。

案：傳：「桑土，桑根也。」義同《韓》，而省「杜」爲「土」。《詩》「自土沮漆」，《漢書》廿八上注引作「杜」。董氏逌曰：「石經作『桑杜』。」未知所本。《方言》注亦作「桑杜」。

東山

「烝在漻《毛》作「栗」。薪。」聚薪也。漻，力菊反。《釋文》。

案：《説文》有「蓼」無「漻」。漻，「蓼」之或字。《釋文》舊本原作「蓼」，力菊反。即「蓼蓼者莪」之「蓼」。傳：「蓼蓼，長大皃。」此訓「聚薪」，與毛、鄭義殊。

四牡

「周道倭夷。」《毛》作「遲」。《釋文》。《文選》注，見嵇康《琴賦》注。「周道威《毛》作「倭」。夷。」薛君曰：「威夷，險也。」又作「威遲」。《文選》注，見顏延之《秋胡詩》注、陸倕《石闕銘》注、潘岳《金谷集作詩》注、謝希逸《誄》注。「周道郁夷。」顏師古曰：「言使臣乘馬行于此道。」《漢書・地理志》，見右扶風郁夷縣注。

案：「倭」與「遲」通。《詩》「棲遲衡門」，漢《婁壽碑》作「徲倭衡門」。《漢・張釋之傳》「陵遲至于二世」，注：「與陵夷同。」《匡謬正俗》云：「古遲、夷通用。」「威夷」亦即「倭遲」之轉。

孫綽《天台賦》「既克隮于九折，路威夷而脩通」，李注引《韓詩》訓「險」。潘岳詩「迴谿縈曲阻，峻坂路威夷」亦訓「險」。《漢書・地理志》注：「一作『郁夷』。」桉：《地理志》郁夷縣，此字之偶合者。「郁」「倭」亦一聲之轉。臧氏琳云：「《韓詩》有《文選》注、薛君《章句》可證『郁夷』是《魯詩》異文也。」

皇皇者華

「莘莘《毛》作「駪」。征夫。」《外傳》。《國語》《説文》同。又《説苑》《列女傳》同。

案：駪，一作「侁」。侁，同「莘」。《呂覽》「有侁氏」，今作「有莘」，或作「有㜪」。《楚詞章句》引此作「侁」。《晉語》《説文》引作「莘」，並與《韓》合。蓋駪、莘、侁、㜪，並古通字。又班固《東都賦》「俎豆莘莘」、王褒《責髯奴文》「莘莘翼翼」皆訓「衆多皃」，與毛傳「駪駪」訓合。

天保

「吉圭《毛》作「蠲」。惟《毛》作「爲」。饎。」《周禮・蜡氏注》疏曰：「鄭從三家《詩》、《儀禮》注作『爲饎』。」

案：蠲，《釋文》云：「舊音圭。」《周禮・蜡氏》「令州里不蠲」，鄭注：「蠲，讀如『吉圭惟饎』之『圭』。」《士虞禮》「圭爲而哀薦之」，鄭云「圭，絜也」，引「吉圭爲饎」。《呂覽・尊師》篇「臨飲食必蠲絜」，高注：「蠲，讀爲圭。」《孟子》「必有圭田」，趙岐注：「圭，潔也。」《廣疋・釋詁》：「圭，潔也。」《六經奥論》三引「圭，潔也」。「蠲」亦訓「潔」。《穆天子傳》「天子具蠲」，郭

注：「蠲，絜也。音圭。」《左傳》襄十一年「師蠲」，《釋文》亦音圭。董氏引《韓》亦作「吉圭」，《周禮》疏、《大戴禮》注引。吉，又作「絜」。古讀「惟」皆如「爲」，毛氏曰「有是爲之惟」，如《書》「濟河惟兗州」之類是也。《玉篇》：「惟，爲也。」《周禮・宫人》注引與今詩同。

杕杜

「檀車⿰糸羨⿰糸羨。」《毛》作「幝」，音同幝。《釋文》。

案：《釋文》：「幝幝，尺善反。《韓》作『⿰糸羨⿰糸羨』，音同。」《說文》：「⿰糸羨，偏緩也。」《廣疋》：「⿰糸羨⿰糸羨、繟繟，緩也。⿰糸羨，一作『繟』。」《玉篇》：「繟繟，猶⿰糸羨⿰糸羨也。」「繟」與「幝」通，故曰「音同幝」也。段氏玉裁曰：「毛傳：『幝幝，敝皃。』《說文》：『⿰糸羨⿰糸羨，偏緩。』蓋物敝則緩，其義相通。」范家相《三家詩拾遺》曰：「石經作『⿰車單⿰車單』。」《後漢・劉陶傳》注引《嘽嘽》。亦無所本。

湛露

「愔愔《毛》作「厭」。夜飲。」愔愔，和悦之皃。《釋文》。《文選》注，見左思《魏都賦》注、嵇康《琴賦》注。《說文》作「懕懕」。

案：愔、厭古通。《秦風》「厭厭良人」，《列女傳》引作「愔愔」。毛傳「厭厭，安也」，《韓》訓「和悦」，義並相近。《說文》引作「懕」，亦云「安也」。

「蓁蓁《毛》作「菁」。者莪。」蓁蓁，盛皃。《文選》注，見班固《東都賦》注、《靈臺詩》注引薛君《章句》。《集韻》作

「葎葎」。

案：《説文》通謂草木之英爲「菁」。傳：「菁菁，盛皃。」與「蓁蓁」同訓。「蓁」亦通「溱」。《通典》引《桃夭》「其葉蓁蓁」作「溱」，《集韻》引李舟説作「葎葎」，音「箋」，草茂皃。亦與「蓁」通。

采芑

葱衡。《毛》作「珩」。《周禮》注，見《玉府》注。

案：注引《詩傳》：「珮玉上有葱衡，下有雙璜，衡牙蠙珠以納其間。」疏謂是《韓詩》。《國語・晉語》注引《詩》傳曰：「上有葱絎。」珩、衡通假字。古「黄」「衡」音通。《康鼎銘》「幽黄」即「幽衡」，王莽「大布黄千」即「衡千」。衡即當義。《禮・玉藻》正作「衡」字。

車攻

「東有圃《毛》作「甫」。草。」薛君曰：「圃，博也。有博大之茂草也。」《文選》注，見班固《東都賦》注。《後漢書》注，見《班固傳》注。

「東有囿草。」《後漢書》注，見《馬融傳》注。

案：傳：「甫，大也。」鄭箋易爲「甫田之草」，謂即鄭之圃田，蓋本《韓詩》。毛作「甫」者，甫、圃通文耳。《左傳》「及甫田之北境」，《釋文》：「本亦作『圃』。」薛夫子訓「圃」爲「博」，仍沿「大」訓。《馬融傳》注作「囿」。「囿」是「圃」之訛文耳。錢氏大昕云：「閩本作『圃』。《左傳》

『秦之具囿』」，《初學記》河南道引此作『圃』。杜預注：『原圃、具圃，皆囿名。』是古本固未譌。」

吉日

「駓駓《毛》作「儦」。騃騃。」《毛》作「俟」。趨曰駓，音鄙。行曰騃。音俟。薛君《章句》。《文選》注，見張衡《西京賦》注、《馬融傳》注。

案：傳：「趨則儦儦，行則俟俟。言嘼之衆多也。」與薛夫子訓同。余謂當从《韓》作「駓騃」。《廣疋》：「駓駓，走也。」《玉篇》：「駓駓，走皃。」《楚詞》「逐人駓駓些」，注：「走皃。」《説文》：「騃，馬行仡仡也。」《廣韻》音「俟」，云：「駓騃，嘼行皃。」《西京賦》「羣嘼駓騃」，諸書並如此。《駉》篇「以車伾伾」，《釋文》云：「《字林》作『駓』。」

祈父

「有母之尸雍。」《毛》作「饔」。《外傳》。

案：傳：「饔，熟食也。」字本同「雍」。《周語》「佐雝即「雍」字，古同。者嘗焉」，義作「饔」。戴《記》、《儀禮》之「雍人」，即《周禮》之「内外饔」也。

白駒

「在彼穹《毛》作「空」。谷。」薛君曰：「穹谷，深谷也。」《文選》注，見班固《西都賦》注、陸士衡《苦寒行詩》注。

案：空、穹通。《周禮·攷工記》「韗人爲臯陶穹者三之一」，鄭司農曰：「穹，讀爲『志無空邪』之『空』。」毛作「空」，即「穹」之假借。

斯干

「如矢斯朸。」《毛》作「棘」。朸，隅也。旋即反。《釋文》。又《玉篇》。

案：傳：「棘，稜廉也。」疏：「喻室外之廉隅也。」與「朸」訓合。《玉篇》：「朸，屋隅也。」「朸」通「勒」。《神農本艸》云：「天門冬，一名顛勒。」《博物志》：「天門冬，一名顛棘。」則勒、棘、朸並通字。

「如鳥斯䩐。」《毛》作「革」。翄也。《釋文》。案：《釋文》引《韓詩》曰：「勒，翄也。」

案：「革」與「勒」通。《石鼓文》及《寅簋文》「鋚勒」，《辟父敦》作「攸革」。《周頌壺銘》「鑾旂攸勒」、《吳彝銘》「馬三匹攸勒」、《師酉敦銘》「中㬎攸勒」、《康鼎銘》「幽黄鋚勒」，皆即《詩》之「鋚革」也。《尒疋·釋器》「轡首謂之革」，郭注：「轡靶勒。」是勒、革本相通。《釋文》于此詩云：「《韓詩》作『勒』」，云：「『翄也』。」毛傳訓「革」爲「翼」，義並同。王氏據宋本《釋文》蓋作「䩐」。䩐亦勒通字。傳：「革，翼也。」與「勒」訓同。「革」是假字，「䩐」是正字。

「載衣之褅。」《毛》作「裼」。《釋文》：「侯云『示之方也』。」正義：「音同裼。」

案：「褅」，當作「䙡」，正字也。毛作「裼」，假字也。《説文》：「䙡，緥也。」引《詩》「載衣之䙡」。《廣疋》：「褅謂之褓，謂小兒襁褓也。」毛傳：「裼，緥也。」《釋文》云：「齊人名小兒被爲褓。」又正義引「侯苞云：『示之方也。』明緥制方令女子方正事人之義。」侯苞，學《韓詩》者。

無羊

「或寢或譌。」《毛》作「訛」。譌，覺也。《釋文》。

案：訛、譌通。《書》「平秩南訛」，《周禮》疏引伏生《大傳》作「南譌」。《史記》同。《正月》詩「民之訛言」，《説文》及《宋書·五行志》並引作「譌」。「訛」字《説文》所無。《山海經》：「章莪山有鳥名畢方，見則道有譌火。」郭注：「譌亦妖訛字。」校：傳：「訛，動也。」動之爲言覺也。《韓》與《毛》義不殊。《一切經音義》十二：「訛，古文蔿、譌、吪。三形同。」

節南山

「憂心如炎。」《毛》作「惔」。《釋文》。

案：《大疋》「如惔如焚」傳：「惔，燎之也。」徐邈：「惔音炎。《韓詩》作『炎』。」此詩傳云：「惔，燔也。」「憂心如惔」，蓋謂心如火上灼，與《大疋》「如惔」義同，亦當从《韓》作「炎」。《説文》作「𤆍」。𤆍，小爇也。𤆍、炎、惔並聲近義同之字。

「昊天不庸。」《毛》作「傭」。庸，易也。《釋文》。

案：庸、傭通。《廣疋》云：「庸，代也。」通「傭」，故有代訓。《司馬相如傳》「與保庸雜作」，義本作「傭」。鄭注《禮》：「庸，常也。」本義庸，平常，猶言平易，故《韓》有「易」訓。

正月

「速速《毛》作「蔌」。方穀。《毛》多「有」字。天夭是椓。」《後漢書·蔡邕傳》注：「《韓詩》亦同。」

案：盧氏文弨云：「王伯厚《詩攷》于《韓詩》『速速方轂，天夭是椓』云：『出《後漢書·蔡邕傳》。』且引章懷注云：『《韓詩》亦同作「轂」』，謂小人乘寵方轂而行也。』今案：《蔡邕傳》『速速方轂，天夭是椓』注先引《毛詩》之文，並引傳、箋，然後云『《韓詩》亦同』，謂《韓詩》同此毛、鄭之説也。下云：『此作「轂」者，蓋謂小人乘寵，方轂而行。方猶並也。』乃章懷釋邕之文，故用『此』字。今王氏誤以爲《韓詩》亦同作『轂』，並删去『蓋』字，而以章懷之説爲《韓詩》之説，不審甚矣。」予桉：王氏原文作「速速方穀」，云「《後漢·蔡邕傳》注」，蓋引章懷注所引《毛詩》之文以徵「速」「蔌」之異文，非引《蔡邕傳》也。邕傳作「速速方轂，天夭是加」，與注異。《蔡中郎集·釋誨》亦作「天夭是加」。以注云「《韓詩》亦同」，故入《韓詩攷異》。至「速速方轂」，於《異字異義卷》中始引《漢書》注，不得混于《韓》説中也。盧氏殆未細攷耳。又桉：「蔌」與「速」同。毛傳：「蔌蔌，寠陋皃。」指王所用之小人也。《蔡邕傳》注：「速速，言鄙陋之小人。」與傳義合。邕爲《魯詩》，「穀」作「轂」、「椓」作「加」，當是《魯》説。「蔌」作「速」，則《韓》、《魯》同也。《楚詞·九歌》「躬速速而不我親」，即「蔌蔌」也。錢氏大昕曰：「《説文》無『蔌』字。疑『維筍及蔌』之『蔌』當作『餗』。」余亦謂此當从《韓》作「速」。至《韓詩》無「有」字，《釋文》云「蔌蔌方穀，本或作『方有穀』者，非也」。

十月之交

「繁《毛》作「番」。維司徒。」《釋文》。

案：「藩」與「播」同，又與「繁」同。「藩」或作「蕃」，「蕃」亦省作「番」。嘗即經文通用之義攷之，《周禮》「播之以八音」注云：「故書『播』爲『藩』。杜子春云：『藩』當爲『播』。」蓋古「藩」字亦作「播」。《尚書大傳》云「播國率相行事」，鄭注「播讀藩」是也。「藩」省作「蕃」，同「繁」。《春秋外傳》昭二十八年司馬叔游曰：「寔蕃有徒」，《周書・芮良夫解》「實蕃有徒」，義本作「繁」，《商書》作「實繁有徒」。繁、蕃通作之證也。「蕃」亦省作「番」，《史記・卜式傳》「隨牧畜番」，注：「同蕃。」《白石神君碑》「永永番昌」，義作「蕃昌」是也。則繁、藩、蕃、番、播，並文異而字同。繁、藩从播轉聲，故有婆音。《風俗通》：「陂者，繁也。」《史記・河渠書》「河東守番係」，《索隱》云：「番音婆。」《漢書・高帝紀》「番君」，蘇林注：「番音婆。」漢有御史大夫繁延壽，音皤。繁欽，亦音「婆」。古讀如此。

「讒口謷謷。」《毛》作「囂」。《釋文》。

案：《漢書・五行志》「莫顒囂本字。必敗」，《左氏》本作「莫敖」。敖，即「嗸」之省。《後漢・馮衍傳》注引此作「敖」。敖、嗸、謷亦通字。《詩》「聽我囂囂」傳：「猶嗸嗸也。」此詩注疏本作

「嗸嗸」。《漢書·董仲舒傳》「此民之所以囂囂若不足也」，師古注曰：「與嗸同。」

「雨無極」。《毛》作「正」。

「正大夫刺幽王也。」「雨無其極，傷我稼穡。」劉諫議安世曰「嘗讀《韓詩》」云云。見朱子《集傳》。

案：《雨無正》命篇之義，先儒卒無定說。元城劉氏謂嘗讀《韓詩》有「雨無其極，傷我稼穡」八字。朱子謂第一、二章皆十句，增之長短不齊。又曰：「正大夫離居之後，暬御之臣所作。其曰『正大夫刺幽王』非是。」案：此詩言饑饉，與「雨無其極」八字義甚合。且與下德、國爲一韻，而即舉篇首爲命篇之名。後人誤脱「極」字，以「正」屬上句，又脱去此八字，遂致異說紛起。如《序》云「雨自上下者也，衆多如雨，而非以爲政」。蓋襲《公羊》「星霣如雨」之文，強以「雨」字說《詩》耳。而歐陽公亦疑《雨無正》之名。據《序》所言，與《詩》迥異，亦未信爲《韓詩》。《解頤新語》亦云：「《韓詩》世罕有其書，疑後人附會。」今攷《韓詩》雖亡，而遺義所傳，尚可據以攷證漢學，何獨于此八字而以爲附會耶？朱子以「刺幽」之説爲非。桉：此詩曰「周宗既滅」，又曰「謂爾遷于皇都」，或東遷以後詩也。吴氏東發曰：「『雨』通『霸』，見《周伯克尊》及《頌壺銘》。以『雨』爲『霸』，蓋省文。『霸無正』者，言天下自此有霸無王也。」說亦近鑿。

「熏《毛》作「淪」。胥以痡。」《毛》作「鋪」。熏，帥也。胥，相也。痡，病也。言此無罪之人而使有罪者相帥而病之，是其大甚。《後漢書》注，見《蔡邕傳》注。薫胥。《漢書》注晉灼曰：「《齊》《魯》《韓詩》作『薫』。

薰，帥也。」顏師古曰：「《韓詩》『淪』字作『薰』。薰者，謂相薰蒸。」

案：毛傳：「淪，率也。」晉灼訓「薰」爲「帥」，即沿「淪」訓。稽之古義，亦無所本。師古訓「薰」爲「相薰蒸」，亦就字作解耳。蔡邕《釋誨》「下獲薰胥之辜」，此《魯》説也。惠氏棟云：《春秋》「韓起爲閽」，「薰」與「閽」通。胥，胥靡也。《漢書·楚元王交傳》云：「申公、白生諫，不聽，胥靡之。」應劭引此詩「淪胥以鋪」，據此謂《詩》言王赦有辜，反坐無罪以薰胥之刑。其説頗有所據。桉：薰，古通「勳」。《易·艮》九三「厲薰心」，荀本作「勳」。漢《夏承碑》「帶薰著于王室」，義作「勳」。唐《濟瀆廟北海壇祭器碑》「勳籠一」，義即「薰」字。王復齋《鍾鼎款識·周叚仲簠》「勛」字云：「帖釋作『熏』。」「熏」即「薰」省，是薰、勳相通之證。詩人蓋謂有勳之臣。痡、鋪通字。「我僕痡矣」，《釋文》：「本又作『鋪』。」

小旻

「謀猶回歔。」《毛》作「遹」。《釋文》。「謀猷《毛》作「猶」。回泬」。薛君曰：「回邪，辟也。」見潘岳《西征賦》注。「謀猷迴《毛》作「回」。穴。」《文選》注，見班固《幽通賦》注。「民雖靡腜。」《毛》作「膴」。猶無幾何。《釋文》。

案：猶、猷通。《書·盤庚》「女分猷念以相從」，漢石經作「猶」。「其猶可撲滅」，《古文尚書》作「猷」。《尒疋》引《詩》「猶來無棄」「實命不猶」，並作「猷」。《袁良碑》「平仲小國之卿其儉猷稱」，洪适云「以猷爲猶」。《韓詩》「猶」皆作「猷」，如《外傳》引「遠猶辰告」及「王猶允塞」，並作

「猷」。「駀」本音聿，古曰字作「聿」。「聿」同「遹」，《禮》引「遹追來孝」作「聿」。《説文》引「遹求厥寧」作「欥」。「欥」亦古「聿」字。古人同音通借，不必定正字。《釋文》引《韓》「駀」字云「義同」者是也。原文脱去「義同」二字。《文選》注引作「泬」。桉：潘岳《西征賦》「事回泬而好還」，李善引薛君曰：「回泬，邪僻也。」攷《後漢・仲長統傳》：「用明居晦，回泬于曩時。」回泬，猶攜互不齊一也。《唐書・裴延齡傳贊》「君臣回泬」，皆與「回遹」同。古从穴、从矞之字多通。如「駀彼晨風」，《韓》作「鷸」。《漢書》「暈適背穴」，或作「鐍」。《文選》注：「一作『迥穴』。」宋玉《風賦》「昡昡雷聲，迥穴錯迕」，李注：「迥穴，風不定皃。」亦即「回遹」之異文。「膴」作「腜」，王肅讀「膴」爲「幠」，云：「大也。」《小疋》「亂如此憮」，郭注《尒疋》亦作「幠」。膴、幠、憮本通。「膴」亦與「腜」通。《文選》引「周原膴膴」作「腜腜」。膴、腜亦即輕、重唇之分。

「是用不就。」《毛》作「集」。《外傳》。

案：傳：「集，就也。」《大明》「有命既集」亦云：「集，就也。」箋云：「天命將有所依就也。」一曰：「集，謂成就也。」《廣疋・釋詁》：「集，就也。」即本《韓詩》。《集》本有「就」訓。《書・顧命》「克達殷集大命」，蔡石經「集」作「就」。熊朋來《經説》亦云：「集，一作『就』。」皆成就之義。《大戴禮》「衆則集，寡則謬」、《吴越春秋》「河上歌，集協流」，「集」亦有「就」音。

小宛

「翰飛厲《毛》作「戾」。天。」薛君曰：「厲，附也。」《文選》注，見班固《西都賦》注。

案：「戾」與「厲」通。《國策》：「秦人遠迹不服，而齊爲虚戾。」高誘注：「虚、墟同。」居宅無人爲虚，死而無後曰厲，是「戾」作「厲」也。桉：《説文》無「唳」字，新坿有之。鈕非石云：「唳，本作『戾』，通作『厲』。」攷謝惠連《秋懷詩》「寥戾度雲漢」、《洛神賦》「聲哀厲而彌長」、《嘯賦》「聲激曜而清厲」、《笙賦》「摹鸞音激以厲聲」，又云「悽戾酸辛戾厲」，皆同義。《莊子・大宗師》云「女夢爲鳥而厲乎天」，亦《韓詩》意。薛君訓「附」。「附」與「傅」通，即亦傅于天之義。《廣疋・釋詁》「厲附近也」，亦「戾」義之推。余桉：厲、列古通。《論語》「子温而厲」，《釋文》：「一本作『列』。」《祭法》「厲山氏」，《國語》引作「烈山氏」是也。「厲」亦有「列」義。

「哀我疹《毛》作「填」。寡。」疹，苦也。《釋文》。

案：「填」即「瘨」之借字。傳：「填，盡也。」「疹」與「疢」同。《越語》「疾疢貧病」，與「瘨」音義亦同。錢氏大昕曰：《説文》「疹」，即「瘨我以旱」之「瘨」，亦即此詩之「填」也。「疹」亦「胗」，《説文》：「胗，脣瘍。籀文作『疹』。」

「宜犴《毛》作「岸」。宜獄。」鄉亭之繫曰犴，朝廷曰獄。《釋文》。《初學記》、《漢書・刑法志》注韋昭云亦同。

案：「岸」當作「犴」，古以爲獄名。《淮南・説林訓》「亡犴不可再」、《漢・刑法志》「獄犴不平」、《後漢・崔駰傳》「獄犴塡滿」、梁武帝《詔》「鉗釱之刑歲積于牢犴」是也。《周禮・射人》注引作「宜豻」。《説文》于「豻」字下云：「豻，亦从犬。」引《詩》「宜犴宜獄」，蓋亦本《韓》。《鹽鐵論》、《初學記》、《荀子》注亦引作「犴」。毛作「岸」，借字也。

小弁

「惄焉如疛。」《毛》作「擣」。除又反。《釋文》。

案：傳：「擣，心疾也。」《説文》：「疛，小腹痛也。」讀若「紂」。擣，古「稠」字，見《史記・龜筴傳》注，與「疛」音義並同。錢氏大昕云：「《説文》『疛』即『惄焉如擣』之『擣』。」盧氏文弨曰：「《呂覽盡數》篇『氣鬱處腹則爲張爲疛』，高誘注：『疛，跳動也。』蓋亦與『擣』義相近。」

「藋《毛》作「萑」。葦渒渒。」《外傳》。

案：萑，古作「藋」，同字也。《左》昭二十年傳「取人于萑苻之澤」，唐石經初刻作「藋」。《易・説卦》傳「爲萑葦」，石經亦作「藋」。《韓非子・內儲》篇及《水經注》引《左傳》「萑葦」並作「藋」。

巧言

「昊天大今作「泰」。憮。」《外傳》。

案：《經傳沿革例》曰：「蜀本、越本、興國本皆作『泰』，余仁仲本、建本作『大』。」《釋文》

亦作「大」，音「泰」。「太」字古作「大」，無作「太」作「泰」者。自范蔚宗撰《後漢書》避父諱，遂改从「太」，是「太」爲范所改也。泰，古亦作「大」。《書·泰誓》古文作「大斷」，孔注：「大會以誓衆。」王伯厚謂「大誓」與「大誥」同。晁氏曰：「開元間衛包定《今文尚書》，改作『泰』。」然隋顧彪作《古文尚書義疏》，已稱《泰誓》，則非始于包矣。又《繁陽令楊君碑》「大夫人」始作「泰」。洪适《隸釋》云：「《魏元丕碑》，魏君之母作『泰夫人』。」以「泰」爲「太」，皆出後人。要知經文中無以「泰」爲「太」者。且就《詩》而言，《巧言》之「大幠」，猶《巷伯》之「大甚」也。他如「大王」「大任」「大人」「大師」之類，俱作「大」音「泰」，何獨于此詩「太」作「泰」乎？當从《韓》爲古。《新序》亦引作「太」。唐石經作「泰」。

「僭始既減。」《毛》作「涵」。減，少也。《釋文》。

案：傳：「涵，容也。」箋音「咸」。「咸」與「函」通，「函」即「涵」之省。《周禮》「伊耆氏共其杖咸」注：「咸，讀爲『函』。」「咸」又與「減」通，《月令》「水泉咸竭」，《呂覽·仲冬紀》作「減」。《左傳》昭十四年「不爲末減」，王肅《家語》注云：「《左傳》作『咸』。」《漢書》「上咸五」，徐廣曰：「咸，一作『函』，一作『減』。」減，本作「減」。《石奮傳》「九卿咸宣」，服虔音「減損」之「減」。《百官公卿表》「咸宣」，師古注：「咸，音『減省』之『減』。」《史記·酷吏》作「減宣」。《攷工記》「燕無函」，鄭司農讀如「國君含垢」之「含」。《文苑英華》六百九于公異《代人行在起居表》云：「小異咸秦之氣」，《唐類表》作「函秦」。則減、涵本通。《釋文》就「減」本字訓「少」。《廣疋・釋詁》：「減，少也。」即本《韓詩》。

「匪其止恭，《毛》作「共」。惟《毛》作「維」。王之卬。」《外傳》。

案：古「恭」字或作「共」。《尚書》「徽柔懿恭」，漢石經作「共」。《左傳》僖二十七年「杞不共也」，杜注：「本作『恭』。」《史記・屈原傳》「共承嘉惠」、《漢書・宣帝紀》「共哀后」、《華山廟碑》「肅共壇場」，皆以「共」爲「恭」。《韓詩外傳》凡四引皆作「恭」。「維」作「惟」，《廣韻》：「惟，謀也，思也。維，豈也，隅也，持也，繫也。唯，獨也。」然三字經文每通用。《尚書》皆作「惟」，《詩》皆作「維」，《左傳》皆作「唯」。蓋原文如此。

「趯趯《毛》作「躍」。毚兔。」趯趯，往來皃。韓嬰《章句》。《史記》注，見《春申君列傳》注。

案：「趯」與「躍」同。《周南》「趯趯阜螽」傳：「躍也。」《後漢・班固傳》「南趯朱垠」，章懷太子注曰：「躍也。」《漢書・李尋傳》「涌趯邪陰」，師古注曰：「讀與『踊躍』同。」《尒疋》「躍躍，迅也」。《釋文》「余斫反」，是讀如「魚躍」之「躍」。此詩《釋文》「他狄反」，本讀如「趯」。

何人斯

「我心施《毛》作「易」。也。」施，善也。《釋文》。

案：《皇矣》「施於孫子」，箋：「施，猶易也。」《論語》「君子不施同弛。其親」，何晏注：

「施，易也。」施本訓易，故字得通。又桉：此「施」字當从支韻，與下「知」字叶。韓訓爲「善」。《左傳》僖二十四年「施者未厭」注：「施，功勞也。」《廣韻》：「施，惠也。」與「善」訓不遠。

大東

「嬥嬥《毛》作「佻」。公子。」往來皃。音挑。《釋文》。「采采《毛》作「粲」。衣服。」薛君曰：「盛皃也。」《文選》注，見禰衡《鸚鵡賦》注。

案：經文中从兆、从翟之字多通。《周禮》「守祧」，故書作「濯」。《尚書·顧命》「王乃洮頮水」，鄭訓「洮」爲「濯」。故「佻」亦可作「嬥」。《説文》：「嬥，直好皃。」猶言「苕苕」，《楚詞》引作「苕苕公子」。《大東》釋文云：「嬥嬥，本或作『窕窕』，亦好皃。」《廣疋·釋訓》：「嬥嬥，好也。」是音義並同。若傳訓「佻」爲「獨行」，《釋文》訓「嬥」爲「往來」，皆因「既往既來」句而釋之。《玉篇》《廣韻》並云：「嬥嬥，往來皃。」粲、采音義相近。《鸚鵡賦》「采采麗容」，正盛皃。故援以爲訓。

四月

「百卉俱《毛》作「具」。腓。」腓，變也。俱變而黃也。《文選》注，見謝靈運《九日從宋公戲馬臺集送孔令詩》注。「亂離斯莫。」《毛》作「亂離瘼矣」。莫，散也。薛君曰。《文選》注，見潘岳《關中詩》注、任昉《爲范尚書讓吏部封侯第一表》注。

案：箋：「具，猶皆也。」本作「俱」義。《叔于田》「火烈具舉」，毛曰：「具，俱也。」「莫」通「瘼」。《小疋》「莫此下民」，以「莫」爲「瘼」。薛訓「散」，較傳訓「病」爲長。言亂離斯民散，其何所歸耶？「斯莫」亦視「瘼矣」爲順。腓，《釋文》亦訓「變」。又校：《文選》潘安仁《關中詩》注引《韓》「亂離斯莫，爰其適歸」，《説苑·政理》亦作「爰」。《集傳》本云：「《家語》作『奚』，下云：『奚，何也。』」今删去。是注改「爰」爲「奚」，非朱子本意矣。

小明

「眷眷《毛》作「睠」。懷顧。」《文選》注，見王粲《登樓賦》注、張衡《思玄賦》注、謝惠連《西陵遇風獻康樂詩》注、陸機《答張士然》注。「靜恭《毛》作「靖共」。爾位。」《外傳》。

案：《玉篇》云：「睠，同眷。」《大東》「睠言顧之」，《後漢·劉陶傳》《荀子·宥坐篇》皆引作「眷」。《皇矣》「乃眷西顧」同「睠」。段氏玉裁云：「凡『眷顧』並言『顧』者，還視也。眷者，顧之深也。故毛傳曰：『睠，反顧也。』引伸之訓爲眷屬。」靖，同「靜」，見《東門之墠》。共，同「恭」，見《巧言》。案：《文選》王粲《從軍詩》注引作「眷眷懷歸」，當即「懷顧」，因「豈不懷歸」而誤。

楚茨

「禮義《毛》作「儀」。卒度。」《外傳》。

案：《説文》云：「義者，己之威儀也。」古書「儀」但爲「義」。《周禮·肆師》「治其禮儀」，

注：「故書『儀』爲『義』。鄭司農云：義，讀爲『儀』。」他若《楊信碑》「追念義刑」，本《大疋》「儀刑文王」文。《左傳》「郲儀父」，《漢書・鄒陽傳》作「義父」。《呂覽》「闔閭有臣文之儀」，《墨子》作「文義」。《虢叔大林鐘銘》「威儀」作「威義」。皆以「義」爲「儀」之證。

「馥《毛》作「苾」。芬孝祀。」薛君曰：「馥，香皃也。」《文選》注，見蘇武《古詩》四篇注。《衆經音義》十四引作「香氣」。

案：苾，與「飶」同。《頌》「有飶其香」。《廣疋》：「馥馥，芬芬香也。」即《信南山》「苾苾芬芬」、何晏《景福殿賦》「馥馥芬芬」、漢《帝堯碑》「生自馥芬」、《張表碑》「有馥其馨」，皆本《韓詩》。《説文》有「苾」無「馥」，許君蓋从毛也。

信南山

「維禹敶《毛》作「甸」。之。」《周禮・稍人》注，疏云《韓詩》。

案：《周禮・春官・大宗伯》「若大甸」注：「讀爲田。」《肆師》「凡帥甸」，《釋文》音「田」。「甸」固可通「田」。《釋文》「田」有「陳」音。陳公子完後故从田爲氏。《説文》：「田，陳也。」《晉語》「佞之見佞果喪其田」，音「陳」。蓋古田、甸、陳並同聲。而《廣韻》以「敶」爲古「陳」字。《義雲章》云：敶，古陳字。古有敶侯敦，即陳侯。然《説文》「陳」爲陳國，「敶」爲軍敶，兩義俱呈，本非今古。又案：《稍人》「掌丘乘之政令」，注云：「丘乘，四丘爲甸。讀爲『維禹敶之』之『敶』同。」疏云：「敶是軍陳，故訓爲乘。」《出車》一乘可以爲軍，故改云乘，不曰甸也。則甸有乘義，敶有乘訓。

義又交通，斯則然矣。

「⿱甾田⿱甾田《毛》作「畇」。原隰。」《周禮》注，見「均人」注。

案：《均人》「公旬」注：「旬，均也。讀如『⿱甾田⿱甾田原隰』之『⿱甾田』。」疏云：「《詩》『⿱甾田⿱甾田』是均田之義。」「菀彼桑柔，其下侯旬」傳：「旬，言陰均也。」古旬、匀，相假字。毛傳：「畇畇，墾辟皃。」黄公紹曰：「⿱甾田，墾田也。或作『畇』。」是「⿱甾田」「畇」之本字。鄭先通《韓詩》，注《禮》皆用《韓》説也。

「壃《毛》作「疆」。場有瓜。」《外傳》。

案：壃，同「疆」。《易》「行地无疆」，《釋文》：「或作『壃』。」《禮》「不越疆而弔人」，《釋文》：「本亦作『壃』。」《尒疋》郭注「疆場，境界」，今本《釋文》作「壃」。《史記·晉世家》「出壃乃免」同「疆」。疆，本字作「畺」，《載師》「任畺地」、《伯角父敦》「萬年無畺」。《説文》：「畺，界也。从土，从弓。」爲後人所加。

甫田

「菿《毛》作「倬」。彼甫田。」菿，卓也。音同。《釋文》。《尒疋·釋詁》：「菿，大也。」疏引「菿彼圃田」。《説文》：「卓，大也。」

案：《尒疋·釋詁》：「菿，大也。」郭注未詳。疏引《韓詩》。攷《説文》：「菿，艸大也。」

卓亦訓「大」。「卓」通「倬」，則卓、菿同訓。段氏云：「卓聲、到聲，古同部。菿，當从艹。《玉篇》艸部引《韓詩》作『菿』，都角切。箌，捕具也。又作『罩』，字異。今《釋文》《尒疋》及邢昺疏並从竹，誤也。陸佃注引《韓》亦作『箌』。又各本《説文》作『菆』，字書無此字，亦『菿』之誤。」甫、圃古通。

大田

「卜《毛》作「秉」。畀炎火。」卜，報也。《釋文》

案：卜、秉一聲之轉。田祖即炎帝，亦偁火帝。訓「卜」爲「報」，即「祈報」之「報」，蓋謂報此炎帝。較毛義長。

「有渰淒淒，《毛》作「萋」。興雲《毛》作「雨」祁祁。」《外傳》。《漢書》同，見《食貨志》。

案：《釋文》本作「興雲」，而以「興雨」爲是。《顔氏家訓》據班固《靈臺詩》以「興雨」爲是。董彦遠《除正字謝啓》云：「篆形誤謁，誰正興雲之祁祁。」閔疏即引之推説，亦以「興雲」爲誤。唐石經亦作「興雨」，皆惑于顔氏之説也。《呂覽・務本》篇、《漢書・食貨志》、洪适《隸釋・無極山碑》皆作「興雲」，並與外傳合。梁氏玉繩云：「《鹽鐵論》《漢・左雄傳》皆作『興雨』，是『興雨』爲是。」錢氏大昕曰：「之推雖以『興雲』爲誤，不聞據他本正之，則南北朝本亦皆作『興雲』矣。《大疋・韓奕》篇『祁祁如雲』可證『祁祁』爲雲行皃，非轉寫之誤。《左雄傳》或是後人校改。」又桉：「觸石興雲，雨我農桑」，《西嶽華山碑》文也。「興雲降雨」，《開母碑》文也。蔡邕《伯夷叔齊碑》「天尋興雲即降甘雨」，蔡爲《魯詩》，亦作「雲」，不得援「甘雨祁祁」之一證而遽以「興雲」爲非。萋萋，《說文》及《呂氏春秋》、《廣韻》五十琰、《初學記》一、《白帖》二並作「凄凄」，與《漢書》《外傳》同。桉：「蒹葭萋萋」，《釋文》本亦作「淒淒」，唐石經、宋本同。渰，《呂覽》作「晻」，《太平御覽》八百七十二作「黭」。

鴛鴦

莝，《毛》作「摧」。委也。《釋文》。

案：傳：「摧，莝也。」箋：「今『莝』字。」是摧、莝同也。當从《韓》作「莝」。《釋文》引《韓》訓「委」，謂委其莝薪之食。《釋文》音采臥反，即「莝」音。

車舝

「以愠《毛》作「慰」。我心。」愠，恚也。《釋文》。

案：《說文》：「慰，安也。一曰恚也。」《韓》訓「愠」爲「恚」，與「慰」義同。《廣疋》：「愠，恚也。」愠、慰蓋同聲相近。《釋文》：「慰，怨也。於願反。王申爲怨恨之意，本或作『慰』，安也。是馬融義。」則「怨」本「慰」字第一訓，與「愠」之訓「恚」同。此申《韓》同也。段氏玉裁曰：「訓『慰』爲『怨』，猶訓『亂』爲『治』，訓『徂』爲『存』。」

賓之初筵

「威儀昄昄。」《毛》作「反」。蒲板反，善皃。《釋文》。

案：傳：「反反，重愼也。」昄，《説文》：「大也。」《尒疋·釋詁》同。此亦同音通借之字。「昄」訓「善」，於義爲近。

采菽

「便便《毛》作「平」。左右。」便便，閑雅之皃。《釋文》。

案：便、平通，亦通「辨」。《尚書》「平章百姓」，《大傳》作「辯章」。《史記》作「便章」。「平秩南訛」，伏生作「便秩」，鄭作「辯秩」。此詩《左傳》引作「便蕃」，與此同。《説文》：「便，安也。」即閑雅之義。

「福禄肶《毛》作「膍」。之。」《釋文》。

案：膍，謌文也，當作「膍」。「膍」亦作「肶」，見《廣韻》。「膍」本字，「肶」或字，「膍」俗字。

角弓

「人《毛》作「民」。之無良。」《後漢書》注，見《章帝紀》注。

案：作「人」字爲長。《説苑》引作「人而不良」，則《魯》説也。

「如食儀《毛》作「宜」。饇。」儀，我也。《釋文》。

案：古書「儀」皆爲「義」。《釋名》曰：「義者，宜也。」《蒸民》傳：「儀，宜也。」《曾子大孝》篇：「義者，宜此者也。」「義」即「儀」之省，本有「宜」訓也。《國語・楚楚》「采服之宜」，〔一〕《周禮・春官序官・司農》注作「采服之儀」。是儀、宜並通。《韓》訓「儀」爲「我」。《春秋繁露》：「儀之爲言我也。」《說文》「義」字从我从羊。三百篇中「儀」字凡十見，並與莪、阿、何爲韻。「蓼蓼者莪」，漢碑文俱作「蓼儀」，或作「蓼義」。《禮・學記》「蛾子時術之義」本作「蟻」。《易》「鼎耳革，失其義也。覆公餗，信如何也」。「菁菁者莪」，下叶「樂且有儀」，可證「儀」从「我」得聲，故有「我」訓。宜，《說文》宀部：「宐，从宀之一上多。」古文省作「宜」，當从「多」得聲。與「義」音近。後人誤以儀、宜字从支部，于是唐明皇以《洪範》頗、義非韻，易「無頗」爲「無陂」。是蓋不知古讀「義」爲「我」也。《廣疋・釋言》：「儀，宜也。」蓋本《韓詩》。

「雨雪麃麃（《毛》作「瀌」。《外傳》。）曣（《毛》作「見」。）晛聿（《毛》作「曰」。）消。」曣晛，日出也。（《釋文》。）

案：《漢書》《荀子》並引作「麃」，與《外傳》同。《說文》：「⿱燕日，姓無雲。」暫見也。「⿱燕日」同「曣」，亦通「晏」。《廣疋》「曣⿰日然煗也」，即《韓詩》之「曣晛」。《玉篇》：「晛，與『⿰日然』同。」《荀子・非相篇》作「晏然聿消」。「晏」通「曣」，「然」即「⿰日然」省，「曰」作「聿」。《釋文》云：「劉向同作

〔一〕「楚楚」，疑當作「楚語」，參見《國語・楚語下》。

『聿』。」劉傳《魯詩》者也。則《韓》《魯》同也。《穆天子傳》注：「聿，猶『曰』也。」漢班固《幽通賦》「昒中龢爲庶幾兮」，顏注：「昒，古聿字。」「昒」亦「曰」之異文，故《説文》于「昒」字亦訓爲詞。古「曰」字通「聿」，《邠》「曰爲改歲」，《漢書·食貨志》作「聿」。《大疋》「予曰有疏附，予曰有先後」，王逸《楚詞章句》引作「聿」是也。「聿」又與「遹」通，《説文》引《大疋》「遹求厥寧」作「昒」，《禮記》引「遹追來孝」作「聿」。是昒、曰、聿、遹俱古今互通之字。

菀柳

「上帝甚慆，《毛》作「蹈」。無自瘵焉。」《外傳》。《集傳》云：「蹈，當作『神』。」案：宋本《集傳》云：「蹈，《戰國策》作『神』。」

案：鄭讀「蹈」爲「悼」，《戰國策》作「神」，是「悼」之誤，古本本是「蹈」字。《衆經音義》五引《韓詩》云：「上帝甚陶。」陶，變也，化也。毛作「蹈」，云：「動也。」義相近。則《韓》本作「陶」，原文失引。陶、蹈亦通。「駟介陶陶」，傳：「陶陶，驅馳之皃。」《釋文》音徒報反。《廣疋》：「蹈蹈，行也。」音義相近之字。《外傳》作「慆」，本字。蹈，假字。

都人士 首章毛氏有之，三家則亡。今《韓詩》實無此首章正義。《左傳》襄十四年引「行歸於周，萬民所望」，服虔曰：「逸詩也。」

案：三家立學官，毛不得立，故服虔以爲逸詩。《禮記》注亦言「毛氏有之，三家則亡」。

采綠

「薄言覜《毛》作「觀」。者。」《釋文》。

案：覜、觀義同。

白華

「泱泱《毛》作「英」。白雲。」「視我怖怖。」《毛》作「邁」。孚吠反，《説文》同。意不悦好也。《釋文》。

案：潘岳《射雉賦》「天泱泱以垂雲」注：「泱與英古字通。」怖，《説文》：「很怒也。从心，市聲。」引此詩與《釋文》同。怖、邁蓋同聲相近。毛公曰：「邁邁，不悦也。」與「怖怖」訓合。顧氏《詩本音》云：「念子懆懆，《韓詩》及《説文》並作『怖怖』，孚吠反，入韻。今作『懆懆』，不入韻。」案：「怖怖」是「邁邁」異文，顧誤也。段氏曰：「『邁邁』，即『怖怖』之假。」

緜蠻。《禮記》作「緡蠻」。緜蠻，文貌。薛君《章句》。《文選》注，見何晏《景福殿賦》注、王融《三月三日曲水詩序》注。

案：「緜」與「緡」通。「緡」當从系、昏。閻若璩曰：「緡蠻黄鳥，毛傳：『緜蠻，小鳥皃。』雖朱子前有長樂劉氏訓『緜蠻』作『鳥聲』，終當从《毛》及《韓詩》薛君章句『文皃』爲是。」

何草不黄

「何人不鰥。」《毛》作「矜」。董氏云：見《讀詩記》。

案：足利本正作「鰥」。「矜」與「鰥」通。魏石經《左傳》「遺字征鰥」、《漢北海相景君銘》「元元鰥寡」，皆「矜」之本文。經文中「鰥」多作「矜」，《大傳·鴻範》云「毋侮矜寡」，《史記》作「鰥」。又《大傳·吕刑》「哀矜折獄」，《漢·于定國傳》作「哀鰥」。則并以「矜」之本義借「鰥」字矣。《論衡》引亦作「何人不鰥」，《七經孜文》載古本《毛詩》同。然以爲《韓詩》，則未見所本。

皇清經解卷一千四百零七終

嘉應吴梅修舊校
番禺黎永椿新校

三家詩異文疏證　卷二

嘉興馮教授登府著

韓詩

大明

「天難訦《毛》作「忱」。斯。」《外傳》。《説文》作「諶」。「天謂《毛》作「位」。殷適，使不俠《毛》作「挾」。四方。」《外傳》。

案：《書・大誥》「天棐忱辭」，《説文》引作「諶」。「諶」通「訦」，《尒疋・釋詁》注：「燕岱東齊謂信曰諶。」疏：「桉《方言》作『訦』。」則諶、訦、忱並通。「天位」作「天謂」，猶言帝謂也。「俠」與「挾」通。《前漢書・季布傳》「任俠有名」，師古曰：「俠之言挾，以力俠輔人也。」是「俠」有「挾」義。又《叔孫通傳》「殿下郎中俠陛」、《法言》「滕灌樊酈曰俠介」，「俠」並與「挾」同。

「磬《毛》作「俔」。天之妹。」磬，譬也。正義、《釋文》。

案：傳：「俔，磬也。」《韓》「俔」作「磬」，音義相兼。箋云：「如天之有弟。」孔氏曰：

「如今俗語譬喻物云『磬作』然也。」《説文》：「俔，譬喻也。」徐鍇桉：「《詩》篇譬猶天妹也。」惠氏棟曰：「毛不曰『譬』而曰『磬』者，毛蓋讀『俔』爲『磬』也。」戚學標云：「《内則》孔疏：隱義云齊，以相絞訐爲掉磬。」庾氏云：「齊人謂之差訏，即讀『俔』如『磬』之類。」段氏云：「磬，《玉篇》《廣韻》並作『罄』，盡也。騁馬曰磬，語意略同。猶云：竟是天之妹。」

「檀車皇皇。」《毛》作「煌」。《外傳》。

案：《白虎通》：「皇者煌煌，人莫違也。」《小疋》「朱芾斯皇」箋：「猶煌煌也。」「皇皇者華」傳：「猶煌煌。」

「亮《毛》作「涼」。彼武王。」亮，相也。《釋文》。《漢書》同，見《王莽傳》。

案：錢氏大昕曰：「亮亦漢時俗字。故《説文》不收。今《尚書》《尒疋》皆用晉人本。《孟子注》雖出漢儒，亦經俗師轉寫，故皆有『亮』字。它經無之。《尚書》『亮采』『亮天』『工亮』『陰亮』皆訓『信』，當用『諒』字。《畢命》『弼亮』訓『佐』，當用『倞』字。『涼彼武王』，毛訓『佐』。『涼曰不可』，鄭訓『信』。則諒、倞俱通作『涼』。漢人分隸往往以『亮』爲『倞』，蓋隸變移『人』于『京』下本作『亮』，又省中一筆，遂爲『亮』字。」余桉：《説文》旡部明有「⿰旡京」字，徐鍇曰：「今隸變作『亮』。」漢相名亮，已見《三國》，錢説非也。韓訓「相」，與毛傳「涼」訓「佐」合。《釋文》云：「涼，本作『諒』。」足利本作「諒」，《文選》李蕭遠《運命論》注引同。《廣疋·釋言》：「亮，相也。」蓋本《韓詩》。

緜

「周原腜腜。」《毛》作「膴」。莫來反。《文選》注，見左思《魏都賦》注。

案：張載注《魏都賦》：「腜腜，美也。」《釋文》：「膴膴，美也。《韓詩》同。」蓋謂《韓》與《毛》同也。與《文選》注異，疑《釋文》有脱誤。「腜」與飴、謀、龜、止、時韻尤洽，當讀如「梅」，與《左傳》「原田每每」亦音義相同。

「臯門有閌。」《毛》作「伉」。閌，盛皃。《釋文》。

案：傳：「伉，高皃」。「伉」與「閌」同。《説文》：「閌閬，高門也。」左思《魏都賦》「高門有閌」。李注：「閌，與伉同。」《揚雄傳》「閌閬閬其寥廓兮」，顔注：「高門皃。同『伉』。」則「閌」宜从毛訓「高皃」。

棫樸

「亹亹文王。」毛作「勉勉我王」。《外傳》。

錢氏大昕曰：「『亹』轉爲『勉』。《尒疋》：『亹亹，勉也。』一聲之轉。《荀子》亦作『亹亹我王』，《白虎通》引與《外傳》同，則《韓》《魯》一也。」又桉：《禮器》「君子達亹亹焉」鄭注：「亹亹，勉勉也。」《周語》「亹亹怵惕」，韋昭注：「亹亹，勉勉也。」此詩《小序》及董氏皆屬文王。朱子亦曰「詠歌文王之德」，而以「辟王」爲周公追稱，獨具炬見。陸奎勳以「六師及之」句疑爲武王詩，又謂是成王詩，俱鑿空之説。觀《外傳》「我王」作「文王」，《詩》有明文，古義爲不可易矣。

旱麓《國語》作「鹿」。案：此亦不定屬《韓》。

案：「鹿」是「麓」之省。《春秋》「沙麓崩」，《王制》注作「鹿」。《周禮》「虞衡掌山澤林麓」，《左氏傳》「山林之木衡鹿守之」，《尚書》「納于大麓」，《魏受禪碑》作「大鹿」。《易・屯》「即鹿无虞」，《釋文》云：「王肅作『麓』。」知二字通。

「延《毛》作「施」。于條枚。」《外傳》《吕氏春秋》同。

案：「施于孫子」箋：「施，猶延也。」是「施」有「延」訓。鄭于此詩箋云：「延蔓于木之枚。」朱氏彝尊云：「木而茂盛。」則當作「延」矣。《韓詩》是也。

思齊

「古之人無擇。」《毛》作「斁」。董氏云，見《吕氏讀詩記》。

案：箋云：「古之人口無擇言，身無擇行，以身化其臣下。」則鄭亦以「斁」爲「擇」。鄭箋《詩》先通三家，此詩箋與「條枚」箋當是《韓》説也。

皇矣

「其菑其殪。」《毛》作「翳」。菑，反草也。殪，因也。因高填下也。《釋文》。

案：毛公曰：「木立死曰菑，自斃爲翳。」本《尒疋・釋木》「立死甾，蔽者翳」。注引《詩》

「其椔其翳」。《説文》訓「殪」曰：「死也。」《釋名》：「殪，翳也。」「殪」有「翳」訓，故字可通。韓訓「殪」爲「因」，謂因高填下也。《尒疋》「蔽者翳」，孔詩疏引作「弊者翳」。郭注「樹蔭翳覆地者」，即因高填下之意。

「唯《毛》作「維」。此文王。」《毛》作「王季」。《春秋》正義：「今王肅注及《韓詩》亦作『文王』。」

案：《左氏》昭廿七年傳成鱄對魏舒引此詩曰：「此文德也。」王肅及韓嬰同，是古今然也。唯、維、惟同。

「莫《毛》作「貊」。其德音。」《左傳》《樂記》同。莫，定也。《釋文》。

案：傳：「貊，静也。」鄭箋及《樂記》「莫其德音」注云：「德正應和曰莫。」蓋即本《左傳》。成鱄引此詩訓「莫」字之文，孔氏疏云「莫然而靖定其道德之音」，則皆作「莫」矣。《尒疋·釋詁》：「莫、貊，定也。」即本《韓》訓。錢氏大昕曰：「貊有陌音。莫與貊古文通用。」

「與爾隆《毛》作「臨」。衝。」《釋文》。

案：惠氏棟云：「臨，當爲『隆』。」桓寬《鹽鐵論》曰：衝隆不足以爲彊，高城不足以爲固。衝爲衝車，隆爲隆車。後漢殤帝諱隆，改隆爲臨。漢有隆慮縣，東京爲「臨慮」，亦避諱也。然則毛公曰：「臨，臨車也。衝，衝車也。」當爲「隆」。孔氏不知此，而以「臨下」之「臨」疏之，非矣。又桉：「隆」與「臨」古同聲。臨，《廣疋》「大也」，蓋大車也。戚學標云：《雲漢》「上帝不臨」與蟲、宗、躬叶，亦「隆」字避諱而改也。「臨」亦有「隆」音。司馬相如《長門賦》「奉虛言而望誠兮，期城南之離宮。修薄具而自設兮，君不肯以幸臨。廓獨潛而專精兮，天飄飄而疾風」可證。陳長發《稽古篇》云：「今北土人語猶呼『臨』爲『隆』。」《齊詩》仍作「臨衝」，見《後漢・伏湛傳》。

生民

「拂《毛》作「弗」。厥豐草。」拂，弗也。《釋文》。「或舂或抌。」《毛》作「揄」。《周禮》注，見《女奴》注，董氏引《韓詩》同。

案：傳：「茀，治也。言治去茂草也。」《廣疋・釋詁》：「拂，拔也。」同音通借字。揄，傳云：「抒臼也。」《說文》引「揄」作「舀」，「舀」或作「抌」。抌，《周禮・地官》「女奴舂抌二人」，注：「女奴能舂與抌者。抌，抒臼也。」引《詩》「或舂或抌」。又《儀禮》「有司徹」云：「二手執挑匕枋以挹湆」，注：「挑謂之歃。讀如『或舂或抌』之『抌』。今文『挑』作『抌』。」疏云：「讀从《詩》『或舂或抌』。彼注：指毛注。『抌，抒臼也。』」則揄古本作「抌」。三家當有作「抌」者。舀、抌、䑂、揄、挑五字，並聲近義同。依正字當从「舀」。董氏以「或抌」爲《韓詩》，無所據。

公劉

「芮阮《毛》作「鞫」。之卽。」阮，讀與「鞫」同。言公劉止其軍旅，欲使安靜，乃就芮阮之間耳。《漢書・地理志》注師古曰云云。《周禮》注作「汭阮」。

案：《漢・地理志》引《詩》「芮阮之即」，「阮」讀與「鞫」同。蘇氏曰：「芮鞫，芮水之外也。」箋以芮爲水内，以鞫爲水外，其注《周禮・職方》「雍州其川涇汭」作「汭泦」，「泦」作「阮」。以汭爲水名。此正本《韓詩》。箋《詩》時仍本《毛詩》，故二注有異。攷《説文》：「芮，草生皃。讀若汭。」此詩「芮」字當从「汭」。《漢・地理志》「芮水出右扶風汧縣西北，東入涇」。《詩》「芮阮」，雍州川也。汭阮，謂汭水之外也。

板

「誘《毛》作「牖」。民孔易。」《外傳》。

案：誘，古文作「羑」。《尚書大傳》：「西伯既戡耆，紂囚之牖里。」本作「羑里」。「羑」同「誘」，通「牖」。《易・坎》「納約自牖」，陸績作「誘」。戴《記・樂記》引此詩正作「誘」，與《外傳》同。正義云：「牖，與『誘』同。」牖，假字。誘，進善也。於義，「誘」字爲長。

蕩

「其命匪訦。」《毛》作「諶」。《外傳》。「以無倍無側。」《毛》作「時無背無側」。《外傳》。

案：諶、訦通，見《大明》「訦」字《釋文》。「倍」與「陪」通，定二年《傳》「分之土田陪敦」，杜注：「陪，增也。亦作『倍』。」僖卅年《傳》「焉用亡鄭以倍鄰」，唐石經及宋本並作「陪」。「倍」同「背」，《荀子・非相篇》「卿則不若，偝則謾之」，「偝」或作「倍」，亦作「背」，《坊記》：「則民不偝。」「偝」即「背」，字同「倍」。《禹貢》「至于陪尾」，《史記》作「負尾」。《漢書》作「倍尾」。三字並通。「時」作「以」，與「以無陪無卿」句法同。

抑

「遠猷《毛》作「猶」。辰告。」《外傳》。「荒愖《毛》作「湛」。于酒。」《外傳》。「告《毛》作「質」。爾人民。」「無言不酬。」《毛》作「讐」。「子孫承承。」《毛》作「繩」。《外傳》。嗚，《毛》作「於」。歎詞也。《文選》注，見潘岳《寡婦賦》注。「聿《毛》作「曰」。喪厥國。」《釋文》。

「猷」同「猶」，「聿」同「曰」，「愖」同「湛」，並見前。「讐」與「酬」通。毛傳：「讐，用也。」《集韻》：「讐，古文作『周』。」疑「用」字之誤。《後漢・陳球傳》、《御覽》四百七十九並引作「酬」。《藝文類聚》三十一引作「詶」即「酬」字。《戰國策》「屬之讐柞」，高誘注：「與『酬酢』同。」告，《鹽鐵論》引作「誥爾人民」。「誥」即「告」。《説苑》作「告」。「繩」與「乘」通。《緜》詩「其繩則直」，《釋文》：「本或作『乘』。」繩、承亦同音假通字。《尒疋》注引作「憴」。烏，古省作「於」。《説文》「烏」字下引孔子曰「烏，盱呼也」，取助氣之義。《正譌》云：「於，古『烏』字，孝烏也。」烏見怪則鳴，故借烏。烏呼字，歎聲。嗚本从烏，後人加口作「嗚」。

桑柔

「往《毛》作「征」。以中垢。」《外傳》。

案：征、往，形相涉而譌也。

雲漢

「如炎《毛》作「惔」。如焚。」《後漢書》注，見《章帝紀》傳注。「胡寧疹《毛》作「瘨」。我以旱。」疹，恥吝反，重也。《釋文》。惔，當作「炎」，説見《節南山》。錢氏大昕曰：「《説文》『疹』即『瘨我以旱』之『瘨』。」余案：「疹」通「眕」。《釋言》：「眕，重也。」隱三年《傳》「憾而能眕者」，杜注：「不能自安自重。」故《韓》訓「疹」亦云「重也」。

「鬱《毛》作「蘊」。隆烔烔。」《毛》作「蟲」。《釋文》：「烔，徒東切。」《後漢書》注，見《竇皇后紀》注。

案：《釋言》：「鬱，氣也。」注：「鬱然气出。」「蘊」通「苑」。《小疋》「我心苑結」，《集韻》：「苑同蘊。」「鬱」亦通「苑」。「鬱彼北林」，《周禮》注作「宛」。「宛」即「苑」之省，並展轉相通之字。「蟲」是「爞」之省。《玉篇》：「爞，熏也。」《集韻》云：「本作『烔』。」則「爞」是或字。《札樸》云：「同蟲，聲相近，故『烔』或作『爞』。《説文》赨，赤色。从赤，蟲省聲。《詩》變『赤』从『火』，而『蟲』則不省。蓋『爞』、『烔』皆『赨』之或體。」又攷《華嚴經音義下》引《韓詩傳》：「烔，謂燒艸。」傳：「火餤盛也。」《埤疋》：「烔烔然熱皃也。」毛傳：「蟲蟲而熱也。」義並同。

崧高

「王踐《毛》作「纘」。之事。」踐，任也。《釋文》。

案：箋：「纘，繼也。言王使之繼其故諸侯之事。」解甚紆，不如从《韓》作「踐」訓「任」，言王任之以南國之事，義較順。

烝民

「夙夜匪懈。」《毛》作「解」。《外傳》。

案：《漢陳球碑》「夙夜匪解」，《字原》云：「義作『懈』。」

韓奕

「有晫《毛》作「倬」。其道。」晫，明也。《釋文》。

案：《釋文》引《韓》：「晫，明也。」箋：「倬，明著。」《玉篇》：「晫，明盛皃。」訓並同。作「倬」者借字也。《廣疋・釋詁》：「晫，明也。」亦本《韓詩》。

常武

「敷《毛》作「鋪」。敦淮濆。」敷，大也。敦，迫。「民民《毛》作「緜」。翼翼。」《釋文》。

案：《左傳》引「敷時繹思」作「鋪」，《班固傳》「桑麻敷芬」，《文選》作「鋪棻」，皆鋪、敷相通之證。《緜》作「民」，《釋文》引《韓詩》：「民民，靚也。」《載芟》「緜緜其麃」，《釋文》引《韓》亦作「民民」，訓「衆」。民、緜一音之轉。

「王猷《毛》作「猶」。允塞。」《外傳》。

案：猷、猶同，見前。

召旻

「我居御《毛》作「圉」。卒荒。」《外傳》。

案：「圉」與「禦」通。《桑柔》「孔棘我圉」箋云：「當作『禦』。」《漢書》注引「曾是彊禦」作「圉」，引「不畏強禦」同。《莊子》「其來不可圉」注：「與『禦』同。」列子禦寇，《戰國策》作「圉」。「御」亦「禦」之省。《邶風》「亦以御冬」作「止禦」之「禦」，訓則以「圉」爲「禦」，猶以「禦」爲「圉」也。又「圉」即「圄」，通作「衙」，《漢景君銘》「強衙改節」，「衙」亦「禦」之借。

維天之命

「惟《毛》作「維」。念也。」薛君《章句》。《文選》注，見歐陽堅石《臨終詩》注。

案：維、惟古今文，見前。

天作

「彼徂者，《毛》作「矣」。岐有夷之行。」薛君《傳》。《後漢書》注，見《蠻夷列傳》注。傳曰：「岐道雖僻，而人不遠。」「彼岨《毛》作「徂」。者岐。」沈括引《後漢書・朱浮傳》。

案：《困學紀聞》曰：「《筆談》云：『彼徂矣，岐有夷之行。《朱浮傳》作：彼岨者，岐有夷之行。』今按：《後漢・朱浮傳》無此語。《西南夷傳》朱輔上疏曰：『《詩》云彼徂者，岐有夷之行。』注引《韓詩》薛君《傳》曰：『徂，往也。』蓋誤以『朱輔』爲『朱浮』，亦無『岨』字異文。」故此列薛君《傳》于前，列沈夢溪所引于後，以證其誤也。傳、箋皆訓「徂」爲「往」而於「矣」字斷句。朱子沿沈氏之誤作「岨」，故訓「險僻」，而定讀「岐」字絶句。攷《説苑》引「岐有夷之行，子孫其保之」，「岐」字連下讀，而多「其」字。《外傳》云「岐有夷之行」，朱子作「岐」字斷，于義未安。薛訓「岐道雖僻，而人不難」，蓋爲「有夷之行」解也。「徂」字訓「往」，無「險僻」義。蘇氏傳以「徂」爲文王之逝。歐陽《本義》以「彼作矣之」，「彼」爲指太王。義俱未安。兩「彼」字即承高山而言。吕氏曰：「太王、文王雖往，而其岨易可行之道，昭然皆聖，與山俱存，而未嘗忘也。」亦以「徂」爲「岨」訓「險」。

時邁

「薄言振《毛》作「震」。之。」振，奮也。薛君《傳》。《後漢書》注，見《李固傳》注。《文選》注，見楊雄《甘泉賦》注、張載《七命》注引。薛君《章句》曰：「振，猶奮也。」

案：震、振通。《釋文》載張倫本《易》「振恒」作「震恒」。《虞書》「震驚朕師」，《史記》作「振」。《周禮》「大祝」注：「震動」或作「振董」，是也。《公羊》僖九年傳：「震之者何？猶曰振振然。」

思文

「貽我嘉麰。」《毛》作「來牟」。《文選》注引《外傳》云云，見班固《典引》注引。薛君曰：「麰，大麥也。」

案：傳：「牟，麥也。」箋：「赤烏以牟麥俱來。」蓋本《大誓》。《説文》云：「周所受瑞麥來麰。一來二縫，象芒朿之形。天所來也，故爲行來之來。」引《詩》「詒我來麰」。亦本《大誓》「五至以穀俱來」之文。而歐陽公《詩論》疑毛、鄭之説，王伯厚謂「劉向《封事》引『飴我釐麰』。麰，麥也。始自天降。《文選》注引《韓詩》『貽我嘉麰』，薛君曰：『麰，大麥也。』毛、鄭之説未可厚非。」此駁歐公是也。余桉：「牟」與「麰」「麰」同。「牟」蓋古省文，「牟」之訓「麥」無可易。「來」當从行來之來。以「來」爲小麥，蓋本「牟」爲大麥而附會之。其説始見于《廣疋》，非古訓也。古讀「來」皆如「離」，如《左傳》「于思于思，弃甲復來」、《吴鼓吹曲》「啓皇其垂將來」、《穆天子傳》「道里悠遠，山川間之，將子無死，尚能復來」。《儀禮》「來女孝孫」，注：「來，讀爲『釐』。」釐、來並通。故《封事》一作「釐」。向本傳《魯詩》者也，《外傳》又以「來」爲「嘉」。嘉麰，蓋猶「嘉禾」也。

噫嘻

「帥《毛》作「率」。時農夫。」薛君《章句》。《文選》注，見潘岳《秋興賦》注。

案：率，《説文》本作「衛」，从行，率聲。借作「率帥」，是通字也。顧藹吉云：「率，本捕鳥畢。經典相承，以爲『率循』之『率』或通作『帥』，不更用『衛』字。」余攷古皆用「衛」字，《石鼓文》「悉衛左右」、戴《記》「衛性之謂道」、魏石經「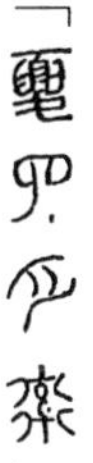」，古文類如此。《玉篇》本訓「循」。

《說文長箋》云：「自《詛楚文》『衛諸侯之兵』，因借同音之『帥』。《春秋》凡諸『衛師』之『衛』，石經並改从『帥』者非。」余攷唐石經于《大學》「堯舜帥天下以仁」，仍作「率」。「率」尚是「衛」之借，作「帥」者非古矣。此當从毛作「率」。

振鷺

「在此無射。」《毛》作「斁」。　射，厭也。薛君《章句》。《後漢書》注，見《曹昭傳》注。《中庸》引同。

案：《思齊》「無射亦保」。射，義作「斁」。箋依字訓爲「射藝」之「射」，失之。董氏《春秋繁露》亦引作「射」。「無射于人斯」，《禮記》作「斁」。

涔《毛》作「潛」　涔、潛，古今字。正義：「又音『岑』。」涔，魚池也。《釋文》。《文選》注，見馬融《長笛賦》注引薛君《章句》。

案：《尚書·禹貢》「沱潛既道」，《史記》及薛本皆作「沱涔」。王氏炎曰：「《隋志》南郡松滋縣有『涔』，即古『潛』字。」《山海經》「大時之山，涔水出焉」，即潛水。正義蓋謂古今字也。傳：「潛，槮也。」《尒疋》：「槮謂之涔。」孫炎注：「積柴養魚曰槮。」故薛訓「魚池」。又《小尒疋》：「魚之所息謂之橬。橬，槮也。」《淮南子·說林訓》「罧者扣舟」，高注：「眾者，以柴積水中以取魚。」今兖州人積柴水中捕魚爲「罧」，幽州名之曰「涔」。「罧」與「槮」「糝」同。「涔」與「潛」「橬」亦同。

閔予小子

「惸惸《毛》作「嬛」。余《毛》無。在疚。」《文選》注，見潘岳《寡婦賦》注。

案：「惸」本字，「嬛」通字。「嬛」又與「睘」通。「睘」亦作「煢」。「獨行睘睘」，《釋文》亦作「煢」。「煢」亦爲「惸」之通字。經文每互見。如《説文》「嬛」字下引《春秋傳》「嬛嬛予在疚」。又于「㝌」字下引《詩》「煢煢在㝌」。此《韓詩》。又作「惸」，义異而字同也。崔本作「煢」。《説文》《漢書·匡衡傳》《後漢·和帝紀》皆同「煢」，即「煢」之譌變。

敬之

「弗《毛》作「佛」。時仔肩。」《外傳》。《説苑》同。盧氏文弨曰：「《君道篇》作『弗時』同，作『孜肩』異。」

案：《説文》：「𡘋，大也。从大，弗聲。讀若『予違汝弼』之『弼』。」即「佛」字。「佛」固通「弼」。傳訓「佛」爲「大」，會意，从「𡘋」也。又《漢書·韋賢傳》師古注曰：「紱，畫爲亞文。亞，古弗字。」經傳中弼、佛、弗每通假。《説文》「弼」解曰：「俌也。」「弗」解曰：「撟也。从乁，从乀，从韋省。」阮氏元云：「弗字明是从弓之字。若从韋，則不知所省。」則「弗」字明是兩弓相背，非兩巳相背也。凡鐘鼎文作「亞」者，乃从俌，戾弓之象。正是古「弼」字，亦即是「弗」字「黻」字也。又《玉篇》「弗」下云「弜，古文」可證。毛氏奇齡云：「佛者，弗也。事君者必多所不可而後能責君以負荷。」《公羊》曰：「弗者，不可之深也。」

小毖

「自求辛赦。」《毛》作「螫」。赦，事也。《釋文》。翻飛兒。《文選》注，見謝瞻《張子房詩》注。

案：《説文》：「螫，蟲行毒也。」又《唐韻》：「古音螫，式夜切，音赦。」亦引《韓詩》。「赦」即「螫」之省文。「拚飛維鳥」，《文選》謝瞻詩注引《毛詩》作「飜飛」。又引薛君《韓詩章句》：「翻飛兒。」是《毛》作「飜」，《韓》作「翻」也。《集韻》翻部引《詩》「拚飛維鳥」，與「翻」同。翻，古作「飜」。

載芟

繹繹，《毛》作「驛」。盛兒。《文選》注，見揚雄《甘泉賦》注。民民，《毛》作「緜」。其麃衆兒。《釋文》。

案：《尒疋·釋訓》：「繹繹，生也。」疏引《載芟》「驛驛其達」、《常武》「徐方繹騷」。箋云：「當作『驛』。」《漢書·王莽傳》「助作者駱驛道路」、《張壽碑》「駱驛要請」、《後漢書·郭伋傳》「駱驛不絶」，皆作「驛」。劉貢父于范史辨之，而不知「繹」與「驛」通也。又《魯頌》「以車繹繹」，崔本作「驛」。《文選·甘泉賦》注引薛《章句》云：「繹繹，盛兒。」緜、民一音之轉。《釋文》引《韓》「民民」，訓「衆兒」。王肅曰：「芸者，其衆緜緜不絶也。」則「緜緜」本有「衆」義。《常武》「緜緜翼翼」，《韓詩》亦作「民民」。《呂刑》「泯泯棼棼」，泯、湎聲相近。《漢書·敘傳》：「風流民化，湎湎紛紛。」湎湎，即「泯泯」也。皆音轉而通之字。

絲衣

「自羊來《毛》作「徂」。牛。」《外傳》。

案：徂、來，義相近字。義較長。

般

「於繹思。」《毛詩》無此句。《齊》《魯》《韓詩》有之。

案：臧氏琳云：「涉上《賚》篇而誤。即在三家亦爲衍文。」余校：崔靈恩《集注》有此三字。

泮水

「鬄《毛》作「狄」。彼東南。」鬄，除也。《釋文》。「獷《毛》作「憬」。彼淮夷。」獷，覺寤之皃。薛君曰。《文選》注，見沈約《安陸昭王碑文》注。《説文》作「獷」，同。案：「獷」字疑是「穬」字。「穬」即「慮」也。

案：《大疋·抑》「用遏蠻方」，箋云：「遏，當作『剔』。」於此詩「狄」，箋亦云。按：狄，《集傳》：「猶『遏』也。」「剔」與「鬄」同。《儀禮》「四鬄去蹄」，注云：「鬄，解也。」今文「鬄」作「剔」，蓋古今文。《皇矣》「攘之剔之」，《釋文》云：「或作『鬄』。」《莊子·馬蹄篇》「剔之」，崔本作「鬄」。《齊故安陸昭王碑文》「疆民獷俗」，李善引《韓詩》「穬彼淮夷」。《漢書·敘傳》「獷獷亡秦」，與「礦」通。《廣疋·釋詁》：「礦，強也。」韓訓「覺寤」，蓋與「憬」字異而義同。《説文》「獷」

字云：「犬獷獷不可附也。」徐鍇曰：「史有獷狄。」並不引《詩》。原文於「憬」字下云：「覺寤也。」引《詩》仍同毛。謂《説文》作「獷同」，誤也。又桉：《釋文》云：「《説文》作『懬』。」段氏玉裁云：「今《説文》懬下不引《詩》。」「矍」字注：「讀若『穬彼淮夷』之『穬』。」蓋「穬」字當爲「懬」。宜云：《説文》作「穬」。

閟宮

「朱英綠騰。」《毛》作「縢」。騰，乘也。《文選》注，見揚雄《甘泉賦》注、顏延年《車駕幸京口侍游蒜山詩》注並引薛君《韓詩章句》。

案：《御覽》七百七十二引亦作「騰」。

「遂幠《毛》作「荒」。大東。」《尒疋注疏》曰：「或當在《齊》《魯》《韓詩》。見《釋詁》。」

案：《釋詁》：「幠，有也。」傳訓「荒」同。箋：「荒，奄也。」《斯干》云：「幠，覆也。」《説文》：「荒蕪也。」是荒、幠音義同。王氏念孫《廣疋疏證》云：「《荀子·禮論篇》説喪禮云『無帾絲嶲縷翣』，楊倞注：『無，讀爲幠。幠，覆也，所以覆尸也。《士喪禮》幠用斂衾夷衾是也。』桉：幠，柳車上覆，即《禮》所謂荒也。《喪大記·棺飾》云『素錦褚加僞荒』，鄭云：『荒，蒙也。在旁曰帷，在上曰荒。皆所以衣柳也。』荒、幠一聲之轉，皆謂覆也。「荒」之轉爲「幠」，猶「亡」之轉爲「無」。《禮》『毋幠毋敖』，《大戴》作『無荒無慠』。」案：《釋文》引《韓》同。《毛》作「荒」。

玄鳥

「奄有九域。」《毛》作「有」。薛君曰：「九域，九州也。」《文選》注，見潘勗《册魏公九錫文》注。

案：惠氏棟云：古「或」字作「有」。「正域彼四方」傳云：「域，有也。」古「域」字作「或」，故孔傳云：「或，有也。」《説文》：「或，邦也。从口，从戈，以一守。一，地也。」从土是後人所加。《大戴禮·分符》篇「大道之邦或」，《太平御覽》引作「邦域」。《書·微子》「殷其弗或亂正四方」，《史記·宋世家》作「殷不有治政，不治四方」。《洪範》「無有作好」，《呂氏春秋》作「無或作好」，高注：「或，有也。」《小疋》「無不爾或承」，箋：「或之言有也。」則「或」即「域」，亦即「有」字。此《韓詩》以「域」爲「有」，古義也。薛訓：「九域，九州也。」仍不離「有」訓。

長發

「玄王桓發。」《毛》作「撥」。發，明也。《釋文》。「率禮《毛》作「履」。不越。」《外傳》同。《説苑》。《漢書》見《宣帝紀》《蕭望之傳》。

案：《釋名》：「發，撥也。」《詩》「鱣鮪發發」，《説文》引作「鮁鮁」。發、撥一聲之轉。《齊風》「齊子發夕」，《韓詩》曰：「發，旦也。」《廣疋·釋詁》：「發，明也。」即旦明之義。禮、履通，見《氓》。

「至于湯躋。」《毛》作「齊」。《外傳》。《禮記》注：「《詩》讀『湯齊』爲『湯躋』。」言三家詩有讀爲「躋」者。《正義》。

案：「聖敬日躋」，戴《記》作「齊」。此「齊」作「躋」，蓋古人通用之字。董彦遠《除正字謝啓》有「頌亂湯齊」之譏，非也。又《樂記》「地氣下齊」，鄭云「齊」爲「躋」。

「爲下國畷郵。」《毛》作「綴旒」。《禮記注》正義曰引三家詩。

案：《郊特牲》「饗農及郵表畷」注：「郵表畷，謂田畯所以督約百姓于井間之處。」引《詩》「爲下國畷郵」。正義曰：「郵，謂民之郵舍，言成湯施布仁政，爲下國諸侯所在畷民之處，所使不離散。此畷郵之義也。」毛氏奇齡曰：「畷郵田舍，以其丁畔疆連綴之地，則曰畷。以其似郵舍，則曰郵畷。郵可處衆者，以喻爲下國所覆。」此三家詩與毛異也。「畷郵」本字，「綴旒」假字也。《説文》無「旒」字，「斿」即「旒」字。説詳阮宫保元《揅經室集》。

「武王載發。」《毛》作「旆」。《外傳》《荀子》同。

案：《説文》引「載旆」作「坺」。坺與「發」通。公孫文子名拔，或作「發」。《説文》「拔」字，徐鍇曰：「此即『本實先撥』之『撥』。」則「坺」即「發」。「旆」本有「坺」音，張衡《東京賦》「奉引既畢，先路乃發，鸞旗皮軒，通帛綪旆」相叶。《説文》於部「旆」，从㫃，从𣎵聲，讀若「輩」。杜林説「𣎵」亦「朱𣎵」字。今《詩》从「艸」作「朱芾」，易作「赤紱」。《禮》作「黻」亦音同之證。

殷武

「京師《毛》作「商邑」。翼翼，四方是則。」《毛》作「之極」。《後漢書·樊準傳》注：「《韓詩》之文。翼翼然盛也。」

「取松與柏。」薛君《章句》。案：見《文選》馬融《長笛賦》。注云：「《韓詩》曰：『松栢丸丸。』薛君曰：『取松與栢。』」是《韓詩》仍與毛同。此句是薛君《章句》，王氏誤引。

案：傳：「商邑，京師也。」鄭云：「極，中也。」攷王都夏曰縣，商、周曰畿，唐虞曰服。「京師」之名，董氏謂始見于《公劉》詩。其後因以所都曰「京師」，曰「嬪于京」。「依其在京」，岐周之京也。「王配于京」，鎬京也。《春秋》所言京師，雒邑也。皆仍其本號而稱之。今桉：湯居亳，得地中，自湯至般庚五遷。武丁因般庚三世居亳，則「京師」指亳。「京師」之名，蓋先公劉而見矣。「四方是則」，言爲四方所法則，即建中立極之意。

魯詩

燕燕

「以畜《毛》作「勗」。寡人。」《釋文》。《禮記·坊記》注、《列女傳》。

案：《釋文》曰：「此是《魯詩》。」《禮記》正義：《鄭志》答炅模云：「注《記》時就盧君，後得毛傳，乃改之。」余桉：畜，古讀如「好」，與「勗」音近。《孟子》「畜君」者，好君也。

墻有茨

「中⿱宀冓《毛》作「⿱艹冓」。之言。」《玉篇》。《博疋》：「⿱宀冓，夜也。《詩》：中⿱宀冓之言。」

案：《玉篇》引此詩作「寷」，曰：「中夜之言。」漢谷永《疏》：「帝王之意，不窺人閨門之私，聽中冓之言。」蓋爲梁荒王子立内亂事也。顏師古注：「中冓，閨門隱奧之處。」晉灼曰：「《魯詩》以爲夜也。」與《玉篇》訓合。則《魯詩》作「寷」也。《太玄經》曰：「晝以好之，夜以醜之。」《詩》下云「言之醜也」，从《魯》訓「夜」爲近。《釋文》亦云：「中冓，中夜。謂淫僻之言。」王伯厚引入《韓詩》，則二家同也。寷，本作「冓」。

魯詩石經

「惟《毛》作「維」。是褊心，是以爲刾。」《毛》作「刺」。「誰知缺一字。《毛》「誰」上有「其」。之，蓋亦勿思。」「父兮。父缺一字。《毛》無。曰：嗟，予子，行役夙夜毋《毛》作「無」。已。尚《毛》作「上」。慎下缺。哉，猶來毋《毛》作「無」。死。」「兮，《毛》作「猗」。不稼不嗇。」《毛》作「穡」。「飲飲《毛》作「坎」。伐輪兮。」「毋食我黍。」《毛》作「黍」。「三歲宦《毛》作「貫」。女，莫我肎顧。」山有蓲《毛》作「樞」。「胡《毛》作「何」。不日鼓瑟。」「楊《毛》作「揚」。之水。」以上見《隸釋》。

案：「維」作「惟」，是今文，説見前。「刾」是隸變。

「其誰知之」，石經「誰」上有「之」字，是下重句無「其」字，當作「其誰知之誰知之」七言句。

「父兮。父曰：嗟，予子行役。」洪氏于第二「父」字下注：「缺一字。毛無。」按：翁覃溪所見本「父曰」字直接毛，正作「瞻望父兮，父曰：嗟，予子行役。」洪氏之説非也。

「猗」作「兮」，通字也。《書・秦誓》「斷斷猗」，《大學》引作「兮」。《莊子・大宗師》「我猶爲人猗」，同「兮」。周有兮仲敦。古無以兮爲氏者，「兮仲」即「猗仲」也。《路史・國名紀》：「河東猗夏，世侯伯國。」亦猗、兮相通之證。

穡，古省作「嗇」，本作「嗇」。《郊特牲》：「主先嗇而祭司嗇也。」鄭云：「『嗇』同『穡』。」《湯誓》「舍我穡事」，《史記》作「嗇」。《般庚》「服田力穡」，漢成帝《詔》作「嗇」。《無逸》「先知稼穡之艱難」，漢石經作「嗇」。漢《陳球碑》「稼嗇繁阜」、《張壽碑》「稼嗇滋殖」，古皆省「穡」爲「嗇」。

「欿」即「坎」字。《說文》：「坎，陷也。」故从「欿」。「欿」本作「欿」，同「臽」。《博疋》：「欿，臽坑也。同。」京房《易》「坎」本作「欿」，古今字。

「上慎旃哉。」作「尚」。案：《尚書序》疏云：「尚者，上也。言此上代以來之書，故曰尚書。」《孟子》「草上之風必偃」，岳珂《九經三傳沿革例》云：「據趙岐改『上』爲『尚』。」《六書故》亦作「尚」。是上、尚同也。

「無食我黍。」作「桼」。案：《說文》：「黍，从禾，从雨省。」漢碑變从禾，或从米，此又變从木也。

「三歲貫女。」「貫」作「宦」。桉：傳：「貫，事也。」箋云：「我事女三歲矣。」「宦」亦有「事」訓。《越語》：「越王乃卑事秦，宦士三百人于吳。」《左傳》僖十七年「子圉西質妾爲宦女焉」，注：「宦，謂宦事于秦爲妾也。」是「宦」與「毌」本同義。惠氏棟謂「毌」當讀爲「宦」。徐邈音「毌」爲「官」，是「宦」字之誤。余攷古文「貫」作「關」，見《儀禮·射禮》注。關、官一聲之轉。管叔，《墨子》作「關叔」。「樞」作「藲」。桉：《介疋·釋木》「櫙荎」下引「山有藲」，郭曰：「今之刺榆也。」《山海經》「其木苦藲」，郭注：「刺榆也。」是同字之證。《釋文》：「本作『蓲』。何作『胡』。」桉：《詩》「胡能有定」箋：「胡之言何也。」他如「胡然而天」「胡斯畏忌」，皆同「何」。

「揚之水」作「楊」。按：《太平御覽》八百十五、八百十六引《唐》詩第二章「楊之水」，三百卌三引《詩序·楊之水》，又九百五十六引《毛詩義疏》「楊之水」、《藝文類聚》八又八十九引並从「木」旁。《釋文》：「揚如字。或作『楊』，非。」攷古楊、揚通。陸氏之説非也。詳見余《漢石經攷》。唐石經「淮海惟楊州」从「木」。《唐楊州大都督段行琛碑》，即揚州。

揚之水

「素衣朱綃。」《毛》作「襮」。《儀禮·士昏禮》注：「宵，讀爲《詩》『素衣朱綃』之『綃』。《魯詩》以綃爲綺屬也。」《禮·郊特牲》正義云：「《魯詩》爲『綃』。」

案：傳：「襮，領也。」「諸侯繡黼，丹朱中衣」箋云：「繡，當爲『綃』。」正義云：「下章作『素衣朱繡』，而《郊特牲》《士昏禮》二注引《詩》皆作『素衣朱綃』。箋破此傳，下章亦破爲『綃』。」鄭注《禮》云：「繡，讀爲『綃』。綃，繒名也。」引《魯詩》「素衣朱綃」。正義云：「按注《昏禮》引

《詩》『素衣朱綃』,《魯詩》以爲綺屬。以《魯詩》既爲『綃』字,又五色備曰繡,白與黑曰黼。繡、黼不得共爲一物,故以『繡』爲『綃』也。謂于綃上而刺黼文也。」引《詩》「素衣朱綃」者證以「繡」爲「綃」。鄭先通三家詩,故注《禮》並改「繡」爲「綃」,从《魯》説也。宵、繡並假字。《説文》:「綃,生絲也。」作「綃」爲正。《呂氏讀詩記》、董氏引《集注》本亦作「綃」。《儀禮・特牲饋食禮》注又作「朱宵」。

澤陂

「陽《毛》作「傷」。如之何。」《尒疋》注,見《釋詁》。注《魯詩》云:「陽,予也。」

案:《尒疋・釋詁》:「陽,予也。」郭注:「《魯詩》云:『陽如之何。』今巴濮之人自呼阿陽。」疏:「《漢書・蓺文志》:『魯申公爲《詩訓故》,爲《魯詩》。』其經云『陽如之何』。申公以『陽』爲『予』,故引之。」按:《玉篇》:「陽,傷也。」「陽」亦訓「傷」,則仍从「傷」訓亦可。今影宋本《尒疋・釋文》:「陽,音賜,又如字。本或作『賜』。」

湛露

「和鸞雍雍。」《毛》作「雝」。《續漢書・輿服志》注。

案:《魯詩》「雝」皆作「雍」,説見《魯補遺》。

古有梁鄒。梁鄒者,天子之田也。《魯詩》傳。《文選》注,見班固《東都賦》注,云:「《毛詩》傳。」《後漢書》注,見《班固傳》注：「鄒作騶。」

案：此《魯詩·騶虞》傳也。此詩異義甚紛，賈誼曰：「騶者，天子之囿虞者，司獸之官。」《解頤新語》引《齊詩》：「騶虞，天子掌鳥獸之官。」《周禮》疏引《韓》《魯》說同。以「虞」爲「虞人」。又謂文王以騶牙名囿。王伯厚謂騶虞、騶吾、劉芳《義疏》及《墨子》皆作「吾」。騶牙一物，聲相近而字異。戴氏《鼠璞》曰：「騶虞二人，言文王田獵，騶從虞人之官皆有仁心也。」其説並本《魯詩》而衍之。至《墨子》本右射騶虞之説，以爲「成王因先王之樂，命曰騶吾」。《淮南子》謂「文王囚於牖里，散宜生得騶虞、雞斯之乘獻受」。謂文王之馬有名騶虞者，乘以行田也。《琴操》曰：「騶虞，邠國之女所作也。古者役不逾時，不失嘉會。騶亦作鄒。」此皆好爲異説，總以傳、箋歎仁人之義爲正。至騶、鄒同字，《漢書·地理志》「魯國騶，故邾國」，《後漢·郡國志》，《説文》「鄒魯古邾國」，《隸續》云《太史公書》「齊有三騶子」，范史「《春秋》家有騶、夾」，班史並作「鄒」。是騶、鄒同也。《文選》注六引仍作「騶」，宋本同。

十月之交

「此日而食，于何不臧。」又曰：「閻《毛》作「豔」。妻扇《毛》作「煽」。方處。」《漢書·谷永傳》「閻妻驕扇，日以不臧」，顏曰：「《魯詩·小疋·十月之交》篇曰云云，言厲王無道，内寵熾盛，政化失理，故致災異，日爲之食，爲不善也。」

案：此詩傳序：「刺幽王也。」攷《竹書紀年》：「幽元年，王錫太師尹氏皇父命。二年，涇渭洛竭，岐山崩。三年，王嬖褒姒。冬，大震電。五年，皇父作都于向。六年，辛卯朔，日有食之。」《周語》及《唐曆》《史記》同《竹書》。事皆與《十月》詩合，其爲幽王時詩無疑。鄭《譜》謂「《十月》四詩皆屬厲王，毛公作詁訓時移其次第」。按：《十月》詩屬厲王，蓋《魯詩》之説，非也。《魯詩》「豔」作「閻」，毛公曰「美色」曰「豔」，即指褒姒。閻、豔音義相近。《列女傳》「哀褒豔之爲尤」，仍作「豔」，當是後人所改。《尚書中候》「擿雒貳作剡」，孔穎達曰：「剡、豔，古今字。以『剡』對『姬』，剡爲其姓。以此知非褒姒也。」按：《廣韻》閻、琰均音「剡」。「剡」與「豔」同，「閻」亦通「剡」，「閻妻」即「豔妻」，不得以「剡」爲姓。《漢書》「眇閻易以卹削」，亦以「閻」爲美豔。《離騷》「皇剡剡以揚靈」，亦光豔之皃也。孔疏又廣鄭義曰番爲司徒在鄭桓公前，此時褒姒未立爲后，不得稱妻，引《曲禮》「天子之妻曰后」爲難。天子八十一御妻，豔妻何不可稱？孔又引《中候》曰「昌受符，厲倡嬖，期十之世權在相」，言自文數至厲王，除文王爲十世也。據緯説謂豔妻厲王之婦，不斥褒姒。余攷史書所載，亦無姓剡之后。緯書荒誕，不盡足憑，要以此詩確是幽王時作，「豔妻」自屬褒姒。剡、閻一也，不得信申公及緯候之説，易傳、序之義也。惠氏棟亦云：「毛公秦人，必有所據，未可盡非。」又《釋文》：「煽音扇，熾也。」《魯詩》作「扇」，省文。《説文》引作「傓」。又《外戚・班倢伃傳》注蕭該音義：「劉氏曰：閻音淫。」

皇矣

阮、徂、共皆國名。正義：「《魯詩》之義云尒。」

案：毛公云：「國有密須氏侵阮，遂往侵共。」是訓「徂」爲「往」。鄭玄：「阮也，徂也，共也。三國犯周，而文王伐之。」蓋本《魯》説。王肅以爲無阮、徂、共三國，孔晁亦疑之。孫毓曰：「桉《書傳》，文王七年五伐，有伐密、須、犬夷、黎邦、崇。未聞有阮、徂、共三國助受，而文王伐之之事。」余攷《路史·國名紀》於「阮」云：「『文王侵阮』是矣。或云：周中葉阮鄉侯。晉伐秦，圍邧新城。蓋與阮同。《姓纂》謂阮在汧、渭之間。」是有阮國矣。又于「共」云：「恭也，今朝歌之共城。文王侵阮徂共，即共伯國。」是有共國矣。惟徂國無攷。徂，古作「且」，與「莒」同音。豈即「莒」與？下文「以遏徂旅」，孟子引作「徂莒」。《韓非子》云「文王克莒」，然鄭以阮、徂、共、莒爲四國，則「徂」非「莒」。張氏曰：「阮，國名。共，阮國之地名。」説非是。《氏族略》云：「商諸侯國名紀列共國，亦系于商氏後。」是商之二國，不可併共于阮。徂，當从毛訓「往」。箋本《魯詩》，然究無確據也。

齊詩

有狐

「有狐夊夊。」《毛》作「綏」。《齊詩》。王氏列《異字異義卷》云：「《齊詩》未詳所出。」攷《玉篇》作「雄狐夊夊」，亦不言《齊詩》。

案：「文」即「綏」之古文。《說文》：「夊夊，象人兩脛有所躧也。」

還

「子之營《毛》作「還」。兮，遭我虖《毛》作「乎」。嶩《毛》作「峱」。之間兮。」《漢書・地理志》：「臨甾名營丘。故《齊詩》云云。」顏師古曰：「毛詩作『還』，齊詩作『營』。之，往也。嶩，山名也。字或作『峱』，亦作『巎』，音皆乃高反。言往適營山而相逢于嶩山也。」《釋文》。崔靈恩《集注》本作「嶩」。

案：《水經注》「淄水」條引亦作「子之營兮」。《韓非子》云：「倉頡之作字也，自環者謂之私。」《說文》引作「自營」，是營、環通也。《漢書》「還屋樹桑」，讀曰「環」，是還、環通也。《尒疋》郭注：「淄水過其南及東。」是營丘本取回環之義。「嶩」字始見于《玉篇》，引此詩亦作「此爲峱之重文」。崔靈恩《集注》云：「本作『嶩』。」非也。「巎」爲「峱」之或體。元學士巎巎署押作「峱」，音近字也。虖，古「乎」字。「呼」字並从此。

破斧

「四國是匡。」《毛》作「皇」。董氏曰：「《齊詩》作『四國是匡』。」賈公彥引此爲據。

案：傳：「皇，匡也。」是「皇」本有「匡」訓。皇、匡二字古音義相兼，見《春秋繁露》。《尒疋》皇、匡皆訓爲正。《法言》引又作「王」。《司馬公集》注：「王，當爲『匡』。」

鼓鐘

「以雅以南，韎任朱離。」《後漢書·陳禪傳》陳忠引《詩》云。注：「《毛詩》無『韎任朱離』之文。蓋見《齊》《魯詩》，今亡。」

案：「以雅以南」傳歷引四夷之樂味、任、侏僸，蓋注文也。陳忠欲實四夷之樂陳于門，故牽合引之。且《詩》只言南樂，于撣國何涉？非附會餘樂不足覆庇。不然，薛夫子果注《韓詩》者也，鄭君果先通三家者也，何皆僅言唯南樂可入《疋》乎？且「任」即「南」，既曰「南」又曰「任」，《詩》豈有重文耶？

緜

「自杜《毛》作「土」。沮漆。」《漢書·地理志》。師古曰：「《大疋·緜》之詩曰『自土沮漆』，《齊詩》作『自杜』。言公劉辟狄而來，居杜與沮漆之地。」

案：「土」本古「杜」字。《左傳》士會、士穀皆當作「土」，讀爲「杜」。土，姓，杜伯之後。「土」即古「杜」字也。漢右扶風杜陽縣有杜水。

皇矣

「迺《毛》作「乃」。眷西顧，此惟予《毛》作「與」。宅。」《漢書·郊祀志》匡衡《奏議》。

案：《谷永傳》引同。迺、乃通。予，與也。《周禮》多作「予」。《論衡·初禀》引作「此惟予度」。

「同爾弟兄《毛》作「兄弟」。與爾臨衝，以伐崇庸。」《毛》作「墉」。伏湛曰：「文王受命而征伐五國，必先詢之同姓，然後謀于羣臣，加占蓍龜以定行事。故謀則成，卜則吉，戰則勝。其詩曰『帝謂文王，詢爾仇方』云云，『以爾鉤援』云云。崇國城守，先退後伐，所以重人命。俟時而動，故參分天下而有其二。」《後漢書・伏湛傳》，《齊詩》。

案：兄弟，宜作「弟兄」。古讀「兄」如「荒」，與上王、方叶。「庸」通「墉」，《易・同人》九四「乘其墉」，鄭本作「庸」。鄭曰：「小城曰附墉。」朱子曰：「附庸，猶屬城附墉，即附庸也。」又按：伏湛曰「征伐五國」，注：「五國，謂犬夷、密須、耆、邗、崇也。」

桑柔

「靡所止凝。」《毛》作「疑」。《詩説》云：「《齊詩》。」見《異字異義》。

案：正義：「疑，音凝。」傳：「疑，定也。」《坤・文言》：「陰疑于陽，必戰。」荀虞、姚信、蜀才本作「凝」。惠氏棟曰：「《鄉飲酒禮》云：『賓西階上疑立。』注：『疑，讀爲仡然從於趙盾之仡。』疑然，立自定之皃。音魚乙反。」以正義音凝爲非。余攷《韻會》：「凝，或作『疑』。」是二字本通。又引《大疋》「靡所止疑」注：「音屹，讀如《儀禮》『疑立』之『疑』，定也。」則惠説是也。古無「凝」，字即「冰」。是以「冰」代「仌」，遂造「凝」代「冰」。

閔予小子

「煢煢《毛》作「嬛」。在疚。」《漢書・匡衡傳》。

案：羖、嬛通字。《説文》亦引作「羖」。羖，説見《韓詩》。

「陟降廷《毛》作「庭」。止。」《漢書·匡衡傳》。

案：傳：「庭，直也。」箋：「念此皇祖文王，上以直道事天，下以直道治民。」《匡衡傳》作「廷」，顏注：「言成王常念文、武之德，奉而行之，故鬼神上下臨其朝廷。」《集傳》亦引此爲訓，與傳、箋較長。庭、廷亦通，《漢·公孫賀傳》：「朝庭多事。」

敬之

「毋《毛》作「無」。曰高高在上。」《漢書·郊祀志》匡衡《奏議》。

案：毋、無，古今文。

長發

「爲下國駿駹。」《毛》作「龙」。董氏曰：「《齊詩》謂馬也。」案：此與「四國是匡」條於《齊詩》皆無確指。

案：《尒疋·釋畜》：「面顙皆白惟駹。」《玉篇》：「駹馬黑白毛也。」「駹」與「龙」同。《周禮·犬人》「用駹可也」注：「不純色也。故書『駹』作『龍』。」《牧人》：「用龙可也。」「龙」即「駹」。《易》「震爲龍」，《釋文》：「虞于作駹。」《漢上易》引鄭云：「龍，讀爲『龙』。」毛氏奇齡謂「駿、駹，馬也。以其體高曰駿，以其駿之尤高者曰駹，以喻爲下國所載」。余按：「龍」爲「駹」本字，駿、駹即龍馬也。

三家詩異文疏證　補遺

嘉興馮教授登府著

韓詩

關雎

「鼓鐘《毛》作「鐘鼓」樂之。」《外傳》。

案：《外傳》：「《白華》『鼓鐘于宮』作『鐘鼓』。」

汝墳

「惄如朝《毛》作「調」。飢。」薛君曰：「朝飢最難忍。」《文選》注。

案：此據范氏家相增。《説文》亦作「朝飢」。毛傳：「調，朝也。」古音調、由相通。「調」之轉「朝」，猶「偆」之作「攸」也。《易林》「㑲如日飢」，郭遐周詩「惄焉如朝飢」，本《韓》也。

行露

「亦不爾《毛》作「女」。從。」《外傳》。

案：爾、女通。《桑柔》「告爾憂恤」，《墨子》作「告女憂卹」。

背《毛》作「邶」。漢《衡方碑》。

案：《衡方碑》：「感背人之凱風，悼蓼儀之劬勞。」「背」即「邶」。「邶」亦作「鄁」，見《釋文》及《漢書》師古注。此併省去「邑」旁。《碑》以「蓼莪」作「蓼儀」，以「禕隋」爲「委蛇」，又「不虞不陽」即「不吴不揚」，皆與《韓詩》合。

匏有苦葉

「煦《毛》作「旭」。日始旦。」《文選》陸機《演連珠》注云：「《韓詩》曰：『煦，煖也。』」

案：《說文》：「昫，日出昷也。」同「煦」，即《韓》訓「煖」之義。《說文》：「旭，日旦出皃。」讀若「好」。煦、旭義同，一聲之轉。《易·豫》釋文姚氏引「旭」作「旴」，亦同音字。

旄丘

「何其處兮。」《毛》作「也」。《外傳》。

案：此詩多用「也」「兮」助聲。依上章，此當作「兮」字。

新臺

「得此䶌鼀。」《毛》作「戚施」。《說文》、《御覽》九百四十九、《詩補遺》。

案：毛傳：「戚施，蟾蜍也。」《御覽》引薛君曰：「䶌鼀，蟾蜍。喻醜惡。」《說文》引作「得此䵹𪔀」，是用《韓詩》。

鶉之奔奔

「何《毛》作「我」。以爲兄。」《外傳》。

案：「我」字較「何」字語婉。

載馳

「視我《毛》作「爾」。不臧。」《外傳》。

案：作「我」字義長。

淇奧

「如切如瑳。」《毛》作「磋」。《外傳》。

案：瑳、磋亦通字。《説苑·達本》引作「瑳」，當是《魯詩》。《荀子·大略》《衆經音義》引並作「瑳」。《釋文》於《卷阿》箋云：「磋，或作『瑳』。」

「如錯如磨。」《毛》作「如琢如磨」。《御覽》七百六十四引《韓詩》。

案：《文選》束廣微《補亡詩》「如錯如磨」，李善注引《毛》「如琢如磨」，此當用《韓》。

考槃

「永矢不愃。」《毛》作「弗諠」。漢《潁川薛君碑》，董斯張引。

案：諼、諠、喧、咺、愃，並轉展相通之字。「弗」作「不」，《公羊傳》云：「弗者，不可之深矣。」義本同。

大車

「有如皎《毛》作「皦」。日。」《文選》潘岳《寡婦賦》注，據宋綿初《内傳徵》補。

案：《説文》：「皦，玉石之白也。皎，月白也。」此傳「皦白也」段云：「此假『皦』爲『曉』。」《説文》：「曉，日之白也。」《御覽》三亦作「皎」。《釋文》云：「本亦作『皎』。」

丘中有麻

「將其來施施。」舊本一「施」字。《顔氏家訓・勉學篇》。

案：傳：「施施，難進之意。」箋：「施施，舒行皃也。」是毛、鄭皆同《韓》。顔之推云：「江南舊本悉單爲『施』。」《家訓・勉學篇》云：「《韓詩》亦作『施施』。」明舊本之非也。

溱洧

「漻《毛》作「瀏」。其清矣。」漻，清皃也。《文選》張衡《南都賦》注引《外傳》。

案：傳：「瀏，深皃。」《説文》：「瀏，流清皃。漻，清深也。」李軌《莊子音讀》：「漻爲劉。」二字音義相近。

圃《毛》作「甫」。田《楊子》。

案：盧氏文弨曰：「《楊子・修身》，李軌本作『圃田』，吴祕曰：『圃，讀如甫。』」

「維莠喬喬。」《毛》作「驕」。《楊子》。王伯厚曰：「《楊子》之言皆本《韓詩》，時《毛》未行。」《詩異字異義》。

案：「喬」與「驕」通。《樂記》「齊音敖辟喬志」，《釋文》：「喬音驕。」

碩鼠

「逝將去女，適彼樂土。適彼樂土。」《毛》作「樂土樂土」，下「樂郊」「樂國」同。《外傳》。

案：《新序・節士》引「樂郊」句與《韓》同。

山有樞

「弗曳弗屢。」《毛》作「婁」。《外傳》。

案：屢，古只作「婁」，《漢書》猶然。「屢」俗字。《白帖》十二引作「不曳不婁」，《玉篇》手部引作「弗曳弗摟」。

七月

「三之日于相。」《毛》作「耜」。《御覽》八百二十二、又八百二十二引《韓詩》。

案：相、耜古同。

常棣

《韓詩序》：「夫栘，毛作《常棣》。燕兄弟也。閔管蔡之失恩也。」《詩説》，《詩異字異義》，《藝文類聚》

八十九。

案：《説文》：「移，棠棣也。」《尒疋·釋木》：「常棣，棣。唐棣，移。二木也。」《藝文類聚》《吕氏讀詩記》亦引作「夫移之華」。

「飲酒之醧。」《毛》作「飫」。《文選》左思《魏都賦》注引《韓詩》。

案：《韓》説：「脱屨升席曰宴，能者飲不能者已曰醧。」毛訓：「飫，燕私也。不脱屨升堂謂之飫。」飫乃醧之假借。左思《賦》曰：「愔愔醧讌。」正用《韓》説。

「和樂且耽。」《毛》作「湛」。耽樂之甚也。《釋文》，《外傳》。

案：耽、湛並通假字。《漢·霍光傳》：「湛湎於酒。」注：「湛，讀爲耽。」《書·無逸》「惟耽樂之從」，《論衡·語增》引作「湛」。《説文》訓「耽」爲耳大垂，訓「湛」爲沈，訓「媅」爲樂。依字當作「媅」。

南有嘉魚

蒸然。《毛》作「烝」。范家相云：《韓詩》。

案：此不詳所出。《説文》引「烝然鮮鮮」仍作「烝」，恐范氏臆説也。

十月之交

「密勿《毛》作「黽勉」。從事。」《後漢書·傅毅傳》注，《詩異字異議》。

此據盧氏文弨增，說見《谷風》。

巷伯

「慎爾言矣。」《毛》作「也」。《外傳》。

案：「矣」字爲長。

谷風

「棄予作《毛》作「如」。遺。《外傳》。棄予如隤。」《毛》作「遺」。《文選》陸機《歎逝賦》注引薛君《章句》曰：「隤，猶遺也。」

案：「遺」有「委」音，與「隤」音亦近。隤，猶遺也。義不殊。《外傳》「如」作「作」，恐誤。

無將大車

「惟《毛》作「維」。塵冥冥。」《外傳》。

「惟」从今文。

鼓鐘

「憂心且陶。」《毛》作「妯」。《衆經音義》十二引《韓詩》。

案：陶，讀如「皐陶」之「陶」，與「妯」一聲之轉。《廣疋》：「陶，憂也。」箋：「妯之言悼也。」音義相近。《說文》心部引作「且怞」。

頍弁

「先集惟《毛》作「維」。霰。」《文選》謝惠連《雪賦》注引《韓詩》：「霰，霙也。」

案：惟、維同。見前。

采菽

「彼交庶《毛》作「匪」。紓，天子所予。」言必交吾志然後予。《外傳》。董斯張引。

案：古「彼」字與「匪」通。顧氏炎武云：「《襄廿一年》引『彼交匪敖』作『匪交匪敖』。」惠氏棟云：「《荀子·勸學篇》引此詩『匪交匪紓』。是古有以『匪』爲『彼』者。」此以「庶」爲「匪」，字殊而義自可通。

「優哉柔《毛》作「游」。哉。」《外傳》。

案：柔、游音義略通。

隰桑

「忠《毛》作「中」。心藏之。」《外傳》。

案：《孝經·事親章》釋文作「忠心藏之」。忠、中古通。《周禮》「中和祗庸孝友」，注：「中，猶忠也。」《曾子大孝》篇云：「忠者，中此者也。」知「中」與「忠」通。又漢《吕君碑》「以中勇顯名」，義作「忠」。後漢五常爲漢忠將軍，〔一〕《馮異傳》作「中」。

菀柳

「上帝甚陶。」《毛》作「蹈」。《衆經音義》五引《韓詩》。

案：說見前《菀柳》。

白華

「鐘鼓《毛》作「鼓鐘」。于宮。」《外傳》。

案：《毛詩》當倒置。

文王

「上天之縡。」《毛》作「載」。《楊子》，《詩異字異義》，又見揚雄《甘泉賦》、左思《魏都賦》注引。

案：毛傳：「載，事也。」《玉篇》：「縡，載也。」《廣疋》：「縡，事也。」《揚雄傳》引此作「縡」。師古注曰：「縡，事也。讀與『載』同。」《堯典》「有能奮庸熙帝之載」，《史記·五帝紀》「載」作「事」。載、縡音義並通。然《說文》無「縡」字，从「載」爲正。又《禮記·中庸》注：「上天之載，載讀曰『栽』，謂生物也。」《困學紀聞》以爲是《韓詩》。古載、栽皆从才得聲，故得通。

〔一〕「五」，疑當作「王」，參見《後漢書·王常傳》。

大明

「不易惟《毛》作「維」。王。」《外傳》。

惟、維屢見。《後漢・胡廣傳》亦引作「不易惟王」，注云：「不可改易者，天子也。」

文王有聲

「築城伊淢。」字又作「洫」。《韓詩》云：「洫，深也。」《釋文》，《詩補遺》。

案：傳：「淢，城溝也。」方十里爲成，成間有溝，深廣各八尺也。本即「洫」字。《韓》訓「深」，亦本此。《五經文字》云：「洫，又作『淢』，見《詩・大雅》。」即指《韓詩》。

「匪革《毛》作「棘」。其猶。」《毛》作「欲」。《禮記・禮器》足利本作「猷」。《詩異字異義》。

案：革、棘皆借字。猶、猷通字。

「聿《毛》作「遹」。追來孝。」《禮記・禮器》。《困學紀聞》以爲《韓詩》。《詩異字異義》。

「聿」本字。「遹」假字。

泂酌

「愷悌《毛》作「豈弟」。君子。」《外傳》。又引《卷阿》同。

「愷悌」本字。《說苑・政理》《國語・周語》，及《考文》、《白虎通・名號》、《管子・輕重》、《荀子・禮論》、《史記・孝文紀》、《文選注》九、《孝經廣德》俱作「愷悌」。《韓》《魯》同也。

卷阿

「顒顒盎盎。」《毛》作「卬」。《外傳》。

案：《孟子》「盎於背」，趙注曰：「其背盎盎然。」盎盎，以音假借也。與「卬」音近。《文選》班固《述盛德紀第十》注、《後漢·周章傳論》注引並作「昂昂」。

蕩

「殷監《毛》作「鑒」。不遠。」《外傳》。

案：「監」本字。《栢舟》「我心匪鑒」，《釋文》作「監」。《漢·杜欽傳》《劉向傳》《揚王孫傳贊》、《谷永傳》並作「殷監」。

抑

「灑掃《毛》作「洒埽」。庭内。」《外傳》。

案：傳：「洒，灑也。」亦同《韓詩》。「灑掃」與「洒埽」同。《論語》「當洒埽」，《釋文》：「正作『灑掃』，本今作『埽』。」惠氏棟曰：《説文》：「洒，古文以爲灑掃字。」《周禮》「隷僕掌埽除糞洒」，先鄭以爲「洒」當作「灑」，後鄭據《古文論語》定爲「洒」。

雲漢

「對《毛》作「倬」。彼雲漢。」薛君曰：「宣王遭亂，仰天也。」《文選》注，董斯張引。《北堂書鈔》一百五十。

據宋緜初《韓詩内傳徵》。王氏念孫謂爲「菿」之誤。菿、倬古通。

崧高

「嵩《毛》作「崧」。高維嶽，峻《毛》作「駿」。極于天。」《外傳》。又《禮記・孔子閒居》注，《詩異字異義》引。

嵩、崧通字。《蓺文類聚》七、《御覽》卅九、《白帖》五並引「嵩高」。《白帖》五兩引、《御覽》卅九、《文選注》五十九並引「峻極」。《長發》「爲下國駿龐」，《釋文》曰：「鄭讀峻。」《堯典》「克明俊德」，《大學》引作「峻德」，《路史・後紀》作「駿德」。《史記・商君傳》「殘傷民以峻刑」，「峻」亦作「駿」。《淮南子・天文訓》「日冬至駿狼之山」，一本作「峻」。是二字通。依義當作「峻」。

「四國于藩。」《毛》作「蕃」。《外傳》。

藩、蕃通，見「繁維司徒」條。

烝民

「不畏強《毛》作「彊」。禦。」《外傳》。

強、彊通字。《漢書・王莽傳》引同。

江漢

「邵《毛》作「召」。虎。」漢《衡方碑》。

案：邵、召字同。《論語》「女爲《周南》《召南》矣乎」，皇本、高麗本作「邵南」。《國語》「召公告王曰」，《後漢·袁紹傳》注引作「邵公告王曰」。《左傳》僖公四年「次于召陵」，《史記·秦本紀》引作「邵陵」。《史記·白起傳》「雖周、邵、吕望之功不益于此矣」，即「周召」。《文選》曹植《求自試表》注引亦作「王命邵虎」。

瞻卬

「嫕《毛》作「懿」。厥哲婦。」嫕，悦也。《文選》宋玉《神女賦》注引《韓詩》。《詩攷》附《韓》後。

案盧氏文弨曰：此「懿厥哲婦」之「懿」，宋緜初《内傳徵》誤以爲「伊胡爲慝」之「慝」，字當作「痿」。《文選》引《韓》誤作「嫕」。痿，古讀如「邑」，静也。與「懿」音義同。

思文

「無此疆爾介。」《毛》作「界」。介，界也。《文選》左思《魏都賦》注引薛君《章句》。《詩攷》附《韓》後。

案：《釋文》及唐石經亦作「介」。

豐年

「蒸《毛》作「烝」。畀祖妣。」《外傳》。

蒸、烝通字。

有瞽

「應悚《毛》作「田」。縣鼓。」《周禮》注，《詩異字異義》。

臧庸堂曰：鄭初注《禮》，所用《韓詩》。其箋《毛詩》亦以「田」爲聲轉字誤，是此句當入《韓詩》。

泮水

「不虞《毛》作「吴」。不陽。」《毛》作「揚」。漢《衡方碑》。

案：錢氏《金石文跋尾》云：「『不虞不陽』『不吴不揚』之別，吴、虞多通用。泰伯弟仲雍以居吴稱『吴仲雍』，而《左傳》《論語》皆作『虞仲』，是其證也。《説文》：『吴，姓也，亦郡也。一曰：吴，大言也。』是『吴敖』之『吴』與『吴越』之『吴』無別體矣。陸德明謂吴，《説文》作『吴』，又引何承天『从口下大』之説。毋乃誤讀《説文》乎？孔氏《詩正義》：鄭讀『不吴』爲『不娱』。人自娱樂，必讙譁爲聲。今此碑作『虞』。虞、娱亦通用字。」

魯詩

葛蕈

葛蕈《毛》作「覃」。《蔡中郎集》。案：中郎習《魯詩》，書石經本。此其所偁皆申公説也。

案：蔡邕《協和笙賦》云：「《葛蕈》恐其先時，《摽梅》求其庶士。」《儀禮·鄉飲酒禮》注、《燕禮》注、《禮記·緇衣》釋文、《五經文字》、《九經字樣》並作「蕈」。《釋文》：「覃，本亦作『蕈』。」

卷耳

「我馬虺穨。」《毛》作「隤」。蔡邕《述行賦》：「我馬虺穨以玄黃。」

案：《尒疋·釋詁》亦作「虺穨」。《説文》作「瘣穨」，《玉篇》作「虺隤」。

汝墳

「王室如毀。」《毛》作「燬」。《列女傳》，《詩異字異義》。王伯厚云：「楚元王受《詩》于浮丘伯。劉向爲元王之孫，故《列女傳》《新序》《説苑》所述並屬《魯詩》。」

案：「毀」是「燬」之省文。

甘棠

勿剗。《毛》作「翦」。《蔡中郎集》。

案：蔡邕《劉鎮南碑》：「蔽芾甘棠，召公聽訟。周人勿剗，我賴其楨。」則作「勿剗」，與《韓》同。

「邵《毛》作「召」。伯所茇。」《白虎通》。董氏逌謂班固所説《魯詩》最近，則《前漢書》《白虎通》所引皆《魯》説也。

案：召、邵字同，見《韓詩補遺》。

柏舟

「我心非《毛》作「匪」。席。」「我心非石。」《列女傳》，《詩異字異義》。

案：《說文》：「匪，一曰非也。」今本《列女傳》仍作「匪」。

「遘《毛》作「覯」。閔既多。」《漢書·敘傳》。

案：遘、覯通，見《韓詩》。《釋文》云：「覯，本或作『遘』。」《楚辭章句》引同。

雄雉

「遥遥《毛》作「悠悠」。我思。」《說苑》，《詩異字異義》。

案：《尒疋·釋詁》：「悠遠也。」《廣疋·釋訓》：「遥遥，遠也。」《論語》「滔滔者天下皆是也」，《莊子》作「悠悠者」。古由、調同音，滔、遥音相近。

式微

「胡爲乎中路。」《毛》作「露」。《列女傳》，《詩異字異義》。

案：《釋名》：「路，露也。人所踐蹈而露見也。」路，本訓露。故从省作路。

定之方中

「終然今作「焉」。允臧。」蔡邕《崔君夫人誄》。

案：宋本《集傳》尚作「然」，今作「焉」，誤字也。各本並作「然」。

蝃蝀

「乃如之人兮。」《毛》作「也」。《列女傳》。

案：此與《韓》同。

相鼠

「人而亡《毛》作「無」。儀。」《漢書・五行志》。

無、亡，古今字。《漢書》「無」皆作「亡」。

「何《毛》作「胡」。不遄死。」《史記・商君傳》，《詩異字異義》。案：全氏祖望曰：「太史公問古文《尚書》于孔安國，安國亦爲《魯詩》者也。則史遷所傳當是《魯詩》。」

案：胡、何同義。見前《魯詩》釋。

載馳

「言至于曹。」《毛》作「漕」。《列女傳》。

案：《左傳》作「曹」。《通典》衛國曹邑，戴公廬于曹，即此。《泉水》「思須與漕」，《水經注》亦作「曹」。

淇奧

「緑薄《毛》作「竹」。猗猗。」《釋文》引石經。

案：此漢石經也。蔡所書用《魯詩》，説見《韓》。

考槃

「考盤《毛》作「槃」。在澗。」《漢書·敘傳》。

案：《說文》盤、槃同字。

碩人

「覃《毛》作「譚」。公惟《毛》作「維」。私。」《白虎通》，《詩異字異義》。

案：譚姓當作「鄿」，「覃」是省字。《白虎通·名號》、又《宗族》兩引作「覃」。《儀禮經傳通解》引郭注《尒疋》亦作「覃」。惟、維見前。

「領如螬《毛》作「蝤」。蠐。」蔡邕《青衣賦》。

案：「蝤」是假字，當作「螬」。

「衣錦絅《毛》作「褧」。衣。」《列女傳》，《詩異字異義》。

案：箋：「褧，禪也。」《玉藻》「禪爲絅」注：「有衣裳而無裏。」絅、褧本通。《中庸》亦作「絅」。《釋文》：「本作『顈』。」

芄蘭

「芄蘭之枝。」《毛》作「支」。《說苑》。《說文》同。《詩異字異義》。

案：《說文》：「枝，木別生條也。」徐曰：本作「支」，故曰「別生」。會意。《詩》「本支百世」，《左氏傳》作「枝」。《史記・項羽紀》「諸侯懾服，莫敢枝梧」，猶「支荷」也。又「干支」亦作「榦枝」。《博疋》曰：「甲乙爲榦，寅卯爲枝。」《前漢・揚雄傳》「支葉扶疏」，即「枝葉」。皆以「枝」爲「支」。

葛屨

「惟此《毛》作「是」。褊心。」《列女傳》。

案：《三國志・何夔傳》注引此詩亦作「此」。《廣疋・釋言》：「是，此也。」《左傳》僖五年「必是時也」，《漢・五行志》作「此」。

伐檀

「不素飡《毛》作「餐」。兮。」《説苑》。

案：飡，俗字。《漢書・韓信傳》注：「餐，古『飡』字。」

「寘諸《毛》作「之」。河之側。」《漢書・地理志》。

案：諸、之義同。鄭注《禮・中庸》引此詩首章，作「寘諸河之干」。

車轔。《毛》作「鄰」。《漢書・地理志》。

四载。《毛》作「駟鐵」。《漢書・地理志》。連上條，王氏誤列《韓詩》。

此二條王氏列《韓詩》，未知所本。以余攷之，蓋《魯》説也。傳：「鄰鄰，衆車聲。」《説文》：「轔，車聲。」《五經文字》云：「轔，《詩》本作『鄰』。」《釋文》：「鄰，本亦作『隣』，又作『轔』。」《文選》潘安仁《藉田賦》注、王元長《曲水詩序》注引《詩》並作「有車轔轔」。「駟」作「四」。《禮》「夾振之而駟伐」，注：「讀爲『四』。」是「駟」爲「四」也。《左傳》「駟帶追之」，唐石經作「四帶」。是「四」爲「駟」也。《説文》亦作「四」。「鐵」作「𢧜」，省字也。

小戎

「愔愔《毛》作「厭」。良人。」《列女傳》，《詩異字異義》。

案：愔、厭通。見《韓詩》釋。

衡門

「可以療《毛》作「樂」。饑。」《列女傳》。

案：《韓詩外傳》亦作「療」，《韓》《魯》同也。説詳《韓詩》。

泌丘

王氏念孫曰：蔡邕《郭林宗碑》「棲遲泌丘」、《周巨勝碑》「洋洋泌丘，于以逍遥」，束晳《玄居釋》云：「學既積而身困，夫何爲乎泌丘？」《廣疋·釋丘》：「丘上有爲柲丘。」説與毛異，蓋本三家。蔡爲《魯詩》。

東門之池

「可與寤《毛》作「晤」。言。」《列女傳》。《韓詩外傳》同。《詩異字異義》。

案：《說文》：「晤，欲明也。寤，覺也。」段氏玉裁謂覺亦明也，同聲之字義必相近。《邶風》「寤辟有摽」，《說文》引「寤」作「晤」。

墓門

「墓門有楳。」《毛》作「梅」。《列女傳》：陳辯女爲歌。《詩異字異義》。

案：《說文》「楳」亦「梅」字。《摽有梅》，《韓》亦作「楳」。

素冠

「我心傷悲，聊與子同歸。」《毛》末句皆有「兮」字。《列女傳》。

案：通章皆用「兮」字，毛本爲正。

匪風

「孰《毛》作「誰」。將西歸。」《說苑》。

誰、孰義同。

鳲鳩

「尸《毛》作「鳲」。鳩在桑。」《說苑》。

案：「尸」是本字。《漢書・鮑宣傳》《荀子・勸學篇》同。《釋文》云：「本亦作『尸』。」當指《魯》説。《説文》無「鳲」字。尸鳩，即《春秋》之「司鳩」。司、尸並訓「主」。《詩》「誰其尸之」注：「主也。」《玉篇》「司」亦曰：「主也。」即古本「尒疋」亦作「尸」，故樊光注引《春秋》「司鳩氏司空」爲訓。又曰「心均平，故爲司空」，可爲是詩參一解。

鹿鳴

「嘉賓式讌《毛》作「燕」。以樂。」《列女傳》。

案：「讌」是本字。

四牡

「周道郁夷。」《毛》作「倭遲」。《漢・地理志》。王氏入《韓詩》。

臧庸堂曰：「師古謂《韓詩》作『郁夷』字者，誤也。《韓》作『威夷』，今从《經義雜記》定爲《魯詩》。」余按：司馬遷、班固皆習《魯詩》也。

皇皇者華

「莘莘《毛》作「駪」。征夫。」《列女傳》，《説苑》。

案：《國語》亦作「莘莘」。《説文》：「駪，馬衆多皃。」《莊子・徐毋鬼》：「禍之長也，茲莘李頤。」注：「莘，多也。」音義並通。説詳《韓詩》。

出車

「出輿《毛》作「車」。彭彭。」《史記·匈奴列傳》襄王之詩。《詩異字異義》。

案：古車、輿並通。《易》「舍車而徒」，鄭注作「輿」。《大有》「大車以載」，蜀才本作「輿」。《詩》「我出我車」，《荀子》作「輿」。此以「輿」爲「車」之證也。《論語》「夫執輿者爲誰」，漢石經作「車」。《孟子》「十二月輿梁成」，《甫田》詩疏作「車」。「以其乘輿」，《太平御覽》作「車」。《剥》「君子得輿」，董遇作「車」。此以「車」爲「輿」之證也。古人通作如此。

六月

「薄伐獫《毛》作「玁」。狁，至于太原，獫狁孔棘。」《史記·匈奴列傳》，《漢書·韋玄成》《陳湯傳》。《詩異字異義》。

案：《説文》無「玁」字，故《史》《漢》二本皆作「獫」。韋玄成即賢子，傳《魯詩》，有《韋氏章句》。

采芑

「朱紼《毛》作「芾」。斯皇。」《白虎通》，《詩異字異義》。

案：紼、芾通，見前。

車攻

「赤紼《毛》作「芾」。金舄。」《白虎通》，《詩異字異義》。

紼、芾通。

鶴鳴

「鶴鳴九皐。」《毛》多「于」字。《史記·滑稽傳》。

案：《漢書·張衡傳》注，《論衡·藝增》，《文選注》十三、又廿四、又四十三，《初學記》，《說文通論》，《羣經音辯》四，《風俗通·聲音》，《藝文類聚》一，《白帖》一、又九十四並同。

我行其野

「不惟《毛》作「思」。舊因。」《毛》作「姻」。《白虎通》，《詩異字異義》。

案：《廣韻》：「惟，思也。」因、姻通字。《南史》王元規曰「姻不失親」，唐張說之碑亦作「姻不失親」，即《論語》「因不失親」。

斯干

「朱紼《毛》作「芾」。斯皇。」《白虎通》。

案：《白虎通》引「芾」字皆作「紼」。《說文》「芾」本作「市」。芾，韍也。「韍」又通「紱」，「紱」又通「紼」。《莊子·逍遥游》注「使謂足以纓紱其心矣」，《釋文》：「或作『紼』。」《漢書·丙吉傳》「上將使人加紼而封之」，顏注：「紱，繫印之紼也。」漢《李翊碑》「考憂釋紼」、《堯廟碑》「印紼相承」，皆其證也。

正月

「惟《毛》作「維」。號斯言。」《列女傳》。

「惟」是今文。

「褒姒滅《毛》作「烕」。之。」《列女傳》。

案：傳：「烕，滅也。」今古文耳。

「速速《毛》作「蔌」。方轂。《毛》作「方有穀」。」「天夭是加。」《毛》作「椓」。《蔡邕傳》注，《詩異字異義》。

案：蔡集《釋誨》亦同引此二句，下與「芽」爲韻。

十月之交

「日月鞠《毛》作「告」。凶。」《漢書·劉向傳》，《詩異字異義》。

案：鞠、告一聲之轉。

「山冢卒《毛》作「崒」。崩。」《漢書·劉向傳》。

案：傳：「崒，崔嵬。」《漸漸之石》篇「維其高矣」，訓與此同。而作「卒」，與此同是省字。《後漢書·董卓傳》注、《博物志》並作「卒」。《釋文》云：「本亦作『卒』。」

「皮《毛》作「番」。惟司徒。」《漢書・古今人表》、《詩異字異義》。

案：「番」是「繁」之通字，古讀若「婆」，説詳《韓詩》「繁惟司徒」條。此作「皮」。《儀禮・鄉射禮》云「君國中射則皮樹中」，注：「今文『皮樹』爲『繁樹』。」是繁、皮又爲古今字。

「中術《毛》作「仲允」。膳夫。」《漢書・古今人表》、《詩異字異義》。

《班馬字類》云：二史「伯仲」字皆作「中」。《春秋繁露》引《詩》「聿懷多福」，「聿」作「允」，是聿、允通。《尒疋》孫炎注云：「遹，與『聿』同。古『述』字。」述、術同，如「報我不術」，《韓詩》作「述」。「而術省之」，注讀爲述。故班固以「術」爲「允」，古義假借。

「掫《毛》作「聚」。子内史。」《漢書・古今人表》、《詩異字異義》。

掫、聚聲相近。

「萬《毛》作「楀」。惟師氏。」《漢書・古今人表》、《集韻》、《詩異字異義》。

《急就章》萬段卿注亦作「楀」。

「天《毛》無。不憖遺一老，俾屏《毛》作「守」。我王。」蔡邕《陳太丘碑》。

案：《詩》宜有「天」字。「屏」即「屏藩」之義。蔡集《朱公叔碑》又云：「不遺一父，俾屏我皇。」

「密勿《毛》作「黽勉」。從事，讒口嗸嗸。」《毛》作「囂」。《後漢書・皇甫規傳》注，又《傳毅傳注》引「密勿從事」。《詩異字異義》。

案：「密勿」即「黽勉」之轉，見前「嚻嚻」。《韓》作「謷謷」，與「嗸」同。説亦見《韓詩》。此詩傳曰「猶謷謷」，嗸即謷。是本亦作「嗸」。《魯》《韓》同也。

雨無正

「聽言則對。」《毛》作「荅」。《新序》，《漢書·賈山傳》。

案：《廣疋·釋言》：「對，答也。」「對」與「退」「遂」爲韻。

「昊《毛》作「旻」。天疾威。」《列女傳續》。

案：《釋文》及正義、唐石經、《漢書》注五十六並作「旻天」，與《列女傳》同。臧庸堂曰：「《經傳沿革例》云：『旻天疾威』，俗本皆作『旻天』，以《釋文》有『密巾反』，遂併經注並改作『旻』。今从箋、疏及諸本。」

小旻

「歙歙毛作「潝」訿訿。」《漢書·劉向傳》。

案：《尒疋·釋詁》作「翕」，《荀子》作「噏噏呰呰」，《説文》作「翕翕訿訿」。翕、潝、歙皆假字。《孟子》「脅肩諂笑」，《漢書·揚雄傳》作「翕」，《後漢·張衡傳》作「歙」。《前漢·匡衡傳》「歙然歸仁」、《延壽傳》「郡中歙然」，皆以「翕」爲「歙」。《老子》「將欲翕之」，《釋文》作「歙」，河上本作「噏」。兩書所引皆與《尒疋》相通，當作「翕」爲正。

小宛

「一《毛》作「壹」。醉日富。」《列女傳》。

案：「一」本字。「壹」借字。

小弁

「莞《毛》作「萑」。葦淠淠。」《說苑》。

案：《儀禮·公食大夫禮》注：「今文『萑』皆爲『莞』。」《韓詩》作「萑」。《尒疋·釋艸》「似莞藺」，《釋文》：「本作『萑』。」

巧言

「昊天太《毛》作「泰」。幠。」《新序》。

案：作「太」爲古。

「亂時《毛》作「是」。用餤。」《列女傳》。

案：時、是通。惠氏棟曰：《尚書》：「時五者來備。」時，是也。「立時人作卜筮」，亦訓爲「是」。

谷風

「棄我《毛》作「予」。如遺。」《新序》，《詩異字異義》。

案：《釋詁》：「予，我也。」義同《釋言》疏。《文選》廿五郭泰機《答傅咸一首》注引皆同。蓼義。《毛》作「莪」。《漢魯峻碑》，《詩異字異義》

《碑》云：「悲蓼義之不報。」峻治《魯詩》，當本《魯》說。漢碑多以「蓼儀」爲「蓼莪」。

「皡《毛》作「昊」。天罔極。」《漢書·鄭宗傳》，《詩異字異義》。

案：《禮·月令》「其帝大皡」，《釋文》：「本亦作『昊』。」又《路史》云：「大皡，一作『昊』。」昊、皡古通。

北山

「普《毛》作「溥」。天之下。」《白虎通》。《韓詩外傳》同。

案：「普」是本字。《孟子·萬章》、《左》昭七年傳、《韓非子·忠孝》、《史記》《漢書·司馬相如傳》、《荀子·君子》、《呂覽·慎人》、《戰國策·東周》、《新書·匈奴》引並同。

「率土之賓。」《毛》作「濱」。《白虎通》。

案：《文選》四十四司馬相如《難蜀父老》引李注云：「本或作『賓』。」

甫田

「目《毛》作「以」。御田祖，目祈甘雨。」《漢書·郊祀志》。

以，本作「目」。

大田

「有黤《毛》作「渰」。萋萋，興雲《毛》作「雨」。祁祁。」《漢書・食貨志》。《釋文》云：「《漢書》作『黤』。」王氏于《韓詩》引《漢書》仍作「渰」。此與《韓》同，説見《韓詩》。

瞻彼洛矣

「韎韐有赩。」《毛》作「奭」。《白虎通》，《詩異字異義》。

案：《白虎通・爵》篇：「世子受爵命衣，士服何謙，不敢自專也。故《詩》曰『韎韐有赩』，謂世子始封也。」此是《魯》説。赩、奭並訓赤，音義相通。然《説文》無「赩」字，新坿有之。从毛爲是。

裳裳者華

「唯《毛》作「維」。其有之。」《新序》，《詩異字異義》。

案：維、唯，同，見前。

車舝

「展《毛》作「辰」。彼碩女。」《列女傳》，《詩異字異義》。

案：古「展」字作「屒」。「辰」字疑相似而訛。

「高山仰之，景行嚮之。」《漢書・三王世家》。「景行行之。」《史記・孔子世家》、《毛》並作「止」。

案：《禮・表記》釋文云：「行止，《詩》作『行之』。」與《詩》不合，可知有作「之」字者矣。

青蠅

「至《毛》作「止」。于藩。」《漢書・昌邑王傳》。「止于蕃。」《毛》作「藩」。《史記・滑稽傳》，《詩異字異義》。

案：《後漢・楊震傳》：「青蠅點素，同茲在藩。」《說文》作「止于棥」。止、至音義並通。「蕃」即「藩」之省。《大疋》「四國于蕃」，《周禮・司徒》九曰「蕃樂」，皆「藩」字而从省。詳見《韓詩》。

采菽

「何錫與《毛》作「予」。之。」《白虎通》下二句同。《詩異字異義》。

案：《介疋・釋詁》注：「予，猶與也。」《周禮》多作「予」字。《後漢・東平王傳》注亦作「何錫與之」。

「赤紼《毛》作「芾」。在股。」《白虎通》，《詩異字異義》。

案：紼、芾通，見前。

角弓

「爾之教矣，欲民斯効。」《毛》作「民胥傚矣」。《白虎通》。

案：此當从毛爲正。《左傳》昭六年作「民胥效矣」。效、傚、効並通字。《說文》無「傚」字。

「人而不良。」《毛》作「民之無良」。《説苑》。

案：《鶉奔》「人之無良」。之，韓亦作「而」。「人」字當是後人避諱而改。

「雨雪麃麃，《毛》作「瀌瀌」。見晛聿《毛》作「曰」。消。」《漢書·劉向傳》，《荀子》同。《詩異字異義》。

案：《孟子·告子下》章指引同。向爲元王孫，元王受《詩》于浮丘伯，荀卿門人。此《詩》説之所本也。麃省字，聿、曰通，見《韓詩》。《韓》「麃麃」「聿消」同。

漸漸之石

「俾滂池《毛》作「沱」。矣。」《史記·仲尼弟子列傳》，《詩異字異義》。

案：此以「沱」作「池」，非也。攷「沱」原與「池」同，如《周禮·職方》「并州其川虖池」，《山海經》作「虖沱」。《禮記·禮器》作「惡池」，《戰國策》作「呼沲」。古沱、池本互用。然攷古「也」字作「」，「它」字作「」，相似致譌。而以「他」爲「佗」，以「蚍」爲「蛇」，並非矣。「滮池」之「池」，《説文》作「沱」。徐曰：「池，本作『沱』。」則知改「沱」爲「池」非古也。古有「蘭沱宮瓦」，即「蘭池」。

苕之華

「不如勿《毛》作「無」。生。」蔡邕《胡公夫人哀讚》。

案：勿、無義同。

文王

「惟《毛》作「維」。周之楨。」《漢書・東方朔傳》。

維、惟見前。

大明

「時惟《毛》作「維」。鷹揚。」《漢書・王莽傳》，《後漢》十八注，《蓺文》九十一，《御覽》二百六。

惟、維屢見，《御覽》九百廿六又作「唯」。《文選》潘岳《揚荊州誄》注、《後漢・吳公贊》注、《竇融傳》注、《儒林傳注》引此並作「惟」。

「亮《毛》作「涼」。彼武王。」《漢書・王莽傳》，《詩攷・韓詩》。

《韓》亦作「亮」，說見前。

緜

「至於毛作「于」。岐下。」《新序》。

于、於同。

「聿來相毛作「胥」。宇。」《新序》，《詩異字異義》。

案：毛公本訓「胥」爲「相」。《尒疋》：「胥，相也。」《漢書》注引《雨無正》「熏胥以痛」，亦訓「胥，相也」。《漢・楚元王傳》「二人諫不聽胥靡之」注：「胥，相也。」「胥」有「相」義，故可通。

「爰挈《毛》作「契」。我龜。」《漢書·敘傳》。

案：《釋文》：「契，本又作『挈』。」

棫樸

「彫《毛》作「追」。琢其章。」《説苑》，《詩異字異義》。

案：追、彫，並假字，依《説文》宜作「琱」。《孟子·梁惠王下》注引同。

「亹亹毛作「勉勉」。我王。」《白虎通》，《荀子》同。《詩異字異義》。

案：《韓》作「亹亹文王」，此「勉勉」猶「亹亹」，説見《韓》。此《韓》《魯》同也。

旱麓

「莫莫葛虆。」《毛》作「藟」。《列女傳》。

案：藟、虆字同。《釋文》：「藟，又作『虆』。」「虆」是假字也。《後漢·黄琬傳》注、《蘇竟傳》、《襄楷傳》注引並作「虆」。

皇矣

「鑒《毛》作「監」。觀四方。」《漢書·敘傳》。

鑒、監通。

「廼《毛》作「乃」。眷西顧，此惟予《毛》作「與」。宅。」《漢書·谷永傳》、《郊祀志》、匡衡《奏議》。

案：此與《齊詩》同。迺、乃字同。《論衡·初禀》引作「此惟予度」。予，猶「與」也。

「克順克俾。《毛》作「比」。俾于文王。」《史記·樂書》、《禮記·樂記》同。《詩異字異義》。

案：鄭云：「俾，當作『比』。」鄭先通三家，後改从《毛詩》也。

文王有聲

「貽《毛》作「詒」。厥孫謀。」《列女傳》。

案：《孟子題詞》音義引丁音：「詒，音義與『貽』同。」《雄雉》《静女》《斯干》《思文》，《釋文》並云：「貽，本作『詒』。」《説文》無「貽」字。

既醉

「釐爾士女。」《毛》作「女士」。《列女傳》。

案：作「士女」爲順。

假樂

「嘉《毛》作「假」。樂君子，憲憲《毛》作「顯」。令德。」《禮記正義》云：「案《詩》本文『憲憲』爲『顯顯』，與此不同。《詩》魯、韓與《毛》傳不同。」《詩異字異義》。

案：假，義本作「嘉」。「憲」有「顯」義，《大疋》「文武是憲」，傳：「憲，表也。」《周禮·小宰》「憲禁于王宫」，謂表縣之憲本有顯示之義。鄭注：「憲憲，興盛之皃。」

「不僁《毛》作「愆」。不亡。」《毛》作「忘」。《說苑》，《詩異字異義》。

案：僁，「愆」之俗字。《文選》注廿三引作「不僁不忘」。《左傳》「春無愆陽」，《周禮》注引作「僁」。漢武帝《立齊王策文》「德有僁不臧」，注：「僁，與『愆』同。」忘，省作「亡」。《繁露》作「不騫不忘」。《說文》「愆」字，古文作「㥶」。曰：「或从寒省。」騫，當是「寋」之譌，亦《魯詩》。

「匪《毛》作「不」。懈于位。」蔡邕《陳留太守胡公碑》。

案：匪、不義同。

公劉

「于邠《毛》作「豳」。斯觀。」《毛》作「館」。《白虎通》，《詩異字異義》。

案：邠、豳同字。《說文》邑部本字作「豳」。趙岐字邠卿，漢世只用「邠」字。觀、館音義亦同。

泂酌

「愷悌《毛》作「豈弟」。君子。」《列女傳》，《釋文》，《御覽》五十六。

案：《說文》：「豈，還師振旅樂。愷，康也。」是當作「愷」。「愷悌」本字「豈弟」，假字也。《漢書·蒯伍江息夫傳贊》注、《國語·周語》、《藝文》九十七並作「愷悌」。《攷文》云：「古本俱作『愷悌』。」《禮記・孔子閒居》引此詩又作「凱弟」。

卷阿

「噦噦《毛》作「翽」。其羽。」《説苑》，《詩異字異義》。

案：噦，《玉篇》「鳥鳴也」。箋：「翽，羽聲也。」《説文》「翽，飛聲也」，與「噦」義微別，而義可通。毛傳：「翽翽，衆多也。」以比多吉士、多吉人，義較長。《詩》「噦」字屢見，「翽」字唯此。

「顒顒昂昂，《毛》作「卬」。如珪《毛》作「圭」。如璋。」蔡邕《上始元服與羣臣上壽》引《詩》曰。

案：「昂」本字，「卬」省字。「圭」作「珪」，《禹貢》「禹錫玄圭」，《漢書》作「珪」。《金縢》「植璧秉珪」，《史記》作「圭」。「白圭之玷」，《説苑》作「珪」。《釋文》云：「圭，本作『珪』。」《文選》班固《述盛德紀》注、魏文帝《與鍾大理書》注、王元長《三月三日曲水詩序》注、《後漢書・劉儒傳》注並引作「如珪」。

板

「辭之集《毛》作「輯」。矣。」《新序》。

案：輯、集本音義兼通之字。

「民之協《毛》作「洽」。矣。」《列女傳》。

案：《正月》「洽比其鄰」，《左傳》僖廿二年、廿九年傳並作「協」。《江漢》「洽此四國」，《孔子閒居》作「協」。《書》「協和萬邦」，《史記》作「洽」。是協、洽音義通。

「辭之繹《毛》作「懌」。矣。」《說苑》，《詩異字異義》。

案：《釋文》「繹」音「亦」，云：「本亦作『懌』，說也。」足利本正作「繹」，《左》襄三十一年傳引亦作「繹」。又《楚詞・九辨》「悲窮愁慼兮獨處廓，有美一人兮心不繹」，義本作「懌」。

「相《毛》作「喪」。亂蔑資。」《說苑》。

案：當是《魯》說如此。

「誘《毛》作「牖」。民孔易。」《史記・樂書》。

案：此與《韓》同，說見前。

「畏《毛》作「敬」。天之怒，不《毛》作「無」。敢戲豫。」蔡邕《答詔問》，《蔡邕傳》。

案：不者弗之深，較「無」義更切。《尒疋・釋詁》疏、《左》昭三十二年傳、《後漢書・丁鴻傳》並引作「不」。「敬」作「畏」，亦勝毛。

蕩

「曾是彊圉。」《毛》作「禦」。《漢書・敘傳》，《詩異字異義》。

案：圉、禦通字。《漢書・敘傳》作「強圉」。《尒疋》：「禦、圉，禁也。」《莊子》「其來不圉」、《賈誼傳》「以守強圉」，皆與「禦」通。

「爾德不明，以亡倍亡卿。不明爾德，以亡背亡仄。」《毛》作「不明爾德，時無背無側。爾德不明，以無陪無卿」。《漢書·五行志》，《詩異字異義》。

案：《韓》「時」字亦作「以」。亡、無古今文。側、仄亦通字。見《五行志》注。《賈誼鼂錯傳》「仄」與「國」「德」爲韻，疑《毛詩》誤倒，據《漢書》是也。

「式號式謼。」《毛》作「呼」。《漢書·敘傳》，《詩異字異義》。

案：《釋文》云：「崔本作『謼』。」《賈誼傳》「正以謼之」注：「古『呼』字。」《周禮·鷄人》「夜謼旦」注：「謼，呼同。」

「本實先敗。」《毛》作「撥」。《列女傳》。

案：撥、敗輕重脣之分，音近義同。《攷工記·梓人》注：「撥，故書作『廢』。」《長發》「元王桓撥」，《韓》作「發」，皆音近假通字。

「殷監《毛》作「鑒」。不遠。」《漢書·杜欽傳》、《劉向》《楊王孫》等傳贊、《谷永傳》。監，借字。

抑

「無競伊《毛》作「維」。人。」蔡邕《祖德頌》。

案：《中郎集·楊公碑》《胡公碑》並作「伊」。

「荒沈《毛》作「湛」。于酒。」《漢書·五行志》。

沈、湛通。

「告《毛》作「質」。爾民人。」《毛》作「人民」。《説苑》。

案：《韓》亦作「告爾」。「人民」無異。

「白珪《毛》作「圭」。之玷，猶《毛》作「尚」。可磨也。」《史記·晉世家》，《説苑》同。

案：圭、珪通，見前。猶、尚義同。

「無言不醻。」《毛》作「讐」。《列女傳》。

案：「醻」即「酬」，「讐」是借用字。《韓詩》作「酬」，二家微異也。

「取辟《毛》作「譬」。不遠。」《列女傳》。

案：「辟」借字，見余《唐石經攷》。

桑柔

「秉心宣猷。」《毛》作「猶」。《列女傳》。

案：猶、猷同字，移「犬」于旁耳。

烝民

「天生蒸人。」《毛》作「烝民」。蔡邕《胡廣黃瓊頌》。

案：民、人義不殊。「烝然汕汕」，《説文》作「蒸」。《尒疋·釋訓》「烝烝皇皇」，《釋文》作「蒸」。蓋通假字。

中《毛》作「仲」。山父《毛》作「甫」。《漢書·古今人表》。

案：古「仲」作「中」，「甫」作「父」。《詩》「南仲」「張仲」，《人表》亦作「中」。

「故《毛》作「古」。訓是式。」《列女傳》。

案：傳：「古，故。訓，道。」「古公」一作「故公」，「古訓」即「故訓」，説詳《九經古義》。

韓奕

「姪《毛》作「諸」。娣從之。」《白虎通》，《詩異字異義》。

案：莊公十九年《公羊傳》曰：「諸侯娶一國，則二國往媵之，以姪娣。」則作「姪娣」爲長。

常武

「徐方既徠。」《毛》作「來」。《漢書·景武昭宣元成功臣表》。

案：《論語》「綏之斯來」，《漢·董仲舒傳》作「徠」。徠，古「往來」字，見《漢·武帝》《景帝紀》《禮樂志》三注。然《説文》無「徠」字，當从《毛》作「來」。

「王師《毛》作「旅」。驒驒。」《毛》作「嘽」。《漢書·敘傳》。

案：師、旅義通。驒、嘽亦通字。

瞻卬

「邦國殄頼。」《毛》作「瘁」。《漢・王莽傳》，《詩異字異義》。

案：《漢・五行志》引「或盡瘁事國」亦作「頼」。《詩》「維躬是瘁」，《釋文》：「頼、瘁音義同。」

「寧自全」《毛》作「今」。矣。」《列女傳》。

案：全、今當是形相似而譌。

「無忝爾」《毛》作「皇」。祖，式救爾訛。」《毛》作「後」。《列女傳》。

案：「爾祖」與下句調合。「訛」尤與「祖」叶。

召旻

「不云自濱。」《毛》作「頻」。《列女傳》。

案：「頻」即「瀕」之省。《說文》作「頻」，古「濱」字。箋：「頻，當作『濱』。」《書》「海濱廣斥」，《漢・地理志》作「海瀕廣瀉」。《北山》詩「率土之濱」，《說文》引作「率土之頻」，《路史》引作「率土之瀕」。

清廟

「肅雍」《毛》作「雝」。顯相。」《漢書・劉向傳》、《班固傳》注、《文選》注廿。

案：「雝」本字，「雍」隸字。

烈文

「毋《毛》作「無」。封靡于爾邦。」《白虎通》。

無、毋，古今文。

天作

「岐有夷之行，子孫其保之。」《毛》「岐」字連上讀，無「其」字。《説苑》，《詩異字異義》。

案：箋：「保後之往者。此句注「彼徂矣」。又以岐邦之君有佼易之道故也。」此二句箋「岐有夷」句。《韓詩》亦以「岐」連下句讀，與《説苑》同。

思文

「立我蒸《毛》作「烝」。民。」《史記·周本紀》。

蒸、烝通，見前。

「飴《毛》作「貽」。我釐麰。」《毛》作「來牟」。劉向《封事》，《詩異字異義》。

案：《晉書·王薈傳》「以私米作饘粥以飴餓者」，注：「飴，音嗣。本作『飤』，通作『飼』。」則「飴我釐麰」正與「粒我烝民」意相貫。又桉：《尒疋翼》：「大麥宜爲飯，又可爲酢，其蘗可爲飴。」亦可參一説也。飴音嗣，古「嗣」字作「飴」，飴與貽、怡通，省並作「台」。古从「台」之字皆通，知飴、貽亦通也。來，古讀如「離」，从灰部轉入支部。《儀禮》「來女孝孫」注：「來，讀爲『釐』。」毛氏奇齡云：商國萊侯，即犂侯。伏羲「扶來歌」作「扶黎」。北山有萊，謂釐蔓華也。《書序》「帝告釐沃」又作「帝嚳來沃」。則來、釐通矣。並詳《韓詩》。麳，《說文》亦作此字。云：「來麳，大麥也。」《廣韻》同，通作「牟」，又與「麰」同。《韓詩》作「麰」字。

豐年

「降福孔偕。」《毛》作「皆」。《說苑》、《左》襄二年傳。

案：皆、偕通字。《無衣》「與子偕行」，《漢書》引作「皆」。此傳「皆，偕也」。荀勗《東西廂歌》曰「降福孔偕」本此。《左》襄六年傳「鄢陵之戰，乃皆左右相違于淖」，義當作「偕」。《廣疋》：「皆，嘉也。」王氏念孫曰：《小疋・魚麗》「維其嘉矣」，又曰「維其偕矣」，《賓筵》「飲酒孔嘉」，又曰「飲酒孔偕」，「偕」亦「嘉」也。

有瞽

「肅雍《毛》作「雝」。和鳴。」《史記・樂書》、《禮・樂記》、《尒疋》注作「肅噰」。《詩異字異義》。

案：《攷文》云：「古本作『肅雍』。」噰，俗字。

雝

「有來雍雍。」《毛》作「雝」。《漢書・劉向傳》，《詩異字異義》。

案：《韋元成傳》，《後漢・章帝紀》注，《文選》注廿、又廿五、又廿七，皆作「雝雝」。《攷文》云：「古本作『雝雝』。」唐石經、《御覽》五百廿八同。

閔予小子

「愍《毛》作「閔」。小子。」蔡邕《胡公夫人哀讚》。

案：愍，本字也。

敬之

「毋《毛》作「無」。曰高高在上。」《漢書・郊祀志》。

毋、無，今古文。此與《齊詩》同。

絲衣

「鼐鼎及哉。」《毛》作「鼒」。《史記音義》：「哉音資。」《詩異字異義》。

案：惠氏棟云：鼒，《說文》从鼎，才聲。郭音才，得之哉。與才通。《張平子碑》云：「往才汝諧。」邢昺云：「哉，古文作『才』。」則「鼒」之省文爲「才」也。才本音齊。《詩》「思無期，思馬斯才」、《南風之歌》「南風之時兮，可以阜民之財兮」，凡材、財，古皆讀「齊」。「俶載南畝」，鄭讀「載」爲「菑」。「昭茲來許」，漢碑作「昭哉」。《史記》音「哉」爲「資」是矣。

「不虞《毛》作「吳」。不驁。」《毛》作「敖」。《史記・孝武本紀》，又《封禪書》。《詩異字異義》。

案：吴，古與「虞」通。《石鼓》「虞人」作「吴人」。《左》僖五年傳「虞仲」，《吴越春秋》作「吴仲」。《漢書·地理志》武王封周章弟中于河北，是爲北吴，後世謂之虞。《金石款識》載《周穴簠銘》曰「衆吴衆牧」。阮氏元云：「衆，及也。吴，亦古『虞』字。『衆吴衆牧』，即虞人、牧人也。」《商董武鐘銘》云「用吴疆」。錢獻之坫云：「古『虞』字。」則不若从毛「吴」字爲近古也。敖，本又作「傲」。《前漢·竇嬰傳》「諸公稍自引而怠驁」，即「怠傲」也，義得與「敖」通。

般

「於皇明毛作「時」。周。」《白虎通》，《詩異字異義》。

案：作「明周」較長。

「墮《毛》作「嶞」。山喬嶽。」《白虎通》。

案：《釋文》：「嶞，字又作『墮』。」《文選》注卅四引作「墮山喬嶽」。

有駜

「貽《毛》作「詒」。厥《毛》無。孫子。」《列女傳》。

案：《釋文》：「本或作『詒厥孫子』『詒于孫子』，皆是妄加也。」足利本作「以詒孫子」。「貽」字，《說文》所無，新坿有之，當作「詒」。

泮水

「薄采其荇。」《毛》作「芹」。《白虎通》,《詩異字異義》。

案：芹、荇皆水菜。宋鈔本仍作「芹」。

「薄捋。」《毛》作「采」。《説苑》。

案：三章皆言「采」,不應異文。

「匪怒匪教。」《毛》作「匪怒伊教」。《列女傳》。

案：《廣韻》：「匪,彼也。」《詩》「彼交匪傲」,《春秋》襄廿七年傳引作「匪交匪傲」。「彼交匪紓」,《荀子》引作「匪交」。「伊」即「彼」義,與「匪」亦音近。

閟宫

「戎狄是應,《毛》作「膺」。荆荼《毛》作「舒」。是徵。」《毛》作「懲」。《史記·建元以來侯者年表》,又《匈奴傳》。《詩異字異義》。

案：「膺」當作「應」。《尒疋》：「應,當也。」傳云：「膺,當也。」本《尒疋》而誤爲「膺」。

桉：膺,《説文》訓「受」無訓「當」。《孟子》「戎狄是膺」,丁本作「應」,是古皆作「應」。《廣疋》：「應,擊也。」《吕春秋·察微》「宋華元帥師應之大棘」,高注：「應,擊也。」當以訓「擊」爲正。「舒」與「荼」通。《尚書大傳》「厥咎荼」注：「讀若舒。」《玉藻》「諸侯荼」,注：「讀爲舒。」《攷工記・梓人》「寬緩以荼」注：「古文『舒』假借字。」《書》「洪舒于民」，古文作「荼」。薛氏以「荼毒」訓之，非矣。懲，古省作「徵」。《易》「君子以懲忿窒欲」，京房本作「徵」。

「俾侯于魯。」《毛》作「東」。《漢書・宣元六王傳》。

案：作「魯」字爲長。

「大《毛》作「泰」。山巖巖，魯侯是瞻。」《毛》作「詹」。《史記》、《説苑》、《外傳》同。《詩異字異義》。

案：《釋文》：「大，音泰。本又作『泰』。」《白帖》五引作「大」。古無「泰」字，作「大」爲古。詳《韓詩》。詹，即「瞻」之省。《史記》「顧詹有河」，「詹」即「瞻」。《春秋》莊十七年「齊人執鄭詹」，《公羊傳》作「瞻」。《風俗通・山澤》、《初學記》五並引作「瞻」。此《韓》《魯》同也。

「寢《毛》作「新」。廟奕奕。」《獨斷》、《詩異字異義》。

案：毛以閟宫爲姜原廟，新廟爲閔公廟。閔無庸頌，鄭因盡屬之姜原，謂閔公新之耳。後人或姜原，或閔公，或后稷，聚訟紛紛。今攷「新廟」二字不見他書，鄭箋亦似曲解，此作「寢」字爲正。蔡邕《胡太傅祠前銘》引仍作「新廟」。

玄鳥

「殷社《毛》作「宅殷土」。芒芒。」《史記三代世表》集解云：「《詩》作『土』。」疑本無「宅」字。

案：作「殷社芒芒」爲順。

長發

「立子生商。」《毛》「立」上有「帝」字。《列女傳》。

案：《吕氏春秋・音初》篇注引亦無「帝」字。

「率禮《毛》作「履」。不越。」《漢書・宣帝紀》，《韓詩外傳》同。

禮、履通字，見《韓詩》。此三家同也。

「則莫我敢遏。」《毛》作「曷」。《漢書・刑法志》，《詩異字異義》。

案：《御覽》三百四十一、《文選》陳孔璋《檄吴將校部曲》注引並同。「遏」本字，「曷」假字。《尒疋》：「遏，止也。」《集傳》本《漢書》曰：「曷、遏同。」

「包《毛》作「苞」。有三枿。」《毛》作「櫱」。《漢書・敘傳》注，《詩異字異義》。

案：《易・蒙》「包蒙」，《釋文》：「本作『苞蒙』。」《否》「繫于包桑」，《文選・六代論》引作「苞」。「包承」「包羞」「泰包荒」，唐石經並作「苞」。《姤》「包有魚」，王肅本作「苞」。「包苴」，《曲禮》作「苞」。此則省「苞」爲「包」，一也。《説文》木部「欁」，重文「櫱」，古文作「枿」。引《書》「顛木之有由櫱」作「枿」。《尒疋》：「枿，餘也。」郭亦以《尚書》證之。是可據枿、櫱爲今古文矣。

韋鼓。《毛》作「顧」。《漢書・古今人表》，《詩異字異義》。

案：《人表》注師古曰：「即顧國，己姓。」《書・微子》「我不顧行遯」，《釋文》：「顧音故。

徐仙民音鼓。」是音同而假之字。

齊詩

關雎

「君子好仇。」《毛》作「逑」。《漢書・匡衡傳》。

案：鄭箋：「怨耦曰仇。」則鄭亦作「仇」。《釋文》：「逑，本又作『仇』。」《禮記・緇衣》，《尒疋・釋詁》注，《後漢・邊讓傳》注、《張衡傳》注，《文苑傳》注，《白帖》十七、《文選》注十一、十八、廿四，並作「仇」。皆《齊詩》也。

騶牙。《毛》作「虞」。《解頤新語》，見《困學紀聞》。

案：《新語》引《齊詩》「騶虞，天子掌鳥獸官。」又謂「文王以騶牙名囿」。王伯厚謂「騶虞」「騶吾」「騶牙」一物，字異而義同。案：唐人書「互」爲「亘」，因譌爲牙。互、虞一聲之轉。唐《皇甫君碑》「横劒梐枒」，即「枑」字。

新臺

「新臺有跐。」《毛》作「泚」。

據范家相云：「《齊詩》一作『跐』。」未詳所出。傳：「泚，鮮明皃。」《説文》作「玼」，玉色鮮皃，與「跐」義别。

十月之交

「剡《毛》作「豔」。妻煽方處。」《後漢書・郎顗傳》。

臧庸堂曰：案：翼奉曰：「竊學《齊詩》，聞五際之要。」則「五際」乃《齊》説。范史雖不詳郎顗治何詩，據所定，皆《齊詩》也。《詩正義》云：「《中候・擿雒戒》曰：〔一〕『昌受符，厲倡嬖，期十之世權在相。』又曰：『剡者配姬以放賢，山崩水潰納小人，家伯罔主異載震。』」孔謂剡、豔古今字。桉：《毛》作「豔」，《魯》作「閻」，則作「剡」者《齊詩》也。《毛》不信緯書。三家多出入于緯，鄭箋往往據之。

抑

「惟《毛》作「維」。民之則。」《漢書・匡衡傳》。

案：《左傳》襄卅一年引同。

文王

「宜監《毛》作「鑒」。于殷。」《漢書・翼奉傳》。桉：翼奉治《齊詩》，與蕭望之、匡衡同師。此爲《齊詩》。

〔一〕「戒」，原作「貳」，四明學舍本同。據《尚書中候》改。

案：監、鑒通字。

板

「敬天之怒，不《毛》作「無」。敢戲豫。」《後漢書·郎顗傳》。

案：不者弗之深。《丁鴻傳》、《左》昭公三十二年傳、《尒疋·釋詁》引並同。

烝民

「赫赫《毛》作「肅」。王命。」《後漢書·郎顗傳》。

案：赫、肅義並通。

閔予小子

「念我《毛》作「茲」。皇祖。」《漢書·匡衡傳》。

案：作「我」字爲長。

長發

「率禮《毛》作「履」。不越。」《漢書·蕭望之傳》，《詩攷·韓詩》。

案：毛傳：「履，禮也。」使民循禮不得踰越，乃偏省之教令則盡行也。是「履」本訓「禮」。《外傳》《說苑》並作「禮」，蓋亦三家相同也。

「海外有㦸。」《毛》作「截」。《漢書·蕭望之傳》。

案：「戳」是「截」古文。《書·秦誓》「惟截截善諞言」，《說文》言部引作「戳戳善諞言」。《班固傳》引此，「海外」又作「海水」。望之，傳《齊詩》者。

皇清經解卷一千四百零八終

嘉應吴梅修舊校
番禺黎永椿新校

《中華經解叢書·清經解(整理本)》書目

詩經編